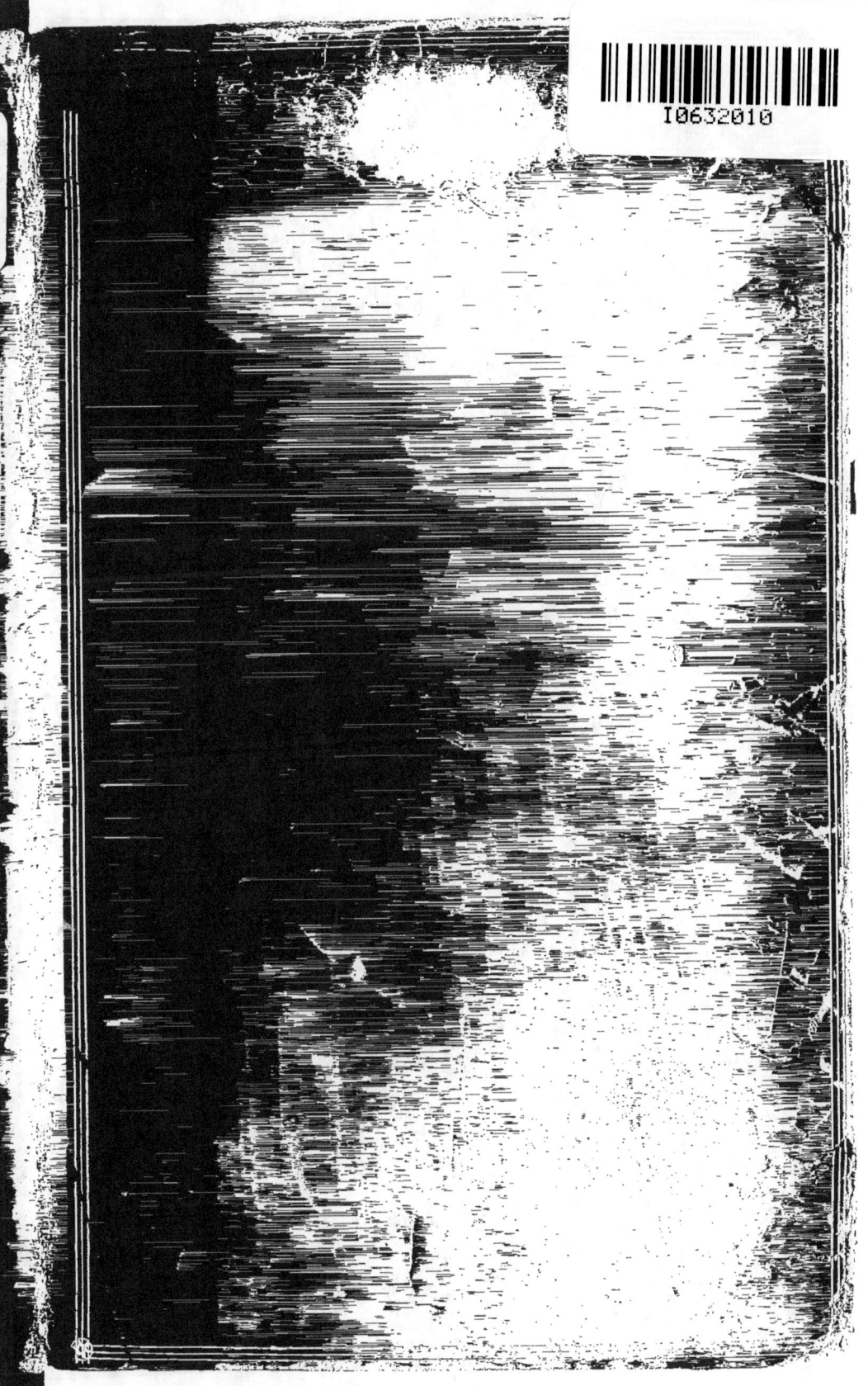

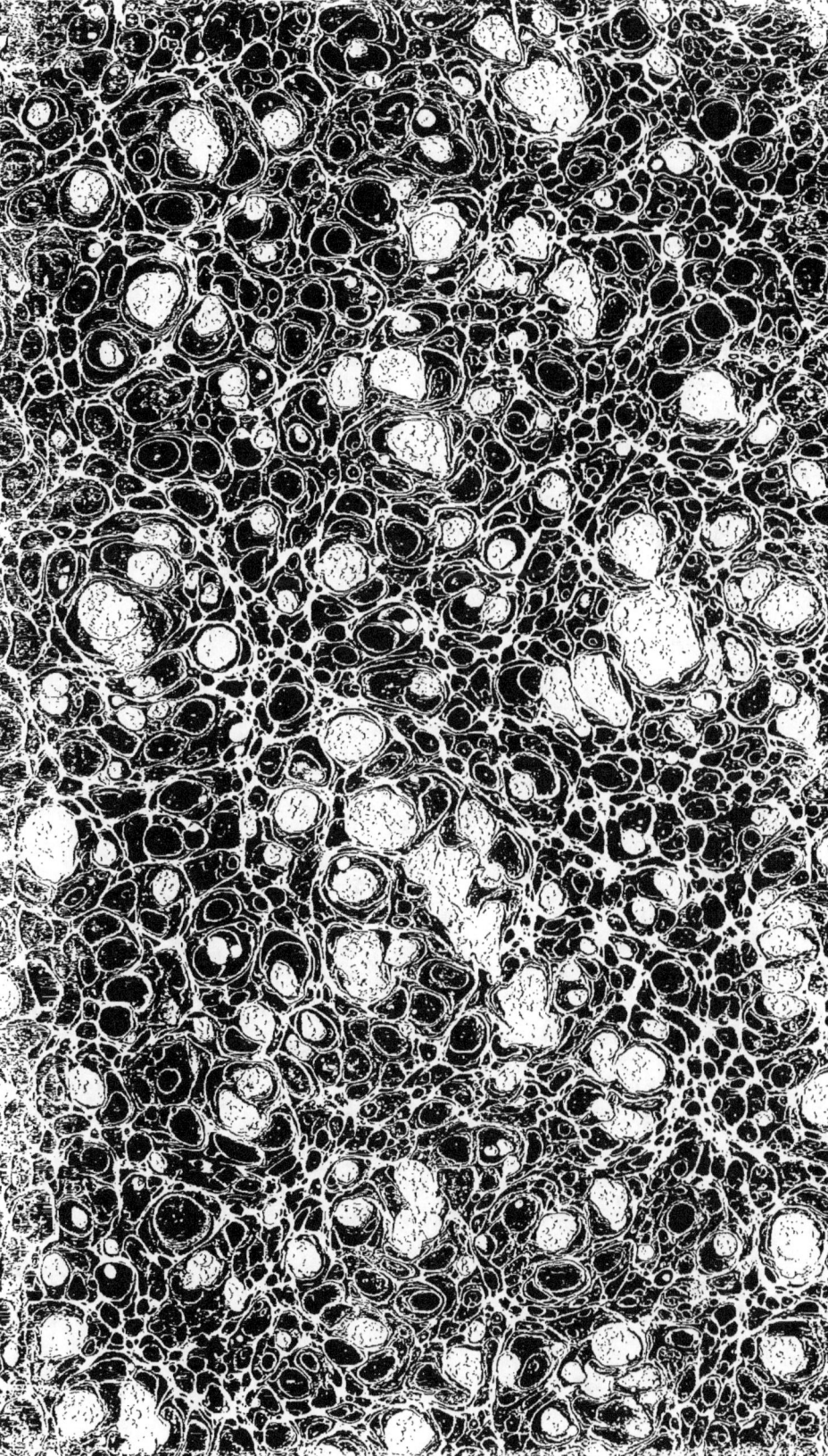

ESSAI

SUR LA

LITTÉRATURE

ANGLAISE.

PARIS — IMPRIMERIE DE H. FOURNIER,
RUE DE SEINE, N° 14.

ESSAI

SUR LA

LITTÉRATURE

ANGLAISE

ET

CONSIDÉRATIONS

SUR LE GÉNIE

DES HOMMES, DES TEMPS ET DES RÉVOLUTIONS.

PAR

M. DE CHATEAUBRIAND.

TOME DEUXIÈME.

PARIS,

CHARLES GOSSELIN ET FURNE,

ÉDITEURS.

M DCCC XXXVI.

ESSAI

SUR LA

LITTÉRATURE

ANGLAISE

ET

CONSIDÉRATIONS

SUR LE GÉNIE DES TEMPS, DES HOMMES ET DES RÉVOLUTIONS.

II.   I

MILTON.

SA NAISSANCE. COLLÉGE.

Au-dessus d'une foule de prosateurs et de poètes, pendant les règnes orageux de Charles Ier et du Protecteur, s'élève la belle tête de Milton. Où sont les contemporains de ce Génie, les Cowley, les Waller, les Denham, les Marvel, les Suckling, les Crashaw, les Lovelace, les Davenant, les Wither, les Habington, les Herbert, les Carew, les Stanley? Excepté deux ou trois de ces noms, quel lecteur français connaît les autres? Le *Génie du christianisme* parle raisonnablement du *Paradis Perdu :* j'avais à faire amende honorable d'une partie de mes jugemens sur Shakespeare et Dante; je n'ai rien à réparer auprès de l'homme dont le poëme a été l'occasion de ces recherches sur la litté-

rature anglaise : il ne me reste qu'à développer les motifs d'une admiration accrue par
un examen plus approfondi d'un chef-d'œuvre.
Obligé de m'arrêter à des beautés que j'essayais
de faire passer dans notre langue, je les ai
mieux appréciées, en désespérant de les reproduire telles que je les sentais.

Milton n'était plus; on ne le connaissait pas :
son génie sorti du tombeau comme une ombre, vint demander au monde pourquoi on l'ignorait sur la terre. Étonné, on regarda ces grands
Mânes; on se demanda si réellement l'auteur de
douze mille vers oubliés, était immortel. La vision
éclatante et majestueuse fit d'abord baisser les
yeux; puis on se prosterna et on adora. Alors il
fallut savoir ce qu'avait été ce secrétaire de Crom-
wel, ce pamphlétaire apologiste du régicide, détesté des uns, méprisé des autres. Bayle commença et s'enquit des *faits touchant la taille et
la mine de Milton :* cette mine-là était fière, et
valait bien celle d'un roi.

Une malédiction était dans la famille noble de
Milton, dépouillée de sa fortune pendant les
guerres civiles de la Rose rouge et de la Rose
blanche : le père de Milton était *protestant* et son
grand-père catholique; celui-ci avait deshérité
son fils. La malédiction de l'aïeul, sautant une
génération, se reposa sur la tête du petit-fils.

Le père de Milton, établi à Londres où il devint notaire (*scrivener*), épousa Sarah Caston, de l'ancienne famille de Bradshaw ou des Hanghton, dont il eut une fille, Anne, et deux fils, Jean et Christophe. Christophe, le cadet, fut royaliste, devint un des barons de l'échiquier et juge des *Common Pleas* sous Jacques II ; il s'éteignit dans l'obscurité, dépouillé ou démissionnaire de sa place, peu de temps après ou avant la révolution de 1688 ; Jean, l'aîné, fut républicain et mourut non aperçu comme son frère : mais la raison de la nuit qui l'environnait était d'une tout autre nature ; on peut dire de lui ce qu'il a dit de la Montagne-Sainte dans le ciel : « On « ne la voyait point, parce qu'elle était obscurcie « par l'excès de la lumière. »

Le père de Milton aimait les arts : il avait composé un *in Nomine* à quarante parties ; quelques vieux airs de lui ont été conservés dans le recueil de Wilby. Apollon, partageant ses présens entre le père et le fils, avait donné la musique au père, la poésie au fils.

> Dividuumque Deum, genitorque, puerque tenemus.
> (*Milto ad patrem.*)

Milton, le père, était peut-être né en France. Son immortel fils naquit le 9 décembre 1608, dans la Cité de Londres, Bread-Street, à l'en-

seigne de l'*Aigle,* augure et symbole. Shakespeare
vivait encore : Milton reçut une éducation do-
mestique lettrée, à l'ombre du tombeau de ce
grand génie inculte. Il acheva ses humanités à
l'école de Saint-Paul à Londres, sous le docteur
Alexandre Gill; il eut pour tuteur Young, puritain. Son extrême application à l'étude lui donna
de bonne heure des douleurs de tête et une grande
faiblesse de vue; maux habituels de sa vie, dont
il avait reçu le germe de sa mère. A dix-sept ans
il passa au collége de Christ à Cambridge en
qualité de pensionnaire *minor,* et à la surveillance
du savant William Chappel, depuis évêque de
Cork et Ross en Irlande. La beauté de Milton le
fit surnommer « la dame du collége de Christ » :
the lady of Chrit's college : il rappelle complaisamment ce nom dans un de ses discours à
l'université. Il donna des marques de ses dispositions poétiques, en composant des pièces latines,
et des paraphrases des Psaumes en vers anglais.
L'hymne sur la *Nativité* est admirable de rhythme
et d'un effet inattendu.

« C'était l'hyver; l'enfant né du ciel était venu
« enveloppé dans de rudes et pauvres langes ; la
« Nature s'était dépouillée de sa riante parure,
« pour sympathiser avec son maître : ce n'était
« pas le moment pour elle de se livrer aux plai-

« sirs avec le Soleil son amant; seulement elle
« avait caché sa faiblesse sous l'innocente neige,
« et jeté sur elle le saint et blanc voile des
« vierges. . . . . La terre
« était en paix; les rois demeuraient en silence,
« comme s'ils sentaient l'approche de leur sou-
« verain. Les vents caressaient les vagues, annon-
« çant tout bas de nouvelles joies au doux océan.
« Les étoiles, regardant immobiles et surprises,
« ne voulaient pas s'enfuir : malgré toute la
« lumière du matin, elles s'obstinaient à briller
« dans le ciel, jusqu'à ce que leur Seigneur leur
« parlât lui-même, et leur dît de s'en aller. »

Reçu Bachelier en 1628, Milton, Maître en
1632, quitta Cambridge par esprit d'indépendance, et refusa d'entrer dans le clergé. « Celui
« qui s'engage dans les *ordres*, dit-il, souscrit à
« son esclavage et prête un serment : il lui faut
« alors ou devenir parjure ou briser sa con-
« science. »

Quelques passages de sa première élégie latine
où il a l'air de préférer les plaisirs de Londres aux
ennuis de Cambridge, devinrent la source des
calomnies que l'on répandit contre lui dans la
suite : on l'accusa d'avoir été vomi de l'Université
après les désordres d'une impure jeunesse; des
pamphlets assurèrent qu'il avait été forcé d'aller

cacher sa vie en Italie. Johnson pense que Milton
fut le dernier étudiant de l'Université, puni
d'une peine corporelle. Rien de tout cela n'est
vrai, et ne s'accorde même pas avec les dates
d'une vie aussi correcte que religieuse.

MILTON CHEZ SON PÈRE. — OUVRAGES DE SA JEUNESSE.

Le père de Milton ayant fait une petite fortune, s'était retiré à la campagne d'Horton, près Colebrooke, en Buckingham-Shire. Milton l'y rejoignit et passa cinq années enseveli dans la lecture des auteurs grecs et latins. Il faisait, de temps en temps, quelques courses à Londres pour acheter des livres et prendre des leçons de mathématiques, d'escrime et de musique.

Il écrivait à un ami qui lui reprochait de vivre dans la retraite : « Vous croyez qu'un trop grand « amour d'apprendre est une faute ; que je me « suis abandonné à rêver inutilement mes années « dans les bras d'une solitude lettrée, comme « Endymion perdait ses jours avec la lune sur le « mont Latmus..... Mais ces belles espérances « dont vous m'entretenez, qui flattent la vanité « et la jeunesse, ne s'accordent point avec ce « Casque obscur de Pluton, dont parle Homère. « Je mettrais bas ce Casque si dans ma vie cachée, « je n'avais d'autre vue que de satisfaire une fri-

« vole curiosité. Mais l'exemple terrible, rapporté
« dans l'Évangile, du serviteur qui avait enfoui
« son talent, est présent à mes yeux : ce n'est
« pas le plaisir d'une étude spéculative, c'est la
« considération même du Commandement évan-
« gélique qui m'empêche d'aller aussi vite que
« d'autres et me retient par un religieux res-
« pect. Cependant, afin que vous voyiez que je
« me défie quelquefois de moi-même, et que je
« prends note de certain retardement en moi,
« j'ai la hardisse de vous envoyer quelques-unes
« de mes rêveries de nuit, dans la forme des
« stances de Pétrarque.

> How soon hath Time, the subtle thief of youth,
> Stoln on his wing my three and twentieth year!
> My hasting days fly on with full carreer,
> But my late spring no bud or blossom shew'th.

« Combien vite le temps, adroit voleur de la jeu-
« nesse, a dérobé sur son aile mes vingt-trois
« années ! Mes jours hâtés fuient en pleine car-
« rière; mais mon dernier printemps ne montre
« ni boutons, ni fleurs..... »

De 1624 à 1638 il composa l'*Arcades*, *Comus*
ou le *Masque*, *Lycidas*, dans lequel il semble
prophétiser la mort tragique de l'évêque Laud,
l'*Allegro* et le *Penseroso*, des *Elégies* latines et
des *Sylves*.

Johnson a fait de l'*Allegro* et du *Penseroso* une vive analyse.

« L'*homme gai* entend l'alouette le matin ;
« l'homme *pensif* entend le rossignol le soir.

« L'*homme gai* voit le coq se pavaner, il prête
« l'oreille à l'écho qui répète le bruit du cor et
« de la meute dans le bois ; il voit le soleil s'élever
« avec gloire ; il écoute le chant de la laitière, il
« regarde les travaux du laboureur et du fau-
« cheur, il jette les yeux sur une tour éloignée
« où réside quelque belle dame : la nuit il fait
« ses délices de quelque conte fabuleux.

« L'homme *Pensif* tantôt se promène à minuit
« pour rêver, tantôt écoute le triste son de la
« cloche du Couvre-Feu. Si le mauvais temps
« l'oblige de rentrer chez lui, il s'assied dans une
« chambre éclairée par la lueur du foyer. Ayant
« près de lui une lampe solitaire, il épie l'étoile
« du pôle pour découvrir l'habitation des ames
« séparées de leurs corps, ou bien il lit les scènes
« pathétiques de la tragédie ou de l'épopée. Quand
« vient le matin, matin obscurci par la pluie et
« le vent, il erre dans les sombres forêts où il
« n'y a pas de sentier ; il tombe assoupi au bord
« de quelque eau qui murmure, et dans un en-
« thousiasme mélancolique, il attend un rêve d'a-

« venir ou une musique exécutée par quelques
« personnages aériens.

« La *Gaieté* et la *Mélancolie* sont toutes les
« deux solitaires, silencieuses habitantes des
« cœurs qui ne reçoivent ni ne transmettent
« des sentimens.

« L'*homme gai* assiste à la ville aux fêtes bril-
« lantes, aux savantes comédies de Benjonhson et
« aux drames sauvages de Shakespeare (*Wild*
« *dramas of Shakespeare*).

« Le *Pensif*, loin de la foule, se promène dans
« les cloîtres, ou fréquente les cathédrales.

Pour le vieil âge de la *Gaieté*, Milton ne fait
point de provisions; mais il conduit la *Mélancolie* avec une grande dignité jusqu'à la fin de
la vie.

Je ne sais si les deux caractères sont suffi-
samment distincts; on ne peut trouver, il est
vrai, de la gaieté dans la mélancolie du poète,
mais j'ai peur qu'on ne rencontre quelque mélancolie dans sa gaieté. Le *Penseroso* et l'*Allegro*
sont deux nobles efforts d'imagination.

Milton a emprunté plusieurs images de ses
beaux poëmes à l'*Anatomie de la mélancolie*,
par Burton, imprimée en 1624.

MILTON EN ITALIE.

En 1638 Milton obtint de son père la permission
de voyager. Le vicomte Scudamore, ambassadeur
de Charles Ier, reçut à Paris l'apologiste futur du
meurtre de ce roi; il le présenta à Grotius. A
Florence, Milton visita Galilée presque aveugle
et demi-prisonnier de l'Inquisition; il a souvent
rappelé le Courrier céleste, *nuncius Sidereus*,
dans le *Paradis perdu*, lui rendant ainsi l'hospitalité des grands hommes. A Rome, il se lia
avec Holstein, bibliothécaire du Vatican. Chez
le cardinal Barberini, il entendit chanter Léonora;
il lui adressa des vers inspirés par les lieux qui
avaient entendu la voix d'Horace :

> Altera Torquatum cepit Leonora poetam,
> Cujus ab insano cessit amore furens.
> Ah! miser ille tuo quantò feliciùs ævo
> Perditus, et propter te Leonora foret!

« Une autre Léonore ravit le Tasse qui devint
« insensé par l'ardeur de l'amour. Ah! qu'avec

« bonheur, de ton temps, Léonore, l'Infortuné
« se serait perdu pour toi ! »

Milton s'est plu à renfermer son génie dans
quelques sonnets italiens ; on aime à voir le terrible chantre de Satan se jouer à travers les
doux Nombres de Pétrarque :

> Canto, dal mio buon popol non inteso ;
>   E'l bel Tamigi cangio col bel Arno.
> Amor lo volse. . . . .
> Seppi ch' amor cosa mai volse indarno.

« Je chante, non entendu de mon bon peuple ;
« j'ai changé la belle Tamise pour le bel Arno.
« L'amour l'a voulu ; l'amour n'a jamais voulu
« une chose en vain. »

Milton connut à Naples Manso, marquis de
Villa, vieillard qui eut le double honneur d'être
l'ami du Tasse et l'hôte de Milton : il adressa à ce
dernier un distique renouvelé du pape saint
Grégoire :

> Ut mens, forma, decor, facies, mos, si pietas sic,
>   Non Anglus, verùm Herclè, Angelus ipse fores.

« Si la piété répondait au génie, à la forme,
« à la bonne grâce, à la beauté, aux manières,

« par Hercule ! tu ne serais pas un Anglais, mais
« un Ange. »

Milton lui paya sa dette de reconnaissance
dans une Églogue latine pleine de charme :

Diis dilecte senex, te Jupiter æquus oportet
Nascentem, et miti lustrarit lumine Phœbus,
Atlantisque nepos ; neque enim nisi charus ab ortu
Dis superis poterit magno favisse poetæ.

« Vieillard aimé des dieux, il faut que Jupiter
« (j'emprunte ici l'élégante traduction de M. Vil-
« lemain) ait protégé ton berceau, et que Phœbus
« l'ait éclairé de sa douce lumière ; car il n'y a
« que le mortel aimé des dieux dès sa naissance,
« qui puisse avoir eu le bonheur de secourir un
« grand poète. »

Le chantre à venir des innocentes joies d'E-
den, priait le ciel de lui accorder un pareil ami ;
il promettait alors de célébrer les rois de la
Grande-Bretagne, cet Arthur qui « livra des com-
« bats sur la terre, » *terris bella moventem*.
Milton n'obtint pas la faveur qu'il implorait ; il
n'a eu pour ami et pour défenseur de son nom
que la postérité. Le poète convie Manso de ne
pas trop mépriser une muse hyperboréenne ;
car, lui dit-il gracieusement, « dans l'ombre

« obscure de la nuit nous croyons avoir en-
« tendu des cygnes chanter sur la Tamise : »

> Nos etiam in nostro modulantes flumine cycnos
> Credimus obscuras noctis sensisse per umbras.

Milton avait formé le projet de parcourir la
Sicile et la Grèce : quel précurseur de Byron !
Les troubles de sa patrie le rappelèrent : il ne
rentra point en Angleterre sans avoir vu Venise,
cette beauté de l'Italie, aujourd'hui si belle encore
bien que mourante au bord de ses flots.

MILTON REVENU EN ANGLETERRE. SES OCCUPATIONS
ET SES PREMIERS OUVRAGES DE CONTROVERSE.

Le voyageur revenu à Londres ne prit aucune
part active aux premiers mouvemens de la
révolution. Écoutons Johnson :

« Que notre respect pour Milton, ne nous dé-
« fende pas de regarder avec quelque degré d'a-
« musement, de grandes promesses et de petits
« effets, un homme qui revient en hâte au logis,
« parce que ses compatriotes luttent pour leur
« liberté, et qui, arrivé sur le théâtre de l'action,
« évapore son patriotisme dans une école privée.
« Cette période de la vie du poète, est celle de-
« vant laquelle tous ses biographes ont reculé :
« il leur est désagréable d'abaisser Milton au
« rang de maître d'école; mais comme on ne peut
« nier qu'il enseigna des enfans, l'un trouve qu'il
« les instruisit pour rien, l'autre pour le seul
« amour de la propagation du savoir et de la
« vertu. Tous disent ce qu'ils savent n'être pas

« vrai, afin d'excuser une condition à laquelle
« un homme sage ne peut trouver aucun re-
« proche à faire. »

L'esprit satirique et la malveillance de Johnson
se fait ici remarquer. Le docteur, qui n'avait pas
vu de révolution, ignorait que dans ces grands
troubles, les champs de bataille sont partout et
que chacun choisit celui où l'appelle son inclination ou son génie : l'épée de Milton n'aurait
pas fait pour la liberté, ce que fit sa plume. Le
docteur, grand royaliste, oublie encore que tous
les royalistes ne prirent pas les armes ou ne mon-
tèrent pas sur l'échafaud, comme le duc d'Hamilton, le lord de Holland et lord Capel; que
lord Arundel par exemple, ami des muses comme
Milton, et à qui la science doit les marbres
d'Oxfort, quitta Londres, tout grand-maréchal
d'Angleterrre qu'il était, au commencement de la
guerre civile et alla mourir paisiblement à Pa-
doue: il est vrai que son malheureux neveu,
Guillaume Howard, lord Stafford, paya pour lui
tribut au malheur, et l'on sait trop par qui son
sang fut répandu.

Pendant trois ans Milton donna des soins à
l'éducation des deux fils de sa sœur et à quelques
jeunes garçons de leur âge. Il habita successivement au cimetière de Saint-Bride dans Fleet-Street

et un grand hôtel avec un jardin dans Aldersgate. Il se fortifia dans les langues anciennes en les enseignant; il apprit l'hébreu, le chaldéen et le syriaque. En 1640, à l'époque de la convocation du Long-Parlement, il débuta dans la polémique et plaida la cause de la liberté religieuse contre l'Eglise établie. Son ouvrage, divisé en deux livres, adressé à un ami, a pour titre : *of Reformation touching church discipline;* etc., — « de la Réformation touchant la discipline de « l'Eglise en Angleterre et des causes qui jusqu'ici « l'ont empêchée. » Il publia ensuite trois traités : *Épiscopat anglais*, *Raison du Gouvernement de l'Église*, *Apologie pour Smectymnus;* ce nom était composé de la réunion de six lettres prises des noms des six théologiens auteurs du *Traité de Smectymnus*. Pour les lecteurs d'aujourd'hui, il n'y a rien à tirer de ces ouvrages, si ce n'est ce que Milton dit dans *la Raison du Gouvernement de l'Église*, de son dessein de composer un poëme en *anglais*.

« Peut-être avec le temps, le travail, et le pen-
« chant de la nature, j'enverrai *quelque chose*
« d'écrit à la postérité, qu'elle ne laissera pas vo-
« lontiers mourir : je suis possédé de cette idée.
« Peu m'importe d'être célèbre au loin, je me
« contenterai des îles Britanniques, mon univers.

« Mais il ne suffit pas d'invoquer les filles de mé-
« moire, il faut par des prières ferventes implorer
« l'Esprit éternel ; lui seul peut envoyer le Séra-
« phin qui du feu sacré de son autel, touche
« et purifie nos lèvres. »

Milton ne faisait pas aussi bon marché de sa
renommée que Shakespeare : celui-ci plaît par
l'insouciance de sa vie ; d'un autre côté on aime
à voir un génie encore inconnu, se prophétiser
lui-même, quand la postérité, confirmant la pré-
diction, lui répond : « Non ! je n'ai pas laissé
« mourir ce *quelque chose* que tu as écrit. »

Malheureusement Milton cédant à l'ardeur de
son caractère dans cette dispute religieuse, parle
avec dédain du savant et vénérable évêque anglican Usher, à qui la science doit des travaux
admirables sur l'Histoire de la Chronologie.

MARIAGE DE MILTON.

Milton, à l'âge de dix-neuf ans, avait composé sa septième élégie latine dans laquelle il dit :

« Un jour de mai, dans une promenade aux
« environs de Londres, je rencontrai une jeune
« femme d'une beauté extraordinaire. J'en de-
« vins passionnément amoureux; mais soudain je
« la perdis de vue : je n'ai jamais su qui elle était,
« et ne l'ai jamais retrouvée. Je fis le serment de
« ne jamais aimer. »

Si le poète tint son serment, il faudrait sup-poser qu'il n'aima aucune de ses trois femmes, car il se maria trois fois. En ce cas qu'aurait été la vierge si promptement évanouie? Peut-être cette Compagne céleste qui visitait l'Homère anglais pendant la nuit, et lui dictait ses plus tendres vers. Dans un beau portrait de Milton, M. Pichot raconte que cette sylphide mystérieuse était Leonora, l'Italienne : l'auteur du *Pèlerinage à Cambridge* brode là-dessus une touchante Nouvelle historique. W. Bowles et M. Bulwer ont développé la même fiction.

Le comte d'Essex ayant pris Reading en 1643, le père et le frère de Milton, qui s'étaient retirés

dans cette ville, retournèrent à Londres et vinrent demeurer chez le poète. Milton avait alors
trente-cinq ans: un jour il se dérobe de sa maison,
sans être accompagné de personne; son absence
dura un mois, au bout duquel il rentra marié,
sous le toit d'où il était sorti garçon. Il avait
épousé la fille aînée de Richard Powell, juge de
paix de Forest-Hill, près Shotover, dans Oxford-
Shire. Richard Powell avait emprunté du père
de Milton 5oo liv. st. qu'il ne lui rendit jamais,
et qu'il crut payer en donnant sa fille au fils
de son créancier. Ces noces, aussi furtives que
des amours, en eurent l'inconstance: Milton
ne quitta pas sa femme comme Shakespeare;
ce fut sa femme qui l'abandonna. La famille
de Marie Powell était royaliste : soit que Marie
ne voulût pas vivre avec un républicain, soit
tout autre motif, elle retourna chez ses parens. Elle avait promis de revenir à la Saint-Mi-
chel et elle ne revint pas : Milton écrit lettres
sur lettres, point de réponse; il dépêche un
messager qui perd son éloquence et son temps.
Alors l'époux délaissé se résout à répudier l'é-
pouse fugitive : pour faire jouir les autres maris
de l'indépendance qu'il se propose, son esprit le
porte à changer en une question de liberté, une
question de susceptibilité personnelle; il publie
son Traité sur le Divorce.

———

Ce traité est divisé en deux livres : *The Doc-trine and discipline of divorce ; restaured to the good of both sexes*, etc. « Doctrine et discipline du « divorce, rétablies pour le bien des deux sexes. » Il s'ouvre par une adresse au Long-Parlement.

« S'il était sérieusement demandé, ô Parlement « renommé, assemblée choisie ! qui de tous les « docteurs et maîtres a jamais attiré à lui un « plus grand nombre de disciples en matière de « religion et mœurs, on répondrait avec une ap- « parence de vérité : C'est la Coutume. La théorie « et la Conscience recommandent pour guide « la Vertu ; cependant, que cela arrive par le « secret de la Volonté divine ou par l'aveugle- « ment Originel de notre nature, la Coutume est « silencieusement reçue comme le meilleur in- « structeur. »

L'écrivain pose ensuite divers principes qu'il ne prouve pas tous également.

« L'homme est l'occasion de ses propres mi-
« sères, dans la plupart de ses maux qu'il attri-
« bue à la main de Dieu. Ce n'est pas Dieu qui
« a défendu le Divorce, c'est le Prêtre. La loi
« de Moïse permet le Divorce, la loi du Christ
« n'a pas aboli cette loi de Moïse. La loi cano-
« nique est ignorante et inique lorsque, en sti-
« pulant les droits du corps, elle n'a rien fait
« pour la réparation des injustices et des souf-
« frances qui naissent de l'esprit. Le mariage
« n'est pas un remède contre les exigences de la
« nature ; il est l'accomplissement d'un amour
« conjugal et d'un aide mutuel : l'amour et la
« paix de la famille font le mariage aux yeux de
« Dieu. Or, si l'amour et la paix n'existent pas, il
« n'y a plus de mariage. Rien ne trouble et ne
« désole plus un chrétien qu'un mariage où l'in-
« compatibilité de caractère se rencontre : l'adul-
« tère corporel n'est pas la plus grande offense
« faite au mariage : il y a un adultère spirituel, une
« infidélité des intelligences antipathiques, plus
« cruelle que l'adultère corporel. Prohiber le di-
« vorce pour cause naturelle, est contre nature.
« Deux personnes mal engagées dans le mariage
« passent les nuits dans les discordes et les inimi-
« tiés, se réveillent dans l'agonie et la douleur ; ils
« traînent leur existence de mal en mal, jusqu'à
« ce que le meilleur de leurs jours se soit épuisé

« dans l'infortune, ou que leur vie se soit éva-
« nouie dans quelque peine soudaine. Moïse ad-
« met le Divorce pour dureté de cœur; le Christ
« n'a pas aboli le Divorce; il l'a expliqué; saint
« Paul a commenté les paroles du Christ. Le
« Christ ne faisait pas de longs discours, sou-
« vent il parlait en monosyllabes; il semait çà
« et là comme des perles, les grains célestes de sa
« doctrine; ce qui demande de l'attention et du
« travail pour les recueillir. On peut dire à celui
« qui renvoie sa femme pour cause d'adultère :
« Pardonnez-lui. —Vous pouvez montrer de la mi-
« séricorde ; vous pouvez gagner une ame : ne
« pourriez-vous donc divorcer doucement avec
« celle qui vous rend malheureux? Dieu n'aime
« pas à labourer de chagrins le cœur de l'homme ;
« il ne se plaît pas dans nos combats contre des
« obstacles invincibles. Dieu le Fils a mis toute
« chose sous ses pieds ; mais il a commandé aux
« hommes de mettre tout sous les pieds de la
« Charité. »

Milton ne résout ici aucune question particulière ; il n'entre point dans les difficultés touchant les enfans et les partages : son esprit large
était contraire à l'esprit anglais qui se renferme
dans le cerle de la société pratique. Milton géné-
ralise les idées, les applique à la société dans son

ensemble, à la nature humaine entière ; il fait liberté de tout, et prêche l'indépendance de l'homme sous quelque rapport que ce soit. Et cependant cet ardent champion du divorce a divinement chanté la sainteté et les délices de l'amour conjugal : «Salut, amour conjugal, mys-« térieuse loi, véritable source de l'humaine « postérité. » (*Paradis perdu*, livre IV.)

D'après ses principes sur le Divorce, Milton voulut épouser une fille du docteur Dawis, jeune, et spirituelle, mais elle ne se souciait pas du beau génie qui la recherchait. La première femme du poète se ressouvint de lui alors : la famille Powell, devenue moins royaliste à mesure que la cause royale devenait moins victorieuse, désirait un raccommodement. Milton étant allé chez un de ses voisins nommé Blackborough soudain la porte d'une chambre s'ouvre : Marie Powell se jette en larmes aux pieds de son mari et confesse ses torts ; Milton pardonne à la pécheresse : aventure qui nous a valu l'admirable scène entre Adam et Ève au Xe livre du *Paradis perdu*.

> Soon his heart relented
> Tow' rds her, his life so late and sole dilight,
> Now, at his feet submissive in destress !

« Son cœur bientôt s'attendrit pour elle, na-

« guère sa vie et ses seules délices, à présent à ses
« pieds soumise dans la douleur. »

La postérité a profité d'une tracasserie de
ménage.

Un mariage romanesque commencé dans le
mystère, renoué dans les larmes, eut pour résultat la naissance de trois filles, et deux de ces Anti-
gones rouvrirent les pages de l'antiquité à leur
père aveugle.

Après le triomphe des parlementaires, Milton
offrit un asile à la famille de sa femme. Todd a
retrouvé des papiers dans les archives publiques, par lesquels on voit que Milton prit
possession du reste de la fortune de son beau-
père lorsqu'il mourut ; fortune qui lui revenait
comme hypothèque d'une somme prêtée par le
père du poëte. La veuve de Powell pouvait récla-
mer son douaire ; elle ne l'osa, « car, dit-elle,
« M. Milton est un homme dur et colère, et
« ma fille qu'il a épousée, serait perdue si je
« poursuivais ma réclamation. »

Les Presbytériens ayant attaqué l'écrit sur le
Divorce, l'auteur irascible se détacha de leur
secte, et devint leur ennemi.

Milton fit bientôt paraître son *Areopagitica,*
le meilleur ouvrage en prose anglaise qu'il ait
écrit; cette manière de s'exprimer, *liberté de la
presse*, n'étant pas encore connue, il intitula
son ouvrage : *A speach for the liberty of unli-
cens'd printing ,*

To the Parliament of England.

Discours pour la liberté d'imprimer sans *licence* (permission) au Parlement d'Angleterre.

Après avoir remarqué que la censure est inutile contre les mauvais livres, puisqu'elle ne les
empêche pas de circuler, l'auteur ajoute :

« Tuer un homme, c'est tuer une créature rai-

« sonnable ; tuer un livre, c'est tuer la raison,
« c'est tuer l'immortalité plutôt que la vie. Les
« révolutions des âges souvent ne retrouvent
« pas une vérité rejetée, et faute de laquelle des
« nations entières souffrent éternellement.

« Le peuple vous conjure de ne pas rétrogra-
« der, d'entrer dans le chemin de la vérité et de
« la vertu. Il me semble voir dans ma pensée une
« noble et puissante nation se lever, comme un
« homme fort après le sommeil ; il me semble
« voir un aigle muant sa puissante jeunesse, allu-
« mant ses regards non éblouis au plein rayon
« du soleil de midi, ôtant à la fontaine même de
« la lumière céleste, les écailles de ses yeux long-
« temps abusés, tandis que la bruyante et timide
« volée des oiseaux qui aiment le crépuscule, fuit
« en désordre. Supprimerez-vous cette moisson
« fleurie de connaissances et de lumières nou-
« velles qui ont grandi et qui grandissent encore
« journellement dans cette cité ? Établirez-vous
« une oligarchie de vingt monopoleurs, pour
« affamer nos esprits ? N'aurons-nous rien au-
« delà de la nourriture qui nous sera mesurée
« par leur boisseau ? Croyez-moi, Lords et Com-
« munes, je me suis assis parmi les savans étran-
« gers ; ils me félicitaient d'être né sur une terre
« de liberté philosophique, tandis qu'ils étaient
« réduits à gémir de la servile condition où le

« savoir était réduit dans leur pays. J'ai visité le
« fameux Galilée devenu vieux, prisonnier de
« l'Inquisition pour avoir pensé en astronomie
« autrement qu'un censeur franciscain ou domi-
« nicain. La liberté est la nourrice de tous les
« grands esprits : c'est elle qui éclaire nos pen-
« sées comme la lumière du ciel. »

A cet énergique langage on reconnaît l'auteur
du *Paradis perdu*. Milton est un aussi grand
écrivain en prose qu'en vers ; les révolutions
l'ont rapproché de nous ; ses idées politiques en
font un homme de notre époque : il se plaint
dans ses vers d'être venu un siècle trop tard ;
il aurait pu se plaindre dans sa prose d'être
venu un siècle trop tôt. Maintenant l'heure de
sa résurrection est arrivée ; je serais heureux
d'avoir donné la main à Milton pour sortir de sa
tombe comme prosateur ; depuis long-temps,
la gloire lui a dit comme poète : « Lève-toi ! »
Il s'est levé et ne se recouchera plus.

La liberté de la presse doit tenir à grand honneur d'avoir pour patron l'auteur du *Paradis
perdu* ; c'est lui qui, le premier, l'a nettement et
formellement réclamée. Avec quel art pathétique
le poète ne rappelle-t-il pas qu'il a vu Galilée, sous
le poids de l'âge et des infirmités, près d'expirer
dans les fers de la censure, pour avoir osé affirmer

le mouvement de la terre! C'était un exe mple
pris à la hauteur de Milton. Où irions-nous aujourd'hui si nous tenions un pareil langage?

> Regardez, regardez, peuples du nouveau monde !
> N'apercevez-vous rien sur votre mer profonde?
> Ne vient-il pas à vous du fond de l'horizon,
> Un cétacée informe au triple pavillon ?
> Vous ne devinez pas ce qui se meut sur l'onde :
> C'est la première fois qu'on lance une prison (1).

(1) Loi de la presse. M. A. Musset.

MORT DU PÈRE DE MILTON. ÉVÈNEMENS HISTO-
RIQUES. TRAITÉ SUR L'ÉTAT DES ROIS ET DES
MAGISTRATS.

En 1645 Milton recueillit les poëmes latins et
anglais de sa jeunesse. Les chansons furent mises
en musique par Henri Lawes, attaché à la chapelle de Charles Iᵉʳ : la voix de l'apologiste allait
bientôt se faire entendre au cercueil du monarque à la chapelle de Windsor.

. Le père de Milton mourut; les parens de la
femme du poète retournèrent chez eux, et sa
maison, dit Philips, redevint encore une fois le
temple des muses. A cette époque, Milton fut
au moment d'être employé en qualité d'adjudant
dans les troupes de sir William Waller, général
du parti presbytérien dont nous avons des Mémoires.

Lorsque, au mois d'avril 1647, Fairfax et
Cromwell se furent emparés de Londres, Milton,
pour continuer plus tranquillement ses études,
quitta son grand établissement de Berbicane, et
se retira dans une petite maison de *High Hol-*

borne, près de laquelle j'ai long-temps demeuré. Et c'est ici le lieu de rappeler une observation que j'ai faite au commencement de cet Essai : « Une vue de la littérature, isolée de l'histoire des nations, ai-je dit, créerait un prodigieux mensonge; en entendant des poètes successifs chanter imperturbablement leurs amours et leurs moutons, on se figurerait l'existence non interrompue de l'âge d'or sur la terre. . . . . . . Il y a toujours chez une nation, au moment des catastrophes et parmi les plus grands évènemens, un prêtre qui prie, un poète qui chante, etc. »

Nous voyons Milton se marier, s'occuper de l'étude des langues, élever des enfans, publier des opuscules en prose et en vers, comme si l'Angleterre jouissait de la plus profonde paix : et la guerre civile était allumée et mille partis se déchiraient, et l'on marchait dans le sang parmi des ruines.

En 1644 les batailles de Marstonmoor et de Newbury avaient été livrées; la tête du vieil archevêque Laud était tombée sous le fer du bourreau. Les années 1645 et 1646 virent le combat de Naseby, la prise de Bristol, la défaite de Montross, la retraite de Charles Ier à l'armée écossaise qui livra aux Anglais leur monarque pour 400,000 livres sterling.

Les années 1647, 1648, 1649, furent plus tragiques encore ; elles renferment dans leur période fatale, le soulèvement de l'armée, l'enlèvement du roi par Joyce, l'oppression du parlement par les soldats, la seconde guerre civile, l'évasion du roi, la seconde arrestation de ce monarque, l'épuration violente du Parlement, le jugement et la mort de Charles Ier.

Qu'on se reporte à ces dates, et l'on y placera successivement ces ouvrages de Milton, dont je viens de parler. Milton assista peut-être comme spectateur à la décapitation de son souverain ; il revint peut-être chez lui faire quelques vers ou arranger pour des enfans, un paragraphe de sa grammaire latine : *Genders are three : masculine, feminine and neuter ;* « il y a trois genres, le masculin, le féminin et le neutre. » Le sort des empires et des hommes, ne compte pas plus que cela dans le mouvement qui entraîne les sociétés.

En France, en 1793, il y avait aussi des poètes qui chantaient *Thyrsis*, un des personnages du Masque, et qui n'étaient pas des Milton ; on allait au spectacle peuplé de bons villageois ; les bergers occupaient la scène quand la tragédie courait les rues. On sait que les Terroristes étaient d'une bénignité de mœurs extraordinaire : ces tendres pastoureaux aimaient surtout les petits enfans. Fouquier-Tinville et son serviteur Sam-

son qui sentait le sang , se délassaient le soir au
théâtre , et pleuraient à la peinture de l'innocente vie des champs.

Charles Ier n'eut pas plus tôt été exécuté , que
les Presbytériens crièrent au meurtre, à l'invio-
labilité de la personne royale : bien que ces
Girondins de l'Angleterre eussent puissamment
contribué à la catastrophe, du moins ils ne vo-
tèrent pas comme les Girondins français, la mort
du prince dont ils déploraient la perte. Pour répondre à leur clameur, Milton écrivit son *Tenure
of kings and magistrats* , « État des rois et des
magistrats. » Il n'eut pas de peine à démontrer
que ceux qui se lamentaient le plus du sort de
Charles, l'avaient eux-mêmes conduit à l'échafaud.
Ainsi qu'il arrive dans toutes les révolutions, les
partis essaient de tenir à certaines bornes où ils ont
fixé le *droit* et la *justice ;* mais les hommes qui les
suivent les renversent et franchisent ce but,
comme dans une charge de cavalerie le dernier
escadron passe sur le ventre du premier, si
celui-ci vient à s'arrêter.

Milton cherche à prouver qu'en tout temps et
sous toutes les formes de gouvernement, il a
été légal de faire le procès à un mauvais roi, de
le déposer ou de le condamner à mort. « Si un
« sujet, dit-il, en raison de certains crimes ,
« est frappé par la loi dans lui-même, dans sa

« postérité, dans son héritage dévolu au roi ;
« quoi de plus juste que le roi, en raison de
« crimes analogues, perde ses titres, et que son
« héritage soit dévolu au peuple ? Direz-vous
« que les nations sont créées pour le monarque,
« et que celui-ci n'est pas créé pour les nations ;
« que ces nations sont regardées, dans leur
« Multitude, comme inférieures à l'Individu
« Royal ? Cette doctrine serait une espèce de
« trahison contre la dignité de l'espèce humaine.
« Soutenir que les Rois ne doivent rendre compte
« de leur conduite qu'à Dieu, c'est abolir toute
« société politique. C'est alors que les sermens que
« les princes ont prêtés à leur couronnement sont
« de pures moqueries, et que les lois qu'ils ont
« juré de garder, sont comme non avenues. »
Milton dans ces doctrines, n'allait pas plus loin
que Mariana, et il les appuyait des textes de l'É-
criture : la révolution anglaise, en cela toute
contraire à la nôtre, était essentiellement religieuse.

MILTON SECRÉTAIRE LATIN DU CONSEIL D'ÉTAT DE LA RÉPUBLIQUE. L'ICONOCLASTE.

Les écrits politiques de Milton le recomman-
dèrent enfin à l'attention des chefs du gouvernement; il fut appelé aux affaires et nommé
secrétaire latin du Conseil d'état de la république: quand celle-ci se changea en Protectorat,
Milton se trouva tout naturellement secrétaire
du Protecteur pour la même langue latine. A
peine entré dans ses nouvelles fonctions, il reçut
l'ordre de répondre à l'*Eikon Basiliké*, publié à
Londres après la mort de Charles, comme le
testament de Louis XVI se répandit dans Paris
après la mort du roi martyr. Une traduction
française de l'Eikon parut sous ce titre : *Pourtraict de sa sacrée majesté durant sa solitude
et ses souffrances.*

Milton intitula spirituellement sa réponse au
Pourtraict : l'Iconoclaste. Tout en immolant de
de nouveau le monarque, il prétend n'avoir au-

cun dessein de souffleter une tête coupée ; mais enfin les circonstances l'obligent à parler, et il préfère au Roi Charles la REINE Vérité : *Reginam Veritatem Regi Carolo anteponendam arbitratus.*

L'ouvrage est écrit avec méthode et clarté ; l'auteur y semble moins dominé par son imagination que dans ses autres traités politiques. « Discourir « sur les malheurs d'une personne tombée d'un « rang si élevé, et qui a payé sa dette finale à ses « fautes et à la nature, n'est pas une chose en elle-« même recommandable ; ce n'est pas non plus « mon intention. Je ne suis poussé ni par l'ambi-« tion, ni par la vanité de me faire un nom, en « écrivant contre un roi : les rois sont forts en « soldats et faibles en argumens, ainsi que tous « ceux qui sont accoutumés dès le berceau à user « de leur volonté comme de leur main droite, et « de leur raison comme de leur main gauche. Ce-« pendant pour l'amour des personnes d'habi-« tude et de simplicité, qui croient les monarques « animés d'un souffle différent des autres mortels, « je relèverai au nom de la liberté et de la répu-« blique le gant qui a été jeté dans l'arène, quoi-« qu'il soit le gant d'un roi. »

Milton, d'autant plus cruel pour Charles Ier dans l'*Iconoclaste* qu'il est plus contenu, oppose à l'*Eikon* ce raisonnement au sujet de la mort de Strafford :

« Charles se repent, nous dit-il, d'avoir donné « son consentement à l'exécution de Strafford ; il « est vrai que Charles déclara aux deux cham- « bres qu'il ne pouvait condamner son favori pour « haute trahison ; que ni la crainte ni aucune « considération ne lui feraient changer une ré- « solution puisée dans sa conscience. Mais ou la « résolution de Charles n'était pas puisée dans sa « conscience, ou sa conscience reçut de meilleures « informations, ou enfin sa conscience et sa ferme « résolution plièrent les voiles devant quelque « crainte plus forte, car peu de jours après ses « fermes et glorieuses paroles à son parlement, « il signa le bill pour l'exécution de Strafford. »

Milton appelle l'*Eikon* un livre de pénitence. « Charles était un diligent lecteur de poésie plus « que de politique ; peut-être l'*Eikon* n'est qu'une « pièce de vers : les mots en sont bons, la « fiction claire ; il n'y manque que la rime. « Charles, donne la rudesse au Parlement « anglais, la vertu à la Reine dans des paroles « qui arrivent presque à la douce autorité du « sonnet. »

Milton se joue des réflexions du roi à Holmby

et de sa lettre testamentaire au prince de Galles :
il rappelle encore à ce propos les condamnations
de diverses têtes couronnées, et descend impi-
toyable, jusqu'à l'exécution de Marie Stuart,
aïeule de Charles; souvenir sans courage, car
Charles dormait à Windsor et n'entendait pas ce
que son ennemi lui disait.

« Vous parlez, s'écrie le poète, de la couronne
« d'épines de notre Sauveur ! Les rois peuvent
« sans doute trouver assez de couronnes d'épines
« cueillies et tressées par eux; mais la porter
« comme Christ la porta, n'est pas donné à ceux
« qui ont souffert pour leurs propres démérites. »

Malgré son intrépidité républicaine, le publiciste paraît embarrassé quand il arrive au dernier chapitre de l'*Eikon*. Ce dernier chapitre a
pour titre : *Méditations sur la mort.* Que fait
Milton? Il fuit devant ces méditations. « Toutes
« les choses humaines, dit-il, peuvent être con-
« troversées; les jugemens seront divers jusqu'à
« la fin du monde ; mais cette affaire de la mort
« est un cas simple, et n'admet pas de contro-
« verse; dans ce centre commun toutes les opi-
« nions se rencontrent. »

C'est ainsi que Milton prit part à la gloire du

régicide : le bourreau fit jaillir jusqu'à lui le
sang de Charles Ier, comme l'immolateur, dans les
sacrifices antiques, arrosait les spectateurs du
sang de la victime.

Milton soupçonnait l'*Eikon* de n'être pas du
roi : ce qu'il avait pressenti s'est trouvé vrai ; l'ouvrage est du docteur Gauden. L'*Eikon* renferme
une prière empruntée, mot pour mot, de celle de
Pamela, dans *l'Arcadie* de Philippe Sidney. Ce fut
un grand sujet de moquerie pour les républicains
et de confusion pour les royalistes qui avaient cru
à l'authenticité du *pourtraict* de leur maître. Dans
la suite, un nommé Henri Hills, imprimeur de
Cromwell, prétendit que Milton et Bradshaw
avaient obtenu de Dugar, éditeur de l'*Eikon*, l'in-
sertion de la prière de Pamela, afin de détruire
l'effet de l'*Eikon*. Rien dans le caractère de Milton
n'autorise à croire qu'il eût pu se rendre coupable d'une pareille lâcheté. Comment aurait-il
su qu'on imprimait le Portrait royal? Comment
les parlementaires, qui auraient connu l'existence du manuscrit, ne l'auraient-ils pas arrêté ? Les violences arbitraires étaient fort
en usage parmi ces gens libres, non les four-
beries : dans la correspondance secrète du Roi
avec la Reine, qu'ils surprirent et imprimèrent,
ils ne changèrent rien. Les interpolations, les
falsifications, les suppressions, sont des moyens

bas que la révolution anglaise a laissés à notre révolution.

Toutefois Johnson a cru qu'on avait dépravé
le texte de l'*Eikon Basiliké* : « Les factions, dit-il,
« laissent rarement un homme honnête, quoiqu'il
« puisse y être entré tel. . . . . Les régicides
« s'emparèrent des papiers que le roi donna à
« Juxon sur l'échafaud, de sorte qu'ils furent au
« moins les éditeurs de cette prière (la prière
« prise de *l'Arcadie* de Sidney), et le docteur
« Biche, qui a examiné ce sujet avec beaucoup
« de soin, croit qu'ils en furent les fabricateurs. »

Pour moi, en examinant de près l'*Eikon Basiliké*,
il m'est venu une autre espèce de doute sur cet
ouvrage : je ne puis me persuader que l'*Eikon*
soit sorti tout entier de la plume du docteur
Gauden. Le Ministre aura vraisemblablement
travaillé sur des notes laissées par Charles Ier.
Des sentimens intimes ne trompent pas; on ne
peut se mettre si bien à la place d'un homme,
que l'on reproduise les mouvemens d'esprit de
cet homme dans telle ou telle circonstance de sa
vie. Il me semble, par exemple, que Charles Ier a
pu seul écrire cette suite de pensées :

« Sous prétexte d'arrêter une bourrasque po-
« pulaire, j'ai excité une tempête dans mon sein.
(Charles se reproche ici la mort de Strafford.)

« O Dieu, que ta bénédiction m'octroye d'être
« toujours raisonnable comme homme, religieux
« comme chrétien, constant et juste comme roi!

« Les évènemens de toutes les guerres sont in-
« certains, ceux de la guerre civile inconsolables :
« puis donc que, vainqueur ou vaincu, il me
« faut toujours souffrir, donne-moi de ton esprit
« au double.

« J'ai besoin d'un cœur propre à beaucoup
« souffrir!

« Ils m'ont bien peu laissé de cette vie, et seu-
« lement l'écorce.

« Mon fils, s'il faut que vous ne voyiez plus ma
« face, et que ce soit l'ordre de Dieu que je sois
« enterré pour jamais dans cette obscure et si
« barbare prison, adieu.

« Je laisse à vos soins votre mère : souvenez-
« vous qu'elle a été contente de souffrir pour
« moi, avec moi et avec vous aussi, par une ma-
« gnanimité incomparable.

« Quand ils m'auront fait mourir, je prie Dieu
« qu'il ne verse point les fioles de son indi-
« gation sur la généralité du peuple.

« J'aimerais mieux que vous fussiez Charles *le*
« *Bon* que Charles *le Grand*. J'espère que Dieu
« vous aura destiné à pouvoir être l'un et l'autre.

« Vous ferez plus paraître et exercerez plus
« légitimement votre autorité en relâchant un

« peu de la sévérité des lois, qu'en vous y atta-
« chant si fort; car il n'y a rien de pire qu'un
« pouvoir tyrannique exercé sous les formes de
« la loi.

   « Que ma mémoire et mon nom vivent en votre
« souvenir.

   « Adieu, usqu'à ce que nous puissions nous
« rencontrer au ciel, si nous ne le pouvons pas
« en la terre.

   « J'espère qu'un siècle plus heureux vous
« attend. »

Bientôt parut celui des ouvrages de Milton, qui, de son vivant, lui donna le plus de renommée : c'est sa *Défense du peuple anglais* contre l'écrit de Saumaise en faveur de la mémoire de Charles Ier « Les attaques contre un roi qui n'est « plus, dit avec raison et éloquence M. Villemain, « ces insultes au-delà de l'échafaud avaient quel- « que chose d'abject et de féroce, que l'éblouis- « sement du faux zèle cachait à l'ame enthou- « siaste de Milton. »

Defensio pro populo Anglicano est écrit en prose latine, élégante et classique ; mais Milton ne s'y montre que le *traducteur* de ses propres sentimens *pensés* en anglais, et il perd ainsi son originalité nationale. Tous ces chefs-d'œuvre de latinité moderne feraient bien rire les écoliers de Rome s'ils venaient à ressusciter.

Milton dit d'abord à Saumaise que lui Saumaise ne sait pas le latin ; il lui demande comment il a écrit

persona regia. Milton affectait de faire remonter en bonne latinité, *persona* à la signification
classique, un *masque*, bien que Saumaise eût
pour lui l'autorité de Varron et de Juvénal ; mais
se relevant tout à coup, il ajoute : « Ton expres-
« sion, Saumaise, est plus juste que tu ne l'ima-
gines ; un tyran est en effet le masque d'un roi. »

Cette querelle sur le latin est une querelle
commune entre les érudits ; tout homme habile
en grec et en latin, prétend que son voisin n'en
sait pas un mot.

« Tu commences, Saumaise, ton écrit par ces
« mots : Une horrible nouvelle a dernièrement
« frappé nos oreilles ! un parricide a été commis
« en Angleterre ! Mais cette *horrible nouvelle*
« doit avoir eu une épée beaucoup plus longue
« que celle de saint Pierre, et tes oreilles doivent
« être d'une étonnante longueur, car cette nou-
« velle ne peut frapper que celles d'un âne... O
« avocat mercenaire ! ne pouvais-tu écrire la dé-
« fense de Charles le père, selon toi le meilleur
« des rois défunts, à Charles le fils, le plus indi-
« gent de tous les rois vivans, sans mettre ton
« écrit à la charge de ce roi piteux ? Quoique
« tu sois un coquin, tu n'as pas voulu te rendre
« ridicule et appeler ton écrit : *Défense du roi*, car
« ayant *vendu* ton écrit, il n'est pas à *toi* ; il appar-
« tient à ton roi, lequel l'a trop payé au prix de cent

« *jacobusses*, grande somme pour ce pauvre hère
« de monarque ! »

Milton ne reçut-il pas de ses maîtres , mille
livres sterling pour sa réponse à Saumaise ? c'é-
tait plus de cent *jacobusses*. Heureusement tout
n'est pas de ce ton dans la défense.

« Je vais discourir sur des choses considéra-
« bles et non communes : je dirai comment un
« roi très puissant, après avoir foulé aux pieds les
« lois de la nation et ébranlé le culte, gouverna
« selon sa volonté et son bon plaisir, et fut enfin
« vaincu sur le champ de bataille par ses sujets :
« ils avaient souffert sous ce roi une longue ser-
« vitude. Je dirai comment il fut jeté en prison ;
« comment, n'ayant pu donner dans ses paroles
« ou ses actions l'espoir d'obtenir de lui une meil-
« leure règle, il fut finalement condamné à mort
« par le suprême conseil du royaume, et décapité
« devant la porte même de son palais. Je dirai
« en vertu de quel droit et de quelles lois parti-
« culières à ce pays ce jugement fut prononcé,
« et je défendrai facilement mes dignes et vail-
« lans compatriotes contre les calomnies domes-
« tiques et étrangères.....

« La nature et les lois seraient en danger, si
« l'esclavage parlait et que la liberté fût muette,
« si les tyrans rencontraient des hommes prêts à

« plaider leur cause, tandis que ceux qui ont
« vaincu ces tyrans ne pourraient trouver un
« avocat. Chose déplorable en vérité si la rai-
« son, présent de Dieu dont l'homme est doué,
« ne fournissait pas plus d'argumens pour la con-
« servation et la délivrance des hommes, que pour
« leur oppression et leur ruine ! »

De là, l'auteur passe aux réponses directes. Saumaise avance qu'on a vu des rois, des tyrans as-
sassinés dans leur palais ou tués dans des émeutes
populaires, mais qu'on n'en a point vu conduits à
l'échafaud. Milton lui demande s'il est meilleur
de tuer un prince par violence et sans jugement,
que de le mener à un tribunal où il n'est condamné, comme tout autre citoyen, qu'après
avoir été entendu dans sa défense ?

Saumaise soutient que la loi de nature est imprimée dans le cœur des hommes : Milton répond
que le droit de succession n'est point un droit
de nature ; qu'aucun homme n'est roi par la loi
de nature. Il cite à cette occasion tous les rois
jugés et surtout en Angleterre. « Dans un ancien
« manuscrit, » dit-il, appelé *Modus tenendi par-
lamenta*, on lit : « Si le roi dissout le parlement
« avant que les affaires pour lesquelles le conseil
« a été convoqué ne soient dépêchées, il se rend
« coupable de parjure et sera réputé avoir violé

« le serment de son couronnement. » « A qui la faute si Charles a été condamné? N'a-t-il pas pris les armes contre ses peuples? N'a-t-il pas fait massacrer cent cinquante-quatre mille protestans dans la seule province d'Ulster en Irlande? »

Hobbes prétend que, dans la *Défense du peuple anglais*, le style est aussi bon que les argumens sont mauvais. Voltaire dit que Saumaise attaque en pédant, et que Milton répond comme une bête féroce. « Aucun homme, selon Johnson, « n'oublie son premier métier : les droits des « nations et des rois deviennent des questions « de grammaire, si des grammairiens les dis- « cutent. »

La *défense* fut traduite du latin dans toutes les langues de l'Europe : le traducteur anglais s'appelle *Washington*.

Les ambassadeurs des puissances étrangères à Londres, s'empressèrent d'aller faire leurs complimens à Milton sur son *admirable* ouvrage : c'est une chose si heureuse pour les rois que de tuer les rois ! Philaras, Athénien de naissance, et ambassadeur du duc de Parme auprès du roi de France, écrivit des éloges sans fin à l'apologiste du jugement de Charles Iᵉʳ. Nous avons vu les ambassadeurs ramper à Paris aux pieds des secrétaires de Bonaparte. Abstraction faite des

4.

hommes, les corps diplomatiques, qui ne sont plus en rapport avec le système de la nouvelle société, ne servent souvent qu'à troubler les cabinets auprès desquels ils sont accrédités, et à nourrir leurs maîtres d'illusions.

Milton a remué d'une main puissante toutes les idées agitées dans notre siècle. Ces idées ont dormi pendant cent cinquante années, et se sont réveillées en 1789. Ne croirait-on pas que les ouvrages politiques du poète, ont été écrits de nos jours, sur des sujets que nous voyons traiter chaque matin dans les feuilles publiques?

Saumaise se vantait d'avoir fait perdre la vue à Milton, et Milton d'avoir fait mourir Saumaise. Une réplique de celui-ci ne parut qu'après sa mort; il y traite Milton de *prostitué*, de *larron fanatique*, d'*avorton*, de *chassieux*, de *myope*, d'*homme perdu*, de *fourbe*, d'*impur*, de *scélérat audacieux*, de *génie infernal*, d'*imposteur infame*; il déclare qu'il voudrait le voir torturer et expirer dans de la poix fondue ou dans de l'huile bouillante. Saumaise n'oublie pas quelques vers latins où Milton a manqué à la quantité. Vraisemblablement la colère du savant venait moins de son horreur du Régicide, que des mauvaises plaisanteries de Milton contre le latin de la *Defensio regia*.

SECONDE DÉFENSE.

Milton répliqua peut-être encore avec plus de violence à la brochure de Pierre Du Moulin, chanoine de Canterbury, publiée par le ministre François Morus : *Cri du sang royal vers le ciel contre les régicides anglais.* Les royalistes croyaient émouvoir les princes étrangers en appelant Cromwell régicide et usurpateur; ils se trompaient : les souverains sont fort accommodans en fait d'usurpation; ils n'ont horreur que de la liberté.

Defensio secunda est plus intéressante pour nous que la *première* : dans ce second traité, Milton a passé de la défense des principes à la défense des hommes : il raconte l'histoire de sa vie et repousse les reproches qu'on lui adresse; il établit ainsi magnifiquement le lieu de sa plaidoirie :

« Il me semble commander, comme du sommet « d'une hauteur, une grande étendue de mer et

« de terre. Des spectateurs se pressent en foule :
« leurs visages inconnus trahissent des pensées
« semblables aux miennes. Ici, des Germains
« dont la mâle force dédaigne la servitude; ici
« des Français d'une impétuosité vivante et gé-
« néreuse au nom de la liberté; de ce côté-ci le
« calme et la valeur de l'Espagnol; de ce côté-là
« la retenue et la circonspecte magnanimité de
« l'Italien. Tous les amans de l'indépendance et
« de la vertu, le Courageux et le Sage, dans quel-
« que endroit qu'ils se trouvent, sont pour moi.
« Quelques-uns me favorisent en secret, quel-
« ques-uns m'approuvent ouvertement; d'autres
« m'accueillent par des applaudissemens et des
« félicitations; d'autres qui s'étaient refusés long-
« temps à toute conviction, se livrent enfin captifs
« à la force de la vérité. Entouré par la multi-
« tude, je m'imagine à présent, que des colonnes
« d'Hercule aux extrémités de la terre, je vois
« toutes les nations recouvrant la liberté dont
« elles avaient été si long-temps exilées; je crois
« voir les hommes de ma patrie transporter dans
« d'autres pays une plante d'une qualité supé-
« rieure, et d'une plus noble croissance que celle
« que Triptolême transporta de régions en ré-
« gions : ils sèment les avantages de la civili-
« sation et de la liberté parmi les cités, les
« royaumes et les nations. Peut-être n'appro-

« cherai-je pas inconnu de cette foule, peut-être
« en serai-je aimé, si on lui dit que je suis cet
« homme qui soutient un combat singulier
« contre le fier avocat du despotisme. »

N'est-ce pas là ce qu'on appelle aujourd'hui
la propagande révolutionnaire éloquemment
annoncée? Milton avait seul ces idées; on n'en
trouve aucune trace dans les révolutionnaires de
son temps. Sa fiction s'est réalisée : l'Angleterre
a répandu ses principes et les formes de son gouvernement, sur toute la terre.

L'auteur de *Defensio secunda*, en parcourant
son sujet, trace plusieurs portraits historiques :

BRADSHAW.

« Jean Bradshaw, dont la liberté même re-
« commande le nom à une éternelle mémoire, est
« sorti, comme chacun le sait, d'une noble fa-
« mille . . . . Appelé par le Parlement à pré-
« sider le procès du roi, il ne se récusa pas, et
« accepta cette charge pleine de péril. Il joignait
« à la science des lois un esprit généreux, une
« ame élevée, des mœurs intègres qui ne déplai-
« saient à personne. Il s'acquitta de son devoir
« avec tant de gravité, de constance, de présence
« d'esprit, qu'on eût pu croire que Dieu, comme
« autrefois dans son admirable providence, l'avait

« désigné de tout temps parmi son peuple pour
« conduire ce jugement. »

Voilà ce que les partis font d'un homme !
Bradshaw était un avocat bavard et médiocre.

FAIRFAX.

« Il ne serait pas juste de passer sous silence
« Fairfax qui unit le plus grand courage à la plus
« grande modestie, à la plus haute sainteté de
« vie, et qui est l'objet des faveurs de Dieu et de
« la nature. Ces louanges te sont justement dues,
« quoique tu te sois retiré à présent du monde,
« comme autrefois Scipion à Literne. Tu as
« vaincu non seulement l'ennemi, mais l'ambi-
« tion, mais la gloire qui ont vaincu tant d'é-
« clatans mortels. La pureté de tes vertus, la
« splendeur de tes actions consacrent la dou-
« ceur de ce repos dont tu jouis, et qui constitue
« la récompense désirée des travaux des hommes.
« Tel était le repos que possédaient les héros de
« l'antiquité après une vie de gloire : les poètes
« désespérant de trouver des idées et des expres-
« sions propres à exprimer la paix de ces guer-
« riers, disaient qu'ils avaient été reçus dans le
« ciel et admis à la table des Dieux. Mais quelles
« que soient les causes de ta retraite, soit la santé,
« comme je le crois principalement, soit tout autre
« motif, je suis convaincu que rien ne t'aurait

« fait abandonner le service de ton pays, si tu
« n'avais su que dans 'ton successeur, la liberté
« trouverait un protecteur, l'Angleterre un refuge
« et une colonne de gloire. »

Les efforts de Milton sont visibles ; il appelle
à lui toute la poésie de l'histoire pour masquer
la véritable cause de la retraite de Fairfax, le
jugement de Charles Ier. On sait la comédie que
Cromwell fit jouer auprès de cet honnête mais
pauvre homme.

CROMWELL.

Milton parle d'abord de la noble naissance du
Protecteur : la naissance joue un grand rôle dans
les idées républicaines du poète, lui-même noble.

« Il me serait impossible de compter toutes les
« villes qu'il a prises, toutes les batailles qu'il a
« gagnées. La surface entière de l'empire britan-
« nique a été la scène de ses exploits et le théâtre
« de ses triomphes. . . . . A toi, notre
« pays doit ses libertés ; tu ne pouvais porter un
« titre plus utile et plus auguste que celui d'au-
« teur, de gardien, de conservateur de nos li-
« bertés. Non seulement tu as éclipsé les actions
« de tous nos rois, mais celles qui ont été ra-

« contées de nos héros fabuleux. Réfléchis sou-
« vent au cher gage que la terre qui t'a donné la
« naissance, a confié à tes soins : la liberté qu'elle
« espéra autrefois de la fleur des talens et des
« vertus, elle l'attend maintenant de toi; elle
« se flatte de l'obtenir de toi seul. Honore les
« vives espérances que nous avons conçues, ho-
« nore les sollicitudes de ta patrie inquiète. Res-
« pecte les regards et les blessures de tes braves
« compagnons qui, sous ta bannière, ont hardi-
« ment combattu pour la liberté; respecte les
« ombres de ceux qui périrent sur le champ de
« bataille; respecte les opinions et les espérances
« que les États étrangers ont conçues de nous, de
« nous qui leur avons promis pour eux-mêmes
« tant d'avantage de cette liberté, laquelle, si elle
« s'évanouissait, nous plongerait dans le plus pro-
« fond abîme de la honte; enfin respecte toi toi-
« même; ne souffre pas, après avoir bravé tant
« de périls pour l'amour des libertés, qu'elles
« soient violées par toi-même, ou attaquées
« par d'autres mains. Tu ne peux être vraiment
« libre que nous ne le soyons nous-mêmes. Telle
« est la nature des choses : celui qui empiète sur
« la liberté de tous, est le premier à perdre la
« sienne et à devenir esclave. »

Milton aurait pu écrire l'histoire comme Tite-

Live et Thucydide. Johnson n'a cité que les louanges données au Protecteur par le poète, pour mettre en contradiction le républicain avec lui-même : le beau passage que je viens de traduire montre ce qui faisait le contrepoids de ces louanges. Aux jours de la toute-puissance de Bonaparte, qui aurait osé lui dire qu'il n'avait obtenu l'Empire que pour protéger la liberté? Cependant Milton aurait mieux fait d'imiter quelques fermes démocrates qui ne se rapprochèrent jamais de Cromwell, et le regardèrent toujours comme un tyran : mais Milton n'était pas démocrate.

Sur ces ouvrages aujourd'hui complètement oubliés, reposa la réputation du grand écrivain, pendant sa vie; triste réputation qui empoisonna ses jours et que n'a point consolée l'impérissable renommée sortie de la tombe du poète. Tout ce qui tient aux entraînemens des partis et aux passions du moment, meurt comme eux et avec elles.

Les réactions de la Restauration en Angleterre, furent beaucoup plus vives que les réactions de la Restauration en France, parce que les convictions étaient plus profondes, et les caractères plus prononcés. Le retour des Bourbons n'a point étouffé les réputations de la République ou de l'Empire, comme le retour des

Stuart étouffa la renommée de Milton. Il est juste aussi de dire que, le poète ayant écrit en latin la plupart de ses disquisitions, elles restèrent inaccessibles à la foule.

———

AFFRANCHISSEMENT DE LA GRÈCE.

De même qu'il avait demandé la liberté de la presse, l'Homère anglais remplit un devoir filial en se déclarant pour l'affranchissement de la Grèce. Camoëns avait déjà dit : « Et nous laissons « la Grèce dans la servitude! » Milton écrit à Phi-larès « qu'il voudrait voir l'armée et les flottes « de l'Angleterre employées à délivrer du tyran « ottoman la Grèce, patrie de l'éloquence, » *ut exercitus nostros et classes, ad liberandam ab ottomannico tyranno Græciam, eloquentiæ patriam.*

Si ces vœux avaient été exaucés, le plus beau monument de l'antiquité existerait encore : les Vénitiens ne firent sauter une partie du temple de Minerve qu'en 1682 ; Cromwell aurait conservé le Parthenon dont lord Elgin n'a dérobé que les ruines. Milton avait encore ici une de ces idées qui appartiennent aux générations actuelles et qui de nos jours a porté son fruit.

Qu'il soit permis au traducteur de Milton de lui faire hommage de quelques lignes qui ont préparé la délivrance de la Grèce :

« Il s'agit de savoir si Sparte et Athènes renaî-
« tront, ou si elles resteront à jamais ensevelies
« dans leur poussière. Malheur au siècle témoin
« passif d'une lutte héroïque ; qui croirait qu'on
« peut, sans péril comme sans pénétration de
« l'avenir, laisser immoler une nation ! cette
« faute ou plutôt ce crime, serait tôt ou tard
« suivi du plus rude châtiment.

« Des esprits détestables et bornés, qui, s'ima-
« ginant qu'une injustice par cela seul qu'elle
« est consommée, n'a aucune conséquence fu-
« neste, sont la peste des États. Quel fut le pre-
« mier reproche adressé pour l'extérieur, en
« 1789, au gouvernement monarchique de la
« France ? Ce fut d'avoir souffert le partage de
« la Pologne. Ce partage, en faisant tomber la
« barrière qui séparait le Nord et l'Orient du Midi
« et de l'Occident de l'Europe, a ouvert le che-
« min aux armées qui tour à tour ont occupé
« Vienne, Berlin, Moscou et Paris.

« Une politique immorale s'applaudit d'un suc-
« cès passager : elle se croit fine, adroite, habile ;
« elle écoute avec un mépris ironique le cri de
« la conscience et les conseils de la probité. Mais

« tandis qu'elle marche, et qu'elle se dit triom-
« phante, elle se sent tout-à-coup arrêtée par les
« voiles dans lesquels elle s'enveloppait ; elle
« tourne la tête et se trouve face à face avec une
« révolution vengeresse qui l'a silencieusement
« suivie. Vous ne voulez pas serrer la main sup-
« pliante de la Grèce ? Eh bien! sa main mou-
« rante vous marquera d'une tache de sang, afin
« que l'avenir vous reconnaisse et vous pu-
« nisse (1). »

A la chambre de Paris j'obtins un amendement
pour qu'on ne vendît plus en Egypte sous le pavillon français, les victimes enlevées à la Morée.

« Considéré dans ses rapports avec les af-
« faires du monde, disais-je, mon amende-
« ment est aussi sans le moindre inconvénient.
« Le terme générique que j'emploie n'indique
« aucun peuple particulier. J'ai couvert le Grec
« du manteau de l'esclave, afin qu'on ne le re-
« connût pas, et que les signes de sa misère
« rendissent au moins sa personne inviolable
« à la charité du chrétien. . . . .

. . . . , ...

(1) Préface de l'*Itinéraire* pour l'édition des OEuvres complètes
1826.

«J'ai lu hier une lettre d'un enfant de quinze ans
« datée des remparts de Missolonghi. « Mon cher
« compère, écrit-il dans sa naïveté à un de ses ca-
« marades à Zante, j'ai été blessé trois fois; mais
« je suis, moi et mes compagnons, assez guéri
« pour avoir repris nos fusils. Si nous avions des
« vivres, nous braverions des ennemis trois fois
« plus nombreux. Ibrahim est sous nos murs; il
« nous a fait faire des propositions et des me-
« naces; nous avons tout repoussé. Ibrahim a
« des officiers français avec lui; qu'avons-nous
« fait aux Français pour nous traiter ainsi ? »

« Messieurs, ce jeune homme sera-t-il pris,
« transporté par des chrétiens aux marchés d'A-
« lexandrie? s'il doit encore nous demander ce
« qu'il a fait aux Français, que notre amende-
« ment soit là pour satisfaire à l'interrogation de
« son désespoir, au cri de sa misère, pour que
« nous puissions lui répondre : Non, ce n'est pas
« le pavillon de saint Louis qui protège votre
« esclavage, il voudrait plutôt couvrir vos nobles
« blessures.

« Pairs de France, ministres du Roi très chré-
« tien, si nous ne pouvons pas, par nos armes,
« secourir la malheureuse Grèce, séparons-nous
« du moins par nos lois des crimes qui s'y com-
« mettent; donnons un noble exemple qui pré-
« parera peut-être en Europe les voies à une po-

« litique plus élevée, plus humaine, plus con-
« forme à la religion, et plus digne d'un siècle
« éclairé ; et c'est à vous, messieurs, c'est à
« la France qu'on devra cette noble initia-
« tive (1). »

Le combat de Navarin acheva de réaliser le
souhait de Milton.

---

(1) *Opinion*, *Chambre des Pairs*, 13 mars 1826, *et réponse au garde des sceaux.*

MILTON AVEUGLE. SES DÉPÊCHES.

Hume a, je crois, remarqué le premier la phrase de Whitlocke, relative à Milton dans son emploi de secrétaire du conseil d'état. « Un certain Milton, aveugle, occupé à traduire en latin un « traité entre la Suède et l'Angleterre. » L'historien ajoute : *These forms of expression, are amusing to posterity, who consider how obscure Whitlocke himself though lord keeper and ambassador, and indeed a man of great abilities and merit, has become in comparison of Milton.* « Ces formules d'expression sont amusantes pour « la postérité qui remarque combien Whitlocke, « quoique garde des sceaux et ambassadeur, « d'ailleurs homme d'une grande habileté et d'un « grand mérite, est devenu obscur en compa-« raison de Milton. »

Un ambassadeur se plaignait à Cromwell du retard d'une réponse diplomatique ; le Protecteur lui répondit : « Le secrétaire ne l'a point encore « expédiée, parce qu'étant aveugle il va lente-

« ment. » L'ambassadeur répliqua : « Pour
« écrire convenablement en latin, n'a-t-on pu,
« dans toute l'Angleterre, trouver qu'un aveu-
« gle? » Cromwell, par un instinct de gloire,
découvrit la gloire cachée de Milton, et enchaîna la renommée du héros à celle du poète :
c'est quelque chose dans l'histoire du monde
que Cromwell ayant pour secrétaire Milton.

On attribue à Milton les huit vers si connus que
Cromwell envoya avec son portrait à Christine
de Suède, et qui se terminent par ce trait :

Nec sunt hi vultus regibus usque truces.

Mon front n'est pas toujours l'épouvante des Rois.

Les notes du cabinet de Saint-James avaient
été jusqu'alors écrites en français; Milton les
rédiga en latin, et voulut faire du latin la langue
diplomatique universelle : il n'y réussit pas. Le
français a généralement repris le dessus, à cause
de sa clarté; mais l'orgueil national du cabinet de
Londres, suit aujourd'hui en anglais la correspondance officielle, ce qui la rend perplexe,
comme je le sais par expérience.

Cromwell mourut; la mort aime la gloire : les
entraves que le Protecteur avait mises à l'opinion
furent brisées. Si l'on peut tuer pendant quel-

ques jours la liberté, elle ressuscite : le Christ
rompit les chaînes de la mort, en dépit de la garde
romaine qui veillait à son sépulcre. On fit part aux
souverains de l'avénement nominal de Richard à
la puissance de son père : dans le recueil des
lettres de Milton, se trouvent celles qu'il adressa
à la cour de France. De telles dépêches sont un
monument par la nature des faits et par la nature des hommes. L'auteur du *Paradis perdu*, au
nom du fils de Cromwell, écrit ainsi à Louis XIV
et au cardinal Mazarin :

Richard, Protecteur de la république d'Angle-
  terre, etc., au sérénissime et puissant prince
  Louis, roi de France.

« Sérénissime et puissant roi, notre ami et
« confédéré,

« Aussitôt que notre sérénissime père Olivier,
« Protecteur de la république d'Angleterre, par
« la volonté de Dieu l'ordonnant ainsi, quitta
« cette vie le 3ᵉ jour de septembre; nous, déclaré
« légalement son successeur dans la suprême
« magistrature (quoique dans les larmes et l'ex-
« trème tristesse), nous n'avons pu faire moins à
« la première occasion, que de faire connaître par
« nos lettres cette matière à Votre Majesté. Comme

« vous avez été un très cordial ami de notre père
« et de cette république, nous avons la con-
« fiance que cette nouvelle douloureuse et inat-
« tendue sera reçue par vous avec autant de cha-
« grin qu'elle nous en a causé. Notre affaire à
« présent est de requérir Votre Majesté d'avoir
« une telle opinion de nous, comme d'une per-
« sonne déterminée religieusement et constam-
« ment à garder l'amitié et l'alliance contractées
« entre vous et notre père renommé, et, avec le
« même zèle et la même bonne volonté, à main-
« tenir les traités par lui conclus, et entretenir
« les mêmes rapports et intérêts avec Votre Ma-
« jesté. A cette intention, c'est notre plaisir que
« notre ambassadeur, résidant à votre cour, y
« reste accrédité par les pouvoirs qu'il avait au-
« trefois. Vous lui accorderez le même crédit
« pour agir en notre nom, comme si tout était
« fait par nous-même. En même temps nous
« souhaitons à Votre Majesté toutes sortes de
« prospérités.

    « De notre cour, à Whitehall, 5 sept. 1658. »

A l'éminentissime seigneur cardinal Mazarin.

    « Quoique rien ne puisse nous arriver de plus
« amer et de plus douloureux que d'écrire les
« tristes nouvelles de la mort de notre sérénis-

« sime et très renommé père , cependant nous ne
« pouvons ignorer la haute estime qu'il avait
« pour Votre Eminence et le grand cas que vous
« faisiez de lui.

« Nous n'avons aucune raison de douter que
« Votre Éminence, de l'administration de laquelle
« dépend la prospérité de la France, ne gémisse
« comme nous sur la perte de votre constant ami
« et très dévoué allié. Nous pensons qu'il est im-
« portant par nos lettres, de vous faire connaître
« un accident qui doit être aussi profondément
« déploré de Votre Éminence que du roi. Nous
« assurons Votre Éminence que nous observe-
« rons très religieusement toutes les choses que
« notre père, de sérénissime mémoire, s'était
« engagé par les traités à confirmer et à ratifier.
« Nous ferons en sorte , au milieu de votre deuil
« pour un ami si fidèle, si florissant et applaudi
« de toutes les vertus, que rien ne manque à la
« foi de notre alliance, pour la conservation de
« laquelle et pour le bien des deux nations, puisse
« le Seigneur Dieu tout puissant conserver Votre
« Éminence !

« Westminster, septembre 1658. »

Milton est ici un grand historien de l'histoire
de France et d'Angleterre ! Il est curieux de voir
Richard faire, comme un vieil héritier des trois

couronnes, ses préparatifs pour régner. Milton
écrivait au nom d'un homme investi d'un pouvoir de quelques heures, à un jeune souverain
qui devait conduire son arrière-petit-fils, par la
monarchie non controlée, à l'échafaud du premier
Stuart. Cet échafaud de Whitehall se changea en
trône, lorsqu'un sang royal l'eut couvert de sa
pourpre, et le Protecteur s'y assit. La France sous
le petit-fils d'Henri IV, allait monter de tout ce que
l'Angleterre devait descendre sous Charles II et
son frère. Il faut toujours que la gloire soit
quelque part : en s'envolant de la tête de Cromwell, elle se posa sur celle de Louis XIV.

Louis XIV porta le deuil d'un Régicide, et ce
fut le chantre de Satan, le Républicain apologiste
de la mort de Charles Ier, l'ennemi des rois et
des catholiques, qui fit part au Monarque
absolu, auteur de la Révocation de l'édit de
Nantes, de la mort d'Olivier, le Protecteur.

Ce qui paraît contraste ici, est harmonie : les
hautes renommées se mêlent, comme enfans
d'une même famille. Tout ce qui a de la grandeur
se touche : deux hommes de sentimens semblables, mais d'esprits inégaux, sont plus antipathiques l'un à l'autre, que ne le sont deux
hommes d'esprit supérieurs, quoique opposés
d'opinions et de conduite.

RICHARD CROMWELL. OPINION DE MILTON SUR LA RÉPUBLIQUE, SUR LES DÎMES, SUR LA RÉFORME PARLEMENTAIRE.

Tandis que Milton, au nom de Richard, rappelait aux souverains et à leurs ministres le tendre amour et l'admiration profonde qu'ils avaient pour le juge d'un roi, les factions renaissaient en Angleterre. Les gouvernemens qui ne tiennent qu'à l'existence d'un homme, tombent avec cet homme : l'effet cesse avec la cause. L'ancien parti républicain de l'armée se souleva; les officiers que Cromwell avait destitués, se réunirent. Lambert se mit à la tête de *la bonne vieille cause*. Menacé par les officiers, Richard eut la faiblesse de dissoudre la chambre des Communes; la chambre des pairs était nulle.

Les assemblées aristocratiques règnent glorieusement lorsqu'elles sont souveraines, et seules investies, de droit ou de fait, de la puissance : elles offrent les plus fortes garanties à la liberté, à l'ordre et à la propriété; mais dans les gouvernemens mixtes, elles perdent la plus grande partie de leur valeur et sont misérables quand arrivent les grandes crises de l'État. Elles n'ont jamais rien arrêté : faibles contre le roi, elles n'empêchent pas le despotisme ; faibles contre le peuple, elles ne préviennent pas l'anarchie. Toujours prêtes à être chassées dans les commotions populaires, elles ne rachètent leur existence qu'au prix de leurs parjures et de leur esclavage. La Chambre des lords sauva-t-elle Charles Ier? Sauva-t-elle Richard Cromwell, auquel elle avait prêté serment? sauva-t-elle Jacques II? sauvera-t-elle aujourd'hui les princes de Hanovre? se sauvera-t-elle elle-même? Ces prétendus contrepoids aristocratiques ne font qu'embarrasser la balance, et seront jetés tôt ou tard hors du bassin. Une aristocratie ancienne et opulente ayant l'habitude de la tribune et des affaires, n'a qu'un moyen de garder le pouvoir quand il lui échappe : c'est de passer par degré à la démocratie et de se placer insensiblement à sa tête, à moins qu'elle ne se croie encore assez forte pour jouer à la guerre civile ; terrible jeu !

Peu après la dissolution de la chambre des Communes, Richard abdiqua : il était écrasé sous la renommée d'Olivier. Détestant le joug militaire, il n'avait pas la force de le secouer ; sans conviction aucune, il ne se souciait de rien ; il

laissait ses gardes lui dérober son dîner, et l'Angleterre aller toute seule : il emporta deux grandes
malles remplies de ces *adresses et de ces congra-
tulations* à l'honneur de tous les hommes puissans, et à l'usage de tous les hommes serviles. On
lui disait dans ces *félicitations* que Dieu lui
avait donné l'autorité pour le *bonheur* des trois
royaumes. « Qu'emportez-vous dans ces malles? »
lui demanda-t-on. — « Le *bonheur* du peuple an-
« glais, » répondit-il en riant.

Le Conseil des officiers rappela le Rump; le
Rump attaqua aussitôt l'autorité militaire qui lui
avait rendu la vie. Lambert bloqua, selon l'usage,
les Communes. Ce parlement dissous, le peuple
brûla en réjouissance sur les places publiques
des monceaux de croupions de divers animaux.
Monck parut, et tout annonça la Restauration.

Que faisait Milton pendant cette décomposition sociale? Voyant la liberté rétrograder, rêvant
toujours la république, oubliant qu'il y a des
momens où les écrits ne peuvent plus rien, il
publia une brochure sur *le moyen prompt et facile
d'établir une société libre.* Dans un exposé rapide, il rappelle ce que les Anglais ont fait pour
abolir la monarchie :

« Si nous nous relâchons, dit-il, nous justifierons
« les prédictions de nos ennemis : ils ont con-

« damné nos actions comme téméraires, rebelles,
« hypocrites, impies; nous ferons voir qu'un
« esprit dégénéré s'est soudainement répandu
« parmi nous. Préparés et faits pour un nouvel
« esclavage, nous serons en mépris à nos voisins;
« le nom anglais deviendra un objet de risée.
« D'ailleurs, si l'on retourne à la monarchie, l'on
« n'y restera pas long-temps; il faudra bientôt
« combattre ce que l'on a déjà combattu, sans
« parvenir jamais au point où l'on était parvenu;
« on perdra les batailles que l'on avait déjà ga-
« gnées : Dieu n'écoutera plus ces ardentes prières
« qu'on lui adressait pour être délivrés de la ty-
« rannie, puisque nous n'aurons pas su mieux
« nous en tenir à la victoire. Ainsi sera rendu
« vain et plus méprisable que la boue le sang de
« tant d'Anglais vaillans et fidèles, qui achetèrent
« la liberté de leur pays au prix de leur vie. Un
« roi veut être adoré comme un demi-dieu; il
« sera entouré d'une cour hautaine et dissolue;
« il dissipera l'argent de l'État en festins, en bals
« et en mascarades ; débauchant notre première
« noblesse, mâles et femelles, il transformera les
« lords en chambellans, en écuyers et en grooms
« de la garde-robe. »

L'esprit pénétrant de Milton lui découvrait
l'avenir; il voyait les longs combats que l'on se-

rait obligé de livrer pour reconquérir ce qu'on
allait perdre : ce n'est qu'aujourd'hui même que
l'Angleterre revient sur ce terrain, défendu pied
à pied par le grand poète publiciste. Et ce roi,
entouré d'une cour hautaine et dissolue, que l'auteur du *Paradis perdu* peignait si bien d'avance,
était prêt à débarquer à Douvres.

Quelques mois avant la publication de cet
ouvrage, il en avait donné deux autres, le premier sur *l'autorité civile en matière ecclésias-
tique*, le second sur le meilleur moyen de chasser les *mercenaires* hors de l'Eglise : il examine
le fait des dîmes, des redevances et des revenus
de l'Eglise ; il doute que les Ministres du culte
puissent être maintenus par le pouvoir de la loi.

Son opinion sur la réforme parlementaire
mérite d'être rappelée :

« Si l'on donne le droit à tous de nommer tout
« le monde, ce ne sera pas la sagesse et l'autorité,
« mais la turbulence et la gloutonnerie qui élè-
« veront bientôt les plus vils mécréans de nos
« tavernes et de nos lieux de débauche, de nos
« villes et de nos villages, au rang et à la dignité
« de sénateur. Qui voudrait confier les affaires
« de la République à des gens à qui personne ne
« voudrait confier ses affaires particulières ? Qui

« voudrait voir le trésor de l'État remis aux soins
« de ceux qui ont dépensé leur propre fortune
« dans d'infames prodigalités? Doivent-ils être
« chargés de la bourse du peuple, ceux qui la
« convertiraient bientôt dans leur propre bourse?
« Sont-ils faits pour être les législateurs de toute
« une nation, ceux qui ne savent pas ce qui est
« loi et raison, juste ou injuste, oblique ou
« droit, licite ou illicite, ceux qui pensent que
« tout pouvoir consiste dans l'outrage, toute
« dignité dans l'insolence, qui négligent tout
« pour satisfaire la corruption de leurs amis,
« ou la vivacité de leurs ressentimens, qui
« dispersent leurs parens et leurs créatures
« dans les provinces, pour lever des taxes et
« confisquer des biens? hommes les plus dé-
« gradés et les plus vils, qui achètent eux-
« mêmes ce qu'ils prétendent exposer en vente,
« d'où ils recueillent une masse exorbitante de
« richesses détournées des coffres publics : ils
« pillent le pays et émergent en un moment, de
« la misère et des haillons, à un état de splendeur
« et de fortune. Qui pourrait souffrir de tels
« fripons de serviteurs, de tels vice-régens de
« leurs maîtres? Qui pourrait croire que les chefs
« des bandits seraient propres à conserver la
« liberté? Qui se supposerait devenu d'un cheveu
« plus libre par une telle race de fonctionnaires

« (ils pourraient s'élever à cinq cents élus de telle
« sorte par les comtés et les bourgs), lorsque,
« parmi ceux qui sont les vrais gardiens de la
« liberté, il y en a tant qui ne savent ni comment
« user, ni comment jouir de cette liberté, qui
« ne comprennent ni les principes, ni les mérites
« de la propriété ? »

On n'a jamais rien dit de plus fort contre la
réforme parlementaire. Cromwell avait essayé
cette réforme, il fut bientôt obligé de dissoudre
le Parlement produit d'une loi d'élection élargie.
Mais ce qui était vrai du temps de Milton, n'est
pas également vrai aujourd'hui. La disproportion
entre les propriétaires et les classes populaires,
n'est plus aussi grande. Les progrès de l'éducation
et de la civilisation ont commencé à rendre les
électeurs d'une classe moyenne , plus aptes
à comprendre des intérêts qu'ils ne compre-
naient pas autrefois. L'Angleterre de ce siècle
a pu, quoique non sans péril, conférer des droits
à une classe de citoyens qui, au XVIIe siècle, auraient renversé l'État en entrant dans les Communes.

Ainsi, toutes les questions générales et particulières, agitées aujourd'hui chez les peuples du
continent et dans le parlement d'Angleterre,
avaient été traitées et résolues par Milton, dans

le sens où notre siècle les résout. Il a créé jusqu'à
la langue constitutionnelle moderne : les mots
de *fonctionnaires*, de *décrets*, de *motions*, etc.,
sont de lui. Quel était donc ce génie capable d'enfanter à la fois un monde nouveau et une parole
nouvelle de politique et de poésie ?

RESTAURATION. MILTON ARRÊTÉ ET REMIS EN LIBERTÉ. FIDÉLITÉ DU POÈTE A CROMWELL.

Milton eut la douleur de voir le fils de Charles Ier remonter sur le trône, non que son cœur ferme fût effrayé, mais ses chimères de liberté républicaine s'évanouissaient : toute chimère qui s'évanouit fait du mal et laisse un vide. Charles II, dans sa déclaration de Breda, annonçait qu'il pardonnait à tout le monde, s'en remettant aux Communes du soin d'excepter les indignes du pardon. Les vengeances sanglantes, sous les Stuart et sous la maison de Hanovre, ne purent être imputées à la couronne : elles furent l'œuvre des Chambres. Les corps sont plus implacables que les individus, parce qu'ils réunissent en eux plus de passions, et qu'ils sont moins responsables.

A l'avènement de Charles II, Milton se démit de la place de secrétaire latin, et quitta son hôtel

de Petty-France, où pendant huit années il avait
reçu tant d'hommages. Il se retira chez un de
ses amis, dans *Bartholomew-Close*, aux environs
de *West-Smithfield*. Des poursuites furent com-
mencées contre la *Défense du peuple anglais* et
l'*Iconoclaste*; et le 27 juin 1660, le Parlement
ordonna l'arrestation de l'auteur de ces ouvrages.
On ne le trouva point d'abord, mais peu de mois
après on le voit remis entre les mains d'un sergent d'Armes : il fut néanmoins bientôt relâché. Le 17 décembre de la même année, il eut
l'audace de s'adresser à cette terrible Chambre
qui pensait l'avoir généreusement traité en ne
faisant pas tomber sa tête; il réclama contre
l'excès du salaire requis par le sergent; il croyait
qu'on l'avait plus outragé en lui ôtant la liberté,
qu'en le privant de la vie. Les registres du Parlement constatent ces deux faits :

Samedi, 15 décembre 1660.

« Ordonné que M. Milton, à présent à la garde
« d'un sergent d'Armes de cette chambre, soit
« relâché en payant les honoraires. »

Lundi, 17 décembre 1660.

« Une plainte ayant été faite que le sergent
« d'Armes a demandé des honoraires excessifs
« pour la garde de M. Milton,

« Ordonné qu'il en sera référé au comité des
« priviléges pour examiner cette affaire. »

Davenant sauva Milton : histoire honorable
aux Muses sur laquelle j'ai rimaillé jadis des vers
détestables. Cunningham raconte autrement la
délivrance du poète : il prétend que Milton se
déclara trépassé et qu'on célébra ses funérailles:
Charles aurait applaudi à la ruse d'un homme
échappé à la mort en faisant le mort. Le caractère
de l'auteur de la *Défense* et les monumens de
l'histoire, ne permettent pas d'admettre cette
anecdote. Milton fut oublié dans la retraite où
il s'ensevelit; et à cet oubli nous devons le *Paradis
perdu*. Si Cromwell eût vécu dix ans de plus,
comme le remarque M. Mosneron, il n'aurait
jamais été question de son secrétaire.

Les fêtes de la restauration passées, les illumi-
nations éteintes, vinrent les supplices. Charles
s'était déchargé sur les Communes de toute res-
ponsabilité de cette nature, et celles-ci n'épar-
gnèrent pas les réactions violentes. Cromwell fut
exhumé et sa carcasse pendue, comme si l'on
eût hissé le pavillon de sa gloire sur les piliers
du gibet. L'histoire a gardé dans *le trésor de ses
Chartes* la quittance du maçon qui brisa, par
ordre, le sépulcre du Protecteur, et qui reçut

6.

une somme de 15 shellings pour sa besogne :

May the 4th, 1661, recd then in full, of the worship ful serjeant Norforke, fiveteen shillinges, for taking up the corpes of Cromwell, et Jerton et Brassaw.

> Rec by me John Lewis.

« Mai, le 4ᵐᵉ jour, 1661, reçu alors en totalité,
« du respectable sergent Norforke, quinze shel-
« lings pour enlever le corps de *Cromwell*, et
« *Jerton et Brassaw.*

> « Reçu par moi, John Lewis. »

Milton seul resta fidèle à la mémoire de Cromwell : tandis que de petits auteurs bien vils, bien parjures, bien vendus au pouvoir revenu, insultaient les cendres du grand homme aux pieds duquel ils avaient rampé, Milton lui donnait un asile dans son génie, comme dans un temple inviolable.

Milton put rentrer dans les affaires : sa troisième femme (car il avait épousé successivement deux autres femmes après la mort de Marie Powell) le suppliant d'accepter son ancienne place de secrétaire du conseil, il lui répondit :
« Vous êtes femme et vous voulez avoir des équi-

« pages ; moi je veux mourir honnête homme. »
Demeuré républicain, il s'enferma dans ses principes avec sa muse et sa pauvreté. Il disait à
ceux qui lui reprochaient d'avoir servi un tyran :
« Il nous a délivré des rois. » Il affirmait n'avoir
combattu que pour la cause de Dieu et de la
patrie.

Un jour se promenant dans le parc de Saint-
James, il entendit tout à coup répéter autour de
lui : Le roi ! le roi ! « Retirons-nous, dit-il à son
« guide ; je n'ai jamais aimé les rois. » Charles II
aborde l'aveugle : « Monsieur, voilà comme le
« ciel vous a puni d'avoir conspiré contre mon
« père. » — « Sire, si les maux qui nous affligent
« dans ce monde sont le châtiment de nos fautes,
« votre père devait être bien coupable. »

NOUVEAUX TRAVAUX DE MILTON. SON DICTIONNAIRE
LATIN. SA MOSCOVIE. SON HISTOIRE D'ANGLETERRE.

La saison la plus favorable aux inspirations de
Milton était l'automne, plus en rapport avec la
tristesse et le sérieux de ses pensées : il dit cependant dans quelques vers qu'il *renaît au printemps*.
Il se croyait recherché la nuit par une femme
céleste. Il avait eu trois filles de Marie Powell :
l'une d'elles, Deborah, lui lisait Isaïe en hébreu ;
Homère en grec, Ovide en latin, sans entendre
aucune de ces langues : l'anecdote est contestée
par Johnson. Aussi savant qu'il était grand poète,
on a vu qu'il écrivait en latin comme en anglais ; il faisait des vers grecs, témoin quelques-
uns de ses opuscules. C'est dans le texte même
des prophètes qu'il se pénétrait de leur feu : la
lyre du Tasse ne lui était point étrangère. Il parlait presque toutes les langues vivantes de l'Europe. Antoine Francini, Florentin, s'exprime

sur Milton comme si le poëte d'Albion, à son
passage en Italie, jouissait déjà de tout son éclat :

> Nell' altera Babelle
> Per te il parlar confuse Giove in vano,
>
> . . . .
>
> Ch' ode oltr' all Anglia il tuo più degno idioma,
> Spagna, Francia, Toscana, e Grecia e Roma.

« Dans une autre Babel, la confusion des langues
« serait vaine pour toi, qui outre l'anglais, ton
« plus noble idiome, entends l'espagnol, le fran-
« çais, le toscan, le grec et le latin. »

Milton, vers la fin du protectorat, avait commencé sérieusement à écrire le *Paradis perdu* :
il menait de front avec ce travail des Muses,
des travaux d'histoire, de logique et de grammaire. Il a rassemblé en trois volumes in-folio
les matériaux d'un nouveau *Thesaurus linguæ
latinæ*, qui ont servi aux éditeurs du dictionnaire de Cambridge, imprimé en 1693. On a de
lui une grammaire latine pour les enfans : Bossuet faisait le catéchisme aux petits garçons de
Meaux. L'auteur du *Paradis perdu* est dominé
du sujet de son *poème*, jusque dans le Traité
d'*éducation*, adressé à Hartlib en 1650 : « La fin
« de tout savoir, dit-il, est d'apprendre à réparer
« les ruines de nos premiers parens, en retrou-
« vant la vraie connaissance de Dieu. »

Ces travaux, qui auraient fait honneur à Du-
cange ou à un bénédictin de la congrégation de
Saint-Maur, n'accablaient pas le génie de Milton
et ne lui suffisaient pas : de même que Leibnitz,
il embrassait l'histoire dans ses recherches. Sa
Moscovie est un abrégé amusant par de petits
détails de la nature des voyages. « Il fait si froid
« l'hiver en Moscovie, que la sève des branches
« mises au feu, gèle en sortant du bout opposé
« à celui qui brûle. Moscou a un beau château à
« quatre faces, bâti sur une colline ; les murs de
« brique en sont très hauts : on dit qu'ils ont
« dix-huit pieds d'épaisseur, seize portes et au-
« tant de boulevards. Ce château renferme le
« palais de l'empereur et neuf belles églises avec
« des tours dorées. »

C'est le Kremlin d'où la fortune de Bonaparte
s'envola.

L'*Histoire d'Angleterre* de Milton se compose
de six livres, elle ne va pas au-delà de la bataille d'Hasting. L'Heptarchie, quoi qu'en dise
Hume, y est fort bien débrouillée : le style de
l'ouvrage est mâle, simple, entremêlé de réflexions presque toujours relatives au temps où
l'historien écrivait. Le troisième livre s'ouvre
par une description de l'état de la société dans la
Grande-Bretagne au moment où les Romains aban-
donnèrent l'île ; il compare cet état à celui de

l'Angleterre lorsqu'elle se trouva délaissée du
véritable pouvoir sous le règne de Charles Ier. A
la fin du cinquième livre, Milton déduit les causes
qui firent tomber les Anglo-Saxons sous le joug
des Normands : il demande si les mêmes causes
de corruption ne pourraient pas faire retomber
ses compatriotes sous le joug de la superstition
et de la tyrannie.

L'imagination du poète ne dédaigne pas les
origines fabuleuses des Bretons ; il consacre plusieurs pages aux règnes de ces monarques de
romans, qui, depuis Brutus, arrière-petit-fils
d'Énée, jusqu'à Cassibelan, ont gouverné la
Grande-Bretagne. Sur son chemin il rencontre
le roi Leir (Lear) :

« Leir qui régna après Bladud eut trois filles.
« Étant devenu vieux, il résolut de marier ses
« filles et de diviser son royaume entre elles ; mais
« il voulut auparavant connaître celle de ces trois
« filles qui l'aimait le mieux. Gonorille, l'aînée,
« interrogée par son père, lui répondit, en invo-
« quant le ciel, qu'elle *l'aimait plus que son ame.*
« Ainsi, dit le vieil homme plein de joie, puisque
« tu honores mon âge défaillant, je te donne, avec
« un mari que tu choisiras, la troisième partie
« de mon royaume. Regan, la seconde fille inter-
« rogée, répondit à son père qu'elle l'aimait au-

« dessus *de toutes les créatures* ; et elle reçut
« une récompense égale à celle de sa sœur. Mais
« Cordeilla, la plus jeune et jusque-là la plus ai-
« mée, fit cette sincère et vertueuse réponse: Mon
« père, mon amour pour vous est comme mon
« devoir l'ordonne : que peut demander de plus
« un père ? que peut promettre de plus un en-
« fant ? ceux qui vont au-delà vous flattent.

« Le vieillard fâché d'entendre cela, et désirant
« que Cordeilla reprît ses paroles, répéta sa de-
« mande; mais Cordeilla, avec une loyale tristesse
« pour les infirmités de son père, répondit, fai-
« sant allusion à ses sœurs, plutôt qu'en révé-
« lant ses propres sentimens : *Comptez* ce que
« vous avez, dit-elle, telle est votre *valeur*, et je
« vous aime ce que vous *valez*. — Eh bien ! s'é-
« cria le roi Leir dans une grande colère, écoute
« ce que ton ingratitude te *vaut* : puisque tu n'as
« pas révéré ton vieux père, comme ont fait tes
« sœurs, tu n'auras pas ta part de mon royaume.

« Cependant la renommée de la sagesse et des
« grâces de Cordeilla s'étant répandue au loin,
« Aganippus, grand monarque dans les Gaules,
« la demanda en mariage. Après quoi, le roi Leir,
« tombant de plus en plus dans les années, devint
« la proie de ses deux autres filles et de leurs
« maris. Il demeurait chez sa fille aînée, et il n'a-
« vait pour serviteurs que soixante chevaliers,

« et ils furent bientôt réduits à trente. Leir ne
« pouvant digérer cet affront, se retira chez
« sa seconde fille; mais la discorde s'étant mise
« parmi les serviteurs de différens maîtres, on ne
« laissa au roi que cinq chevaliers. Il retourna
« chez sa fille aînée, espérant qu'elle aurait pitié
« de ses cheveux blancs; mais elle refusa de le
« recevoir, à moins qu'il ne se contentât d'un
« seul chevalier. Alors Cordeilla, sa plus jeune
« fille, revint en pensée au roi Leir; il reconnut
« le sens caché de ses paroles, et il espéra qu'elle
« aurait pitié de sa misère. Il s'embarqua pour
« la France. Cordeilla, poussée de son amour et
« sans compter sur la plus petite récompense,
« se prit à verser des larmes au récit des mal-
« heurs de son père. Ne voulant pas qu'il fût vu
« dans la détresse ni par elle ni par personne,
« elle envoya secrètement un de ses plus fidèles
« serviteurs, qui le conduisit dans quelque bonne
« ville au bord de la mer, afin de le baigner, de
« le vêtir, de lui faire bonne chère, de le fournir
« d'une suite convenable à sa dignité. Cela étant
« fait, Cordeilla avec le roi son mari et tous les
« barons de son royaume allèrent au devant de
« lui en grande fête et en grande joie. Cordeilla
« passa en Angleterre avec une armée, et remit
« son père sur le trône. Elle vainquit ses sœurs
« impies avec leurs ducs, et le roi Leir porta la

« couronne pendant trois ans. Il mourut après,
« et Cordeilla, menant une grande pompe et un.
« grand deuil, l'enterra dans la ville de Leicester.
« Cordeilla régna cinq ans, jusqu'à ce que Mar-
« ganus et Canedagius, fils de ses sœurs, lui fi-
« rent la guerre, la dépossédèrent, l'emprison-
« nèrent, et elle se tua. »

Il m'a été impossible de faire sentir dans cette
traduction le charme de l'original. Le conteur a
vieilli son style à l'égal des chroniques dont il
emprunte ce récit ; il m'aurait fallu reproduire
l'histoire du roi Leir, dans la langue de Froissart.
Milton s'est plu à lutter avec Shakespeare comme
Jacob avec l'Ange.

TRAVAUX POÉTIQUES DE MILTON. PLAN DU PARADIS PERDU POUR UNE TRAGÉDIE.

Ce n'est pas tout : les compositions poétiques de Milton étaient aussi gigantesques que ses études en prose. Et ce n'était pas de ces fantaisies de la médiocrité abondante dont les vers ruissellent aussi facilement que des paroles : soit qu'il quittât la lyre pour la plume, ou la plume pour la lyre, Milton acccroissait toujours en quelque chose les moissons de la postérité. On eût dit qu'il avait résolue de mettre, comme certains pères de l'Eglise, la Bible entière en tragédies. On conserve, à la bibliothèque du collège de la Trinité à Cambridge, des manuscrits du poète : parmi ces manuscrits se trouvent les titres de trente-six tragédies à prendre dans l'histoire d'Angleterre depuis Vertiger jusqu'à Edouard-le-Confesseur, et de quarante-huit tragédies à tirer des Livres Saints. Quelques notes et des indications de discours, de chants, de caractères, sont assez souvent jointes à ces titres.

Parmi les sujets sacrés choisis par Milton, j'ai remarqué celui d'Athalie. Milton n'eût point surpassé Racine, mais il eût été curieux de voir comment ce mâle génie aurait conduit une action qui a produit le chef-d'œuvre de la scène. — Le poète *républicain* aurait-il donné aux rois des avertissemens plus nobles et plus sévères que le poète *royaliste* :

> Loin du trône nourri, de ce fatal honneur,
> Hélas ! vous ignorez le charme empoisonneur.
> De l'absolu pouvoir vous ignorez l'ivresse,
> Et des lâches flatteurs la voix enchanteresse.
> Bientôt ils vous diront que les plus saintes lois,
> Maîtresses du vil peuple, obéissent aux rois ;
> Qu'un roi n'a d'autre frein que sa volonté même ;
> Qu'il doit immoler tout à sa grandeur suprême ;
> Qu'aux larmes, au travail le peuple est condamné,
> Et d'un sceptre de fer veut être gouverné ;
> Que s'il n'est opprimé, tôt ou tard il opprime.

Milton avait aussi formé le projet de traduire Homère.

Voici un des plans du *Paradis perdu*, pour une tragédie, tel qu'il existe écrit de la main du poète dans les manuscrits du collége de la Trinité.

PERSONNAGES.	AUTRES PERSONNAGES.

Michel.

L'Amour divin.

Chœur d'anges.

Lucifer

Adam } avec le serpent.

Eve }

La Conscience.

La Mort.

Le Travail.

La Maladie. } muets.

Le Mécontentement.

L'Ignorance.

La Foi.

L'Espérance.

La Charité.

Moïse.

La divine Justice, la Miséricorde, la Sagesse, l'Amour divin.

Hesperus, l'Etoile du soir.

Chœur d'anges.

Lucifer.

Adam.

Eve.

La Conscience.

Le Travail.

La Maladie.

Le Mécontentement. } muets.

L'Ignorance.

La Peur.

La Mort.

La Foi.

L'Espérance.

La Charité.

PLAN DU PARADIS PERDU.

TRAGÉDIE.

—————

ACTE I.

Moïse, *prologiste*, raconte qu'il a son vrai corps; que ce corps ne se corrompt point parce qu'il habite avec Dieu sur la montagne; que lui, Moïse, est semblable à Elie et à Enoch; qu'outre la pureté du lieu qu'il habite, les vents purs, la rosée et les nuages le préservent de la corruption. De là, il exhorte les hommes à parvenir à la vue de Dieu; il leur dit qu'ils ne peuvent voir

Adam dans l'état d'innocence, à cause de leurs péchés.

La Justice, la Miséricorde, la Sagesse s'enquièrent de ce qui arrivera à l'homme s'il tombe.

Chœur d'anges qui chantent un hymne à la création.

ACTE II.

L'Amour céleste, l'Etoile du soir et le Chœur chantent le cantique nuptial et décrivent le paradis.

ACTE III.

Lucifer machine la ruine d'Adam.

Le Chœur craint pour Adam et raconte la rébellion et la chute de Lucifer.

ACTE IV.

Adam et Ève tombés.

La Conscience les cite à l'examen de Dieu.

Le Chœur se lamente et dit les biens qu'Adam a perdus.

ACTE V.

Adam et Ève chassés du paradis.

Un ange présente à Adam le Travail, la Peine, la Haine, l'Envie, la Guerre, la Famine, la Maladie, le Mécontentement, l'Ignorance, la Peur et la Mort, entrés dans le monde : Adam leur donne leurs noms, ainsi qu'à l'Hiver, à la Chaleur, à la Tempête, etc.

La Foi, l'Espérance et la Charité consolent Adam et l'instruisent.

Le Chœur conclut rapidement.

Dans ce plan, la plupart des personnages *surnaturels* du *Paradis perdu*, sont remplacés par des personnages *allégoriques*. Lucifer, dans la tragédie, projette la ruine d'Adam comme Satan la machine dans le poëme, mais toutes les grandes scènes de l'Enfer sont supprimées, de même que les grandes scènes du Ciel : on ne voit point les conseils tenus dans l'Abîme ; on n'entend point les oracles du PÈRE, les paroles du FILS sur la sainte montagne ; le drame ne comportait pas ces développemens de l'épopée. Le chœur raconte la rébellion et la chute de Lucifer, mais il est évident qu'il n'aurait pu le faire que d'une manière fort courte, non dans un long récit, et comme celui de Raphaël. Dans la tragédie l'Amour céleste et l'Étoile du soir chantent le cantique nuptial ; dans le poëme, c'est le poète lui-même qui entonne le cantique : on peut regretter le chant de l'Étoile du soir et en présumer la beauté. Mais Milton ne peut se passer de génie, témoin ce trait remarquable jeté dans une simple note : l'ange présente à Adam, après sa chute, toutes les calamités de la Terre, depuis le Travail

7

jusqu'à la Mort; Adam *pécheur* les *nomme*, comme dans son *innocence* il avait imposé des *noms* aux innocens animaux de la création. Cette sublime allégorie ne se retrouve point dans le *Paradis perdu*.

AUTRES DÉTAILS SUR MILTON.

Le chantre d'Eden disait que le poète doit être « un vrai poëme », *ought himself to be a true poem*, c'est-à-dire un modèle des choses les meilleures et les plus honorables.

Milton se levait à quatre heures du matin en été, à cinq en hiver. Il portait presque toujours un habit de gros drap gris ; il étudiait jusqu'à midi, dînait frugalement, se promenait avec un guide, chantait le soir en s'accompagnant de quelque instrument : il savait l'harmonie et avait la voix belle. Il s'était long-temps livré à l'exercice des armes. A en juger par le *Paradis perdu*, il aimait passionnément la musique et le parfum des fleurs. Il soupait de cinq ou six olives et d'un peu d'eau, se couchait à neuf heures et composait la nuit dans son lit. Quand il avait fait quelques vers, il sonnait, et les dictait à sa femme ou à ses filles. Les jours de soleil, il se tenait assis sur un banc à sa porte : il demeurait dans Bunhill-Row, au bord d'une espèce de chemin.

Au dehors, on accablait d'outrages le lion malade et abandonné ; on lui disait : « Parricide « de ton roi, si, par la clémence de Charles II, « tu as échappé à ton supplice, tu n'es mainte- « nant que plus puni. Vieux, infirme, pauvre, « privé des yeux, réduit à écrire pour vivre, « rappelle donc, pour gagner ta vie, Saumaise de « la mort. » On lui reprochait son âge, sa laideur, sa petitesse ; on lui appliquait ce vers de Virgile :

Monstrum horrendum, informe, ingens, cui lumen ademptum,

observant que le mot *ingens* était le seul qui ne s'appliquât pas à sa personne. Il avait la simpli- cité de répondre (*Defensio autoris*) qu'il était pauvre, parce qu'il ne s'était jamais enrichi ; qu'il n'était ni petit ni grand ; qu'à aucun âge il n'a- vait été trouvé laid ; que dans sa jeunesse, l'épée au côté, il n'avait jamais craint les plus hardis. En effet, il avait été très beau, et l'était encore dans sa vieillesse : le portrait d'Adam était le sien (livre iv du Paradis perdu). Ses cheveux étaient admirables, ses yeux d'une pureté extra- ordinaire ; on n'y voyait aucune tache, et il eût été impossible de le croire aveugle.

Si l'on ne connaissait la rage des partis, croi- rait-on qu'on pût jamais faire un crime à un homme d'être aveugle ? Mais remercions ces abo-

minables haines, elles nous ont valu quelques
lignes admirables. Milton répond d'abord qu'il
a perdu la vue à la défense de la liberté , et il
ajoute ces paroles de sublimité et de tendresse :

« Dans la nuit qui m'environne, la lumière de
« la divine présence brille pour moi d'un plus
« vif éclat. Dieu me regarde avec plus de ten-
« dresse et de compassion, parce que je ne puis
« plus voir que lui. La Loi divine non-seulement
« doit me servir de bouclier contre les injures,
« mais me rendre plus sacré; non à cause de la
« privation de la vue, mais parce que je suis à
« l'ombre des ailes divines qui semblent pro-
« duire en moi ces ténèbres. — J'attribue à cela
« les affectueuses assiduités de mes amis, leurs
« attentions consolantes, leurs bonnes visites et
« leurs égards respectueux. »

On voit à quelle extrémité il était réduit pour
écrire, par le passage d'une de ses lettres à Pierre
Heimbach :

« Celle de mes vertus, que vous appelez ma
« vertu politique, et que j'aimerais mieux que
« vous eussiez appelé mon dévouement à ma
« patrie (doux nom qui me charme toujours) ne
« m'a pas trop bien récompensé. En finissant ma

« lettre, si vous en trouvez quelque partie tracée
« incorrectement, vous en imputerez la faute au
« petit garçon qui écrit pour moi, il ignore ab-
« solument le latin, et je suis forcé misérable-
« ment de lui épeler chaque lettre que je dicte. »

Les maux de Milton étaient encore aggravés par
des chagrins domestiques : j'ai déjà dit qu'il avait
perdu sa première femme, Marie Powell, morte
en couches ; sa seconde femme, Catherine Wood
Cock de Hackeney, mourut aussi en couches au
bout d'un an. Sa troisième femme, Élisabeth
Minshul, lui survécut et le servit bien. Il paraît
qu'il fut peu aimé : ses filles, qui jouent un si beau
rôle poétique dans sa vie, le trompaient et ven-
daient secrètement ses livres. Il s'en plaignait.
Malheureusement son caractère semble avoir eu
l'inflexibilité de son génie. Johnson a dit avec
précision et vérité que Milton croyait la femme
faite seulement pour *l'obéissance* et l'homme
pour la *rébellion.*

Il touchait à l'âge de cinquante-neuf ans, lorsqu'en 1667 il songea à publier le *Paradis perdu*.
Il en avait montré le manuscrit, alors divisé en
dix livres, à Ellwood, quacker qui a laissé à la
littérature anglaise *l'Histoire sacrée* et la *Davi-
deïde*. Le manuscrit du *Paradis perdu* n'était
pas de la main de l'auteur : Milton n'ayant pas
le moyen de payer un copiste, quelques amis
avaient écrit alternativement sous sa dictée. Le
Censeur refusait l'*imprimatur* à cet autre Galilée,
découvreur d'astres nouveaux ; il chicanait à
chaque vers ; il lui semblait surtout que le crime
de *haute trahison* ressortait du magnifique passage où la gloire obscurcie de Satan est comparée à une éclipse, laquelle alarme *les rois par
la frayeur des révolutions*.

Mais comment le docteur Tomkyms ne s'a-
perçut-il pas des allusions aux mœurs de la dy-
nastie restaurée, allusions si sensibles dans ces

vers qui font partie de la belle invocation à l'a-
mour conjugal?

« Il n'a point ses plaisirs (l'amour) dans le sou-
« rire acheté des prostituées, dans de rapides
« jouissances sans passion, sans joie et que rien
« ne rend chères; il ne les a point dans la danse
« des favorites ou sous le masque lascif, ou dans
« le bal de minuit, ou dans la sérénade donnée
« par un amant famélique à sa fière beauté
« qu'il serait mieux de quitter avec mépris. »

Milton peint encore plus clairement la cour
de Charles dans la *cour de Bacchus*, lorsqu'il
représente les courtisans prêts à le déchirer, lui
Milton, comme les Bacchantes déchirèrent Orphée
sur les monts de la Thrace :

« Chasse au loin les barbares discords de Bac-
« chus, et de ses enfans de la joie; race de cette
« horde forcenée qui déchira sur le Rodolphe le
« chantre de la Thrace : il ravit l'oreille des
« bois et des rochers, jusqu'à ce qu'une clameur
« sauvage noyât et la voix et la lyre : la Muse
« ne put défendre son fils. »

Il est probable que l'ingénieuse lâcheté du
censeur sauva le *Paradis perdu* : Tomkyns n'osa
point reconnaître le roi et ses amis dans un por-

trait dont la ressemblance frappait tous les yeux.

Les libraires intimidés ne se pressaient pas d'acquérir le manuscrit d'un auteur pauvre, presque inconnu comme poète, suspect et détesté comme prosateur. Enfin il y en eut un plus hardi que les autres : il osa se charger en tremblant de l'ouvrage fatal.

On a conservé le contrat de vente et le manuscrit du poëme souillé de l'*imprimatur* : le contrat porte ce titre :

Milton's agreement with Mr Symons
for Paradise lost.

Dated 27th april, 1667.

Convention de Milton avec M. Symons pour le Paradis perdu, daté du 27 avril 1667.

Il est dit, dans cette *convention*, que Jean Milton, gentleman, cède à Samuel Symons imprimeur, en propriété et pour toujours, pour la somme de 5 liv. st., à lui, Milton, présentement payée, tous les exemplaires, copies et manuscrits d'un poëme intitulé : *Paradis perdu*, ou de *quelque autre titre ou nom que ledit poème est ou sera nommé.* Clause singulière par laquelle on voit que Milton, son poëme fait et vendu, hésitait encore sur le titre qu'il lui donnerait. Samuel Symons s'engage, en considération (*in consideration*) de l'acquisition du *Paradis perdu*, à payer une autre somme de 5 liv. st. à la fin de la première impression, quand il aura vendu 1,300 exemplaires de l'ouvrage. Il s'engage de plus à payer à Jean Milton ou à ses héritiers, à la fin d'une seconde édition, après la vente aussi de 1,300 exemplaires, une troisième somme de 5 liv. sterl. A la suite de ce contrat on voit trois quittances : l'une datée du 26 avril 1669, et signée Jean Milton, qui reconnaît avoir reçu les secondes 5 liv. st. mentionnées au contrat; l'autre signée d'Élisabeth veuve Milton, le 21 décembre 1680, qui reconnaît avoir reçu la somme de 8 liv. st., en cession de tous ses droits sur l'édition en douze livres du *Paradis perdu;* enfin une troisième quittance, ou plutôt des espèces de lettres-patentes d'Élisabeth Milton, du 29 avril 1681, laquelle renonce à jamais à toute reprise contre Samuel Symons, à toutes réclamations qui pourraient être à faire, *from the beginning of the world unto the day of these presents,* « depuis le commencement du monde « jusqu'au jour de ces présentes. » *Faites dans la trente-troisième année du règne de notre souverain seigneur Charles, par la grâce de Dieu roi*

*d'Angleterre, d'Écosse, d'Irlande et de France,
et défenseur de la foi.*

Ainsi Milton reçut 10 liv. sterl. pour la cession de la propriété du *Paradis perdu*, et sa veuve 8. Les dernières *lettres* de cette veuve sont datées de la *trente-troisième année du règne de Charles second,* c'est-à-dire que la révolution de 1649 est non avenue; que Cromwell n'a pas régné, et que Milton, secrétaire de la République et du Protecteur, n'a point écrit, sous la République et le Protectorat, le poëme immortel, vendu pour 10 liv. st., payées dans l'espace de deux ans. Et c'est la veuve de Milton qui signe tout cela! Qu'importe? Il n'appartenait pas plus à Charles II d'effacer les temps dont Cromwell et Milton avaient fixé la date, qu'à Louis XVIII de rayer de son règne celui de Napoléon.

SAMSON AGONISTE. PARADIS RECONQUIS. NOUVELLE LOGIQUE. VRAIE RELIGION. MORT DE MILTON.

Le *Paradis perdu*, pendant toute la vie du poète, demeura enseveli au fond de la boutique du libraire aventureux. En 1667, dans toute la gloire de Louis XIV, lorsque *Andromaque* faisait son apparition sur la scène, John Milton était-il connu en France? Oui: peut-être de quelques gens de justice, comme un coquin d'écrivassier dont les diatribes avaient été dûment brûlées par la main du bourreau à Paris et à Toulouse.

Milton survécut sept ans à la publication de son poëme, et n'en vit point le succès. Johnson qui retranche au poète tout ce qu'il lui peut retrancher, ne lui veut pas même laisser l'amer plaisir d'avoir cru qu'il s'était trompé, d'avoir pensé qu'il avait perdu sa vie, ou qu'un âge indifférent et jaloux méconnaissait son génie. Le docteur prétend que le *Paradis perdu* eut un succès *véritable* durant la vie de l'auteur, que

celui-ci « vit les progrès *silencieux* de son ou-
« vrage; qu'il ne fut point découragé, se repo-
« sant sur son propre mérite avec une confiance
« intime dans son talent, attendant sans impa-
« tience les vicissitudes de l'opinion et l'impar-
« tialité de la génération suivante. »

Cette supposition est contraire aux faits maté-
riels et l'on va voir par le *Samson*, si Milton se
croyait apprécié de ses contemporains.

Milton avait cette force d'ame qui surmonte
le malheur et se sépare d'une illusion : ayant jeté
tout son génie au monde dans son poëme, il con-
tinua ses travaux comme s'il n'avait rien donné
aux hommes, comme si le *Paradis perdu* était
un pamphlet tombé, un accident dont il ne
fallait plus s'occuper. Il publia successivement
Samson, le *Paradis reconquis*, *Une nouvelle
Logique*, un Traité sur la *vraie Religion*.

Le *Paradis reconquis* est une œuvre de lassitude, quoique calme et belle, mais la tragédie
de *Samson* respire la force et la simplicité antique. Le poète s'est peint dans la personne de l'Is-
raélite aveugle, prisonnier et malheureux : noble
manière de se venger de son siècle !

Le jour de la fête de Dagon, Samson obtient
la permission de respirer un moment à la porte
de sa prison, à Gaza ; là, il se lamente de ses
misères :

« Je cherche ce lieu infréquenté pour donner
« quelque repos à mon corps ; mais je n'en trouve
« point à mes pensées inquiètes : comme des fre-
« lons armés, elles ne m'ont pas plutôt ren-
« contré seul, qu'elles se précipitent sur moi en
« foule, et me tourmentent de ce que j'étais au
« temps passé, et de ce que je suis à présent.......
« Le plus grand de mes maux est la perte de la
« vue : aveugle au milieu de mes ennemis ! Oh !
« cela est pire que les chaînes, les donjons, la
« mendicité, la décrépitude ! Le plus vil des ani-
« maux est au-dessus de moi : le vermisseau
« rampe, mais il voit. Mais moi, plongé dans les
« ténèbres au milieu de la lumière ! O ténèbres !
« ténèbres ! ténèbres ! en pleins rayons du midi !
« Ténèbres irrévocables, éclipse totale sans au-
« cune espérance de jour ! Si la lumière est si
« nécessaire à la vie, si elle est presque la vie ;
« s'il est vrai que la lumière soit dans l'ame,
« pourquoi la vue est-elle confinée au tendre
« globe de l'œil, si aisé à éteindre ?. . . . . . Ah !
« s'il en eût été autrement, je n'aurais pas été
« exilé de la lumière pour vivre dans la terre de
« la nuit, exposé à toutes les insultes de la vie,
« captif chez des *ennemis inhumains.* »

On croit que par ces dernières paroles, le poète
faisait allusion à l'exécution du second Henri Vane.

Samson mené à la fête de Gaza pour amuser les convives, prie Dieu de lui rendre sa force; il ébranle les colonnes de la salle du banquet, et périt sous les illustres ruines dont il écrase les Philistins, comme Milton en mourant, a enseveli ses ennemis sous sa gloire.

Milton dans ses derniers jours, fut obligé de vendre sa bibliothèque. Il approchait de sa fin: le docteur Wright l'étant allé voir, le trouva retiré au premier étage de sa petite maison, dans une toute petite chambre : on montait à cette chambre par un escalier tapissé, momentanément, d'une moquette verte afin d'assourdir le bruit des pas et de commencer le silence de l'homme qui s'avançait vers le silence éternel. L'auteur du *Paradis perdu* vêtu d'un pourpoint noir, reposait dans un fauteuil à coude : sa tête était nue; ses cheveux argentés tombaient sur ses épaules, et ses beaux yeux noirs d'aveugle, brillaient sur la pâleur de son visage.

Le 10 novembre 1674, la Divinité qui parlait la nuit au poète, le vint chercher; il se réunit dans l'Eden céleste à ces anges au milieu desquels il avait vécu, et qu'il connaissait par leurs noms, leurs emplois et leur beauté.

Milton trépassa avec tant de douceur, qu'on ne s'aperçut pas du moment où, à l'âge de soixante-six ans moins un mois, il rendit à

Dieu un des souffles les plus puissans qui ani-
mèrent jamais l'argile humaine. Cette vie du temps
ni longue ni courte, servit de base à une vie
immortelle : le grand homme traîna assez de
jours sur la terre pour s'ennuyer, pas assez
pour épuiser son génie qu'il posséda tout entier
jusqu'à son dernier soupir. Bossuet comme
Milton, avait cinquante-neuf ans lorsqu'il composa le chef-d'œuvre de son éloquence ; avec quel
feu et quelle jeunesse, il parle de ses cheveux
blancs ! Ainsi, l'auteur du *Paradis perdu* se plaint
d'être glacé par les années, en peignant les
amours d'Adam et d'Ève. L'évêque de Meaux
prononça l'*Oraison funèbre de la reine d'Angleterre* en 1669, l'année même où Milton donna
quittance des secondes 5 livres sterling, reçues
pour la vente de son poëme. Ces incomparables
génies qui tous les deux, dans des rangs opposés,
avaient fait le portrait de Cromwell, s'ignoraient
l'un l'autre, et n'entendirent peut-être jamais
prononcer leurs noms : les aigles qui sont vus
de tous, vivent un à un et solitaires dans la
montagne.

Milton mourut juste à moitié terme entre deux
révolutions, quatorze ans après la restauration
de Charles II, et quatorze ans avant l'avénement
de Guillaume. Il fut enterré près de son père
dans le chœur de l'église de Saint-Gilles. Long-

8.

temps après, les curieux allaient voir une petite pierre dont l'inscription n'était plus lisible : cette pierre gardait les cendres délaissées de Milton ; on ne sait si le nom de l'auteur du *Paradis perdu* n'avait point été effacé.

La famille du poète s'enfonça vite dans l'obscurité. Trente ans s'étaient écoulés depuis la mort de Milton, lorsque Déborah, voyant pour la première fois le portrait du poète alors devenu célèbre, s'écria : « O mon père ! mon cher père ! » Déborah avait épousé Abraham Clarke, tisserand dans Spithfields ; elle mourut, âgée de soixante-seize ans, au mois d'août 1727. Une de ses filles se maria à Thomas Foster, tisserand aussi. Réduite à la misère, un critique proposa une souscription en sa faveur : « Cette proposition, dit-il, doit être bien « reçue, puisqu'elle est faite par moi, qu'on pour- « rait regarder comme le Zoïle de l'Homère an- « glais. » Zoïle n'eut pas le plaisir de nourrir la petite-fille d'Homère des outrages qu'il avait prodigués au père de l'Épopée biblique. Le parterre anglais devint le tuteur de l'orpheline ; elle eut à son bénéfice une représentation du *Masque* dont Samuel Johnson, d'ailleurs assez dur dans son jugement sur Milton, fit le prologue.

Déborah fut connue du professeur Ward, et de Richardson à qui nous devons une Vie de

Milton. Addison se fit le patron de Déborah, et obtint pour elle de la reine Caroline, cinquante guinées.

Un fils de Déborah, Caleb Clarke, passa aux Indes dans les premières années du xviiie siècle. On a su par sir James Mackintosh, que ce petit-fils de Milton avait été clerc de paroisse à Madras. Caleb Clarke eut de sa femme Marie trois enfans : Abraham, Marie, morte en 1706, et Isaac. Abraham, arrière-petit-fils de Milton, épousa, au mois de septembre 1725, Anna Clarke; il en eut une fille Marie Clarke, portée sur les registres de naissances, à Madras, 2 avril 1727. Là, disparaît toute trace de la famille de Milton. On ne sait ce que sont devenus Abraham et Isaac, qui ne moururent point à Madras, et dont, jusqu'à présent on n'a point fait vérifier le décès sur les registres de Calcutta et de Bombay. S'ils étaient retournés en Angleterre, ils n'auraient point échappé aux admirateurs et aux biographes de Milton : ils se sont donc perdus dans les vastes régions de l'Inde, au berceau du monde chanté par leur aïeul. Peut-être quelques gouttes inconnues du sang libre de Milton animent aujourd'hui le cœur d'un esclave; peut-être aussi coulent-elles dans les veines d'un prêtre de Buddha, ou dans celles d'un de ces bergers indiens, qui se retire au frais sous un figuier, et surveille

« ses troupeaux à travers les entaillures coupées
« dans le feuillage le plus épais. »

> Shelters in cool, and tends his pasturing herds
> At loopholes cut thro' thickest shade . . . . .
>
> *Paradis lost.* 13. IX.

Rien de plus naturel que la curiosité qui nous
porte à nous enquérir de la famille des hommes
illustres : celle de Bonaparte n'a point péri, parce
qu'il a laissé après lui les reines et les rois qu'il
fit avec son épée. J'ai recherché ailleurs ce
qu'étaient devenus les descendans de ce Cromwell, dont le nom se trouve inséparablement uni
dans la gloire à celui de Milton

« Il est possible, ai-je dit, qu'un héritier direct
« d'Olivier Cromwell par Henri, soit maintenant
« quelque paysan irlandais inconnu, catholique,
« peut-être, vivant de pommes de terre dans les
« tourbières d'Ulster, attaquant la nuit les oran-
« gistes, et se débattant contre les lois atroces
« du Protecteur. Il est possible encore que ce
« descendant inconnu de Cromwell, ait été un
« Franklin ou un Washington en Amérique (1). »

(1) Les Quatre Stuart.

PARADIS PERDU.

DE QUELQUES IMPERFECTIONS DE CE POÈME.

Le comte de Dorset, cherchant des livres, entra chez le libraire de Milton et mit par hasard la main sur le *Paradis perdu*. Le libraire pria humblement sa Seigneurie de le lire et de lui procurer des acheteurs. Le comte l'emporta, le lut, le fit passer à Dryden qui le lui renvoya avec ces mots : *Cet homme nous efface, nous et les anciens.*

Cependant la renommée du *Paradis perdu* ne marcha qu'avec lenteur ; des mœurs frivoles et corrompues, l'aversion qu'on portait à des sectes religieuses dont les excès avaient fait naître l'esprit d'incrédulité, s'opposaient au succès d'un poëme aussi sévère par le sujet, le style et la pensée : ni le duc de Buckingham, ni le comte de Rochester, ni le chevalier Temple, ne s'occupent de Milton. Mais, en 1688, une édition in-folio du *Paradis perdu*, sous le patronage de

lord Sommers, fit du bruit : on eût dit que
la gloire de l'ennemi des Stuart par eux oppri-
mée, avait attendu l'année de leur chute pour
éclater. Si Milton eût vécu, comme son frère, jusqu'à l'époque de la révolution de 1688, eût-il
trouvé grâce devant le gouvernement nouveau ?
J'en doute; on ne fit que changer de roi. Le vieux
régicide Ludlow accouru de Lausanne, se trouva
aussi étranger sous Guillaume III qu'il l'eût été
sous Jacques II : homme d'un autre temps, il
retourna mourir dans sa solitude.

Peu à peu les éditions du *Paradis perdu* se
multiplièrent. Addison lui consacra dix-huit
articles du Spectateur. Alors il n'y eut plus assez
d'autels pour le dieu; Milton prit, dans le culte
public, sa place à côté de Shakespeare.

Quelques voix opposantes se firent entendre
pourtant; aucune grande renommée ne s'élève
sans contradicteurs. On prétendit que Milton
avait imité Mosénius, Ramsay, Vida, Sannazar,
Romœus, Flecther, Staforst, Taubman, Andreini,
Quintianus, Malapert, Fox : on aurait pu ajouter
à cette liste Saint-Avit, Dubartas et le Tasse;
Saint-Avit a de très-belles scènes dans Eden. Il est
probable que Milton, à Naples, dans la compagnie
de Manso, avait lu les *Sette giornale del mondo
creato* du Tasse. Le chantre de la Jérusalem fait
sortir Ève du sein d'Adam, tandis que *Dieu arro-*

sait d'un sommeil paisible les membres de notre
premier père assoupi :

> Ed irrigò di placida quiete
> Tutte le membra al sonnacchioso....

Le Tasse amollit l'image biblique, et dans ses
douces créations la femme n'est plus que le premier songe de l'homme.

Que fait tout cela à la gloire de Milton ? Ces
prétendus originaux ont-ils ouvert leurs ouvrages
par le réveil de Satan dans l'Enfer ? ont-ils traversé le Chaos avec l'Ange rebelle, aperçu la création du seuil de l'Empyrée, apostrophé le soleil,
contemplé le bonheur de l'homme dans sa pri-
mitive innocence, deviné les majestueuses amours
d'Ève et d'Adam ?

Soit qu'en traduisant Milton, l'habitude d'une
société intime m'ait accoutumé à ses défauts ;
soit qu'élargissant la critique, je juge le poète
d'après les idées qu'il devait avoir, je ne suis plus
blessé des choses qui me choquaient autrefois.
La découverte de l'artillerie dans le ciel me semble aujourd'hui découler d'une idée fort naturelle : Milton fait inventer par Satan ce qu'il
trouve de pire parmi les hommes. Il revient souvent sur cette invention à propos de la conspira-
tion des poudres ; il a cinq pièces latines, *in Prodi-*
tionem bombardicam, in inventorem bombardæ.

Les railleries des démons sont une imitation des railleries des héros d'Homère. J'aime à voir l'*Iliade* apparaître au travers du *Paradis perdu*.

Les démons changés en serpens qui sifflent leur chef, lorsqu'il se vient vanter d'avoir (sous la figure d'un serpent) perdu la race humaine, sont les caprices, d'ailleurs étonnamment bien exprimés, d'une imagination surabondante. Dans les critiques que l'on a faites de ce passage, on n'a pas vu, ou on n'a pas voulu voir l'explication que le poète lui-même donne de la métamorphose : elle est conforme au sujet de l'ouvrage et aux traditions les plus populaires du christianisme. C'est pour la dernière fois que l'on aperçoit Satan : le Prince des ténèbres, superbe intelligence au commencement du poëme avant la séduction d'Adam, devient hideux reptile à la fin du poëme après la chute de l'homme : au lieu de l'Esprit qui brillait encore à l'égal du soleil éclipsé, il ne vous reste plus que l'*ancien serpent*, que le *vieux dragon* de l'abîme.

Il serait moins injuste de reprocher à Milton quelques traits de mauvais goût. « Ce dîner (de « fruits) qui ne refroidit pas, » par exemple. J'aurais voulu pouvoir supprimer les vers où Adam dit à Ève qu'elle est une *côte tortueuse* que lui Adam *avait de trop*, et malheureusement cette injure se trouvait placée dans un morceau dramatique d'une beauté achevée.

Le poète abuse un peu de son érudition, mais après tout, mieux vaut être trop instruit que de ne l'être pas assez : Milton a tiré plus de beautés de son savoir que Shakespeare de son ignorance. N'est-il pas surprenant qu'au milieu de la mauvaise physique de son temps, il annonce l'*attraction*, démontrée depuis par Newton? Keppler, Boullian et Hook, il est vrai, avaient mis sur la voie de la découverte, et Milton aurait pu connaître ce qu'on appelait alors la force *tractoire*. Dans l'Antiquité, Aristarque fait du soleil le centre unique de l'univers.

Des nuances et des lumières manquent, de fois à autre, dans les tableaux du poète; on devine que le peintre ne voit plus, comme en musique on reconnaît le jeu d'un aveugle à l'indéfini de certaines notes. Les descriptions du *Paradis perdu* ont quelque chose de doux, de velouté, de vaporeux, d'idéal, comme des souvenirs : les *soleils couchans* de Milton en rapport avec son âge, la nuit de ses paupières et la nuit approchante de sa tombe, ont un caractère de mélancolie qu'on ne retrouve nulle part. Lui demanderez-vous rien de plus, lorsqu'en peignant une nuit dans Éden, il vous dit : « Le rossignol répétait ses « plaintes amoureuses, et le silence était ravi. » Cinq ou six vers, hors de tous les lieux communs, lui suffisent pour offrir le spectacle religieux du

matin. « La lumière sacrée commença de poindre
« dans l'orient parmi les fleurs humides ; elles
« exhalaient leur encens matinal, alors que tout
« ce qui respire sur le grand autel de la terre,
« élève vers le Créateur des louanges silencieuses
« et une odeur qui lui est agréable. » On croit
lire un verset des psaumes : *Jubilate Deo omnis
terra : Benedic anima mea Domino.*

Enfin, si le poète montre quelquefois de la fatigue ; si la lyre échappe à sa main lassée, il repose et je me repose avec lui : je ne voudrais pas
que les beaux endroits du *Cid* et des *Horaces*
fussent joints ensemble par des harmonies élé-
gantes et travaillées ; les simplicités de Corneille
sont un passage à ses grandeurs qui me charme
encore.

PLAN DU PARADIS PERDU.

Que dirai-je du *Paradis perdu* qui n'ait déjà été dit ? Mille fois on en a cité les traits sublimes, les discours, les combats, la chute des anges et cet Enfer qui *eût fui épouvanté, si Dieu n'en avait creusé si profondément l'abîme*. J'insisterai donc principalement sur la composition générale de l'ouvrage, pour faire remarquer l'art avec lequel le tout est conduit.

Satan s'est réveillé au milieu du lac de feu (et quel réveil !). Il rassemble le conseil des légions punies; il rappelle à ses compagnons de malheur et de désobéissance, un ancien oracle qui annonçait la naissance d'un monde nouveau, la création d'une nouvelle race formée à dessein de remplir le vide laissé par les anges tombés : chose formidable ! c'est dans l'enfer que l'on entend prononcer pour la première fois le nom de l'Homme.

Satan propose d'aller à la recherche de ce monde inconnu, de le détruire ou de le corrom-

pre. Il part, explore l'enfer, rencontre le Péché
et la Mort, se fait ouvrir les portes de l'Abîme,
traverse le Chaos, découvre la Création, descend
au soleil, arrive sur la terre, voit nos premiers
parens dans Eden, est touché de leur beauté et
de leur innocence, et donne, par ses remords
et son attendrissement, une idée ineffable de
leur nature et de leur bonheur. Dieu aperçoit
Satan du haut du ciel, prédit la faiblesse de
l'homme, annonce sa perte totale, à moins que
quelqu'un ne se présente, pour être sa caution
et mourir pour lui : les anges restent muets
d'épouvante. Dans le silence du ciel, le Fils seul
prend la parole et s'offre en sacrifice. La victime
est acceptée, et l'homme est racheté avant même
d'être tombé.

Le Tout-Puissant envoie Raphaël prévenir nos
premiers pères de l'arrivée et des projets de leur
ennemi. Le messager céleste fait à Adam le récit
de la révolte des anges, arrivée au moment où
le Père annonça du haut de la montagne Sainte
qu'il avait engendré son Fils, et qu'il lui remet-
tait tout pouvoir. L'orgueil et la jalousie de Satan, excités par cette déclaration, l'entraînent au
combat ; vaincu avec ses légions, il est précipité dans l'Enfer. Milton n'avait aucunes données, pour trouver le motif de la révolte de Satan ; il a fallu qu'il tirât tout de son génie. Ainsi,

avec l'art d'un grand maître, il fait connaître
ce qui a précédé l'ouverture du poëme. Raphaël
raconte encore à Adam l'œuvre des six jours.
Adam raconte à son tour à Raphaël sa propre
création. L'ange retourne au ciel. Ève se laisse
séduire, goûte au fruit, et entraîne Adam dans sa
chute.

Au dixième livre, tous les personnages repa-
raissent; ils viennent subir leur sort. Au onzième
et au douzième livres, Adam voit la suite de sa
faute et tout ce qui arrivera jusqu'à l'Incarnation
du Christ : le Fils doit, en s'immolant, racheter
l'homme. Le Fils est un des personnages du
poëme : au moyen d'une vision, il reste seul et
le dernier sur la scène, afin d'accomplir dans le
monologue de la croix, l'action définitive : *con-
summatum est.*

Voilà l'ouvrage en sa simplicité. Les faits et
les récits naissent les uns des autres; on parcourt
l'enfer, le chaos, le ciel, la terre, l'éternité, le
temps, au milieu des blasphèmes et des cantiques, des supplices et des joies; on se promène
dans ces immensités tout naturellement, sans
s'en apercevoir, sans ressentir aucun mouvement, sans se douter des efforts qu'il a fallu pour
vous porter si haut sur des ailes d'aigle, pour
créer un pareil univers.

Cette observation touchant la dernière appa-

rition du FILS, montre, contre l'opinion de certains critiques, que Milton aurait eu tort de retrancher les deux derniers livres. Ces livres, que
l'on regarde, je ne sais pourquoi, comme les plus
faibles du poëme, sont, selon moi, tout aussi
beaux que les autres; ils ont même un intérêt
humain qui manque aux premiers. Du plus
grand des poètes qu'il était, l'auteur devient le plus
grand historien, sans cesser d'être poète. Michel
annonce à nos premiers pères qu'il faut sortir du
Paradis. Ève pleure; elle se désole de quitter ses
fleurs : « O fleurs, dit-elle, qui toutes avez reçu de
« moi vos noms. » Trait charmant, qu'on a cru d'un
dernier poète germanique, et qui n'est qu'une
de ces beautés dont les ouvrages de Milton four-
millent. Adam se plaint aussi, mais c'est d'abandonner les lieux que Dieu avait daigné honorer
de sa présence : « J'aurais pu dire à mes enfans :
« Sur cette montagne il m'apparut; sous cet arbre
« il se rendit visible à mes yeux; entre ces pins
« j'entendis sa voix; au bord de cette fontaine je
« m'entretins avec lui. »

Cette idée de Dieu, dont l'homme est dominé
dans le *Paradis perdu*, est d'une sublimité extraordinaire. Ève en naissant à la vie, n'est
occupée que de sa beauté et ne voit Dieu qu'à
travers l'homme; Adam, aussitôt qu'il est créé,

devinant qu'il n'a pas pu se créer seul, cherche et appelle aussitôt son Créateur.

Ève demeure endormie au pied de la montagne : Michel, au sommet de la même montagne, montre à Adam, dans une vision, toute sa race. Alors se déroule la Bible. D'abord vient l'histoire de Caïn et d'Abel : « O maître, s'écrie « Adam à l'ange, en voyant tomber Abel, est-ce « là la mort? est-ce par ce chemin que je dois « retourner à ma poussière natale? » Remarquons que dans l'Écriture il n'est plus question d'Adam après sa chute ; un grand silence s'étend entre son péché et sa mort : pendant 930 années, il semble que le genre humain, sa postérité malheureuse, n'a osé parler de lui ; saint Paul même ne le nomme pas parmi les saints qui ont vécu de la Foi ; l'Apôtre n'en commence la liste qu'à Abel. Adam passe pour le chef des morts, parce que tous les hommes sont morts en lui, et néanmoins, durant neuf siècles, il vit défiler ses fils vers la tombe dont il était l'inventeur, et qu'il leur avait ouverte.

Après le meurtre d'Abel, l'ange montre à Adam un hôpital et les différentes espèces de morts ; tableau plein de vigueur à la manière du Tintoret. « Adam pleure à cette vue, dit le poète, « quoiqu'il ne fût pas né d'une femme. » Réflexion pathétique inspirée au poète par ce pas-

sage de Job : « L'homme *né de la femme* ne vit
« que peu de temps, et il est rempli de beau-
« coup de misère. »

L'histoire des Géans de la montagne, que sé-
duisent les femmes de la plaine, est merveilleuse-
ment contée. Le Déluge offre une vaste scène.
Dans ce xie livre, Milton imite Dante par ces
formes d'interpellations du dialogue : MAITRE?
Dante aurait invité Milton, comme un frère, à
entrer avec lui dans le groupe des grands poètes.

Au xiie livre, ce n'est plus une *vision*, c'est
un *récit*. La Tour de Babel, la vocation d'Abraham, la venue du Christ, son Incarnation, sa
Résurrection, sont remplies de beautés de tous
les genres. Le livre se termine par le bannissement d'Adam et d'Ève, et par les vers si tristes
que tout le monde sait par cœur.

Dans ces deux derniers livres la mélancolie
du poète s'est augmentée; il paraît sentir davantage le poids du malheur et des ans. Il met
dans la bouche de Michel ces paroles :

« Tu jouiras de la vie; et, pareil à un fruit par-
« venu à sa maturité, tu retomberas dans le sein de
« la terre dont tu es sorti. Tu seras, non pas dure-
« ment arraché, mais doucement cueilli par la
« mort, quand tu seras parvenu à cette maturité
« qui s'appelle vieillesse. Mais alors il te faudra
« survivre à ta jeunesse, à ta force, à ta beauté

« qui se changera en laideur, en faiblesse, en
« maigreur. Tes sens émoussés auront perdu ces
« goûts et ces douceurs qui les flattent mainte-
« nant, et au lieu de cet air de jeunesse, de gaieté,
« de vivacité qui t'anime, règnera dans ton sang
« desséché une froide et stérile mélancolie, qui
« appesantira tes esprits et consumera enfin le
« baume de ta vie. »

Un commentateur, à propos du génie de Milton,
dans ces derniers livres du *Paradis perdu* dit :
« C'est le même océan, mais dans le temps du
« reflux, le même soleil, mais au moment où il
« finit sa carrière. »

Soit. La mer me paraît plus belle lorsqu'elle
me permet d'errer sur ses grèves abandonnées,
et qu'elle se retire à l'horizon avec le soleil couchant.

CARACTÈRES DES PERSONNAGES DU PARADIS PERDU.
ADAM ET ÈVE.

Milton a placé dans le premier homme et la première femme, le type original de leurs fils et de leurs filles sur la terre :

« Dans leurs regards divins brillait l'image de
« leur glorieux auteur, avec la vérité, la sagesse,
« la sainteté sévère et pure ; sévère, mais placée
« dans cette véritable liberté filiale, d'où vient la
« véritable autorité dans les hommes. Ils ne sont
« pas égaux, comme leur sexe n'est pas semblable :
« LUI formé pour la contemplation et le courage ;
« ELLE pour la mollesse et la douce grâce sédui-
« sante ; lui pour Dieu seulement ; ELLE pour DIEU
« en LUI. Le beau large front de l'homme et son œil
« sublime déclaraient sa suprême puissance ; ses
« cheveux d'hyacinthe, partagés autour de son
« front, pendent en grappe d'une manière mâle,
« mais non au-dessous de ses larges épaules. La
« femme porte comme un voile sa chevelure d'or

« qui descend éparse et sans ornemènt jusqu'à sa
« ceinture déliée : ses tresses roulent en capricieux
« anneaux, comme la vigne replie ses attaches ;
« ce qui implique la dépendance, mais une dé-
« pendance demandée avec un doux empire ; par
« la femme accordée, par l'homme mieux reçue ;
« accordée avec une soumission modeste, un
« décent orgueil, une tendre résistance ; amou-
« reux délai !........

   « Ainsi ils passaient nus ; ils n'évitaient ni la
« vue de DIEU, ni celle de l'ange, car ils ne son-
« geaient point au mal ; ainsi en se tenant par la
« main, passait le plus charmant couple qui s'unit
« jamais depuis dans les embrassemens de l'a-
« mour, Adam le plus beau des hommes qui
« furent ses fils, Eve la plus belle des femmes qui
« naquirent ses filles. » (*Paradis Perdu*, liv. IV.)

Adam, simple et sublime, instruit du ciel et
tirant son expérience de Dieu, n'a qu'une faiblesse, et l'on voit que cette faiblesse le perdra :
après avoir raconté sa propre création à Raphaël,
ses conversations avec Dieu sur la solitude, il
peint ses transports à la première vue de sa
compagne.

   « Il me sembla voir, quoique endormi, le lieu
« où j'étais et la figure glorieuse devant laquelle

« je m'étais tenu éveillé. En se baissant elle m'ou-
« vrit le côté gauche, y prit une côte chaude des es-
« prits du cœur, et ruisselant du sang nouveau de
« la vie. Large était la blessure, mais soudain
« remplie de chair et guérie. Il pétrit et modela
« cette côte avec ses mains : sous ses mains se
« forma une créature semblable à l'homme,
« mais d'un sexe différent. Elle était si agréable-
« ment belle, que tout ce qui avait paru beau
« dans le monde, ne parut plus rien maintenant,
« ou sembla confondu en elle, réuni en elle et
« dans ses regards qui depuis ce temps ont ré-
« pandu dans mon cœur une douceur non aupa-
« ravant éprouvée. Sa présence inspira à toutes
« choses l'esprit d'amour et les amoureuses déli-
« ces. Cette créature disparut et me laissa sombre :
« je m'éveillai pour la trouver ou pour déplorer
« à jamais sa perte, et abjurer tous les autres
« plaisirs. Lorsque j'étais hors de tout espoir, la
« voici non loin, telle que je la vis dans mon
« songe, ornée de tout ce que le ciel et la terre
« pouvaient prodiguer pour la rendre aimable.
« Elle s'avança conduite par son divin créateur
« (quoique invisible). Elle n'était pas ignorante de
« la nuptiale sainteté et des rites du mariage ; la
« grâce était dans tous ses pas, le ciel dans ses yeux,
« dans chacun de ses mouvemens la dignité et

« l'amour, Moi, transporté de joie, je ne pus
« m'empêcher de m'écrier à voix haute :

« Tu as rempli ta promesse, Créateur bon et
« doux, donateur de toutes choses belles ! mais
« celui-ci est le plus beau de tes présens, et tu
« n'y as rien épargné ! Je vois maintenant l'os de
« mes os, la chair de ma chair, moi-même de-
« vant moi :

« Elle m'entendit ; et quoiqu'elle fût divine-
« ment amenée, son innocence, sa modestie
« virginale, sa vertu, la conscience de son prix.....
« pour tout dire enfin, la nature elle-même, toute
« pure qu'elle était de pensée pécheresse, produi-
« sit dans Ève un tel effet, qu'en me voyant elle se
« détourna. Je la suivis ; elle connut ce que c'était
« que l'honneur, et avec une soumission majes-
« tueuse, il lui plut d'agréer mes raisons. Je la con-
« duisis au berceau nuptial, rougissant comme le
« matin. Tous les cieux et les étoiles fortunées
« versèrent sur cette heure leur influence choisie.
« La terre et chaque colline donnèrent un signe
« de congratulation ; les oiseaux furent joyeux ;
« les fraîches brises, les vents légers murmurèrent
« dans les bois ; en se jouant, leurs ailes nous je-
« tèrent des roses, nous jetèrent les parfums du
« buisson embaumé, jusqu'à ce que l'amoureux
« oiseau de la nuit, chanta les noces et ordonna à

« l'étoile du soir de se hâter sur le sommet de sa
« colline, pour allumer la lampe nuptiale.

« Ainsi je t'ai raconté ma condition et j'ai
« amené mon histoire jusqu'au comble de la féli-
« cité terrestre dont je jouis. Je dois avouer que
« dans toutes les autres choses je trouve à la vé-
« rité du bonheur, mais soit que j'en use ou non,
« il ne produit dans mon esprit ni changement,
« ni véhémens désirs. . . . . Mais ici tout au-
« trement! transporté je vois, transporté je
« touche! Ici pour la première fois j'ai senti la
« passion, commotion étrange! Supérieur et
« calme dans toute autre joie, ici faible contre
« le charme d'un regard puissant de la beauté.
« Ou la nature a failli en moi et m'a laissé quelque
« partie non à l'épreuve d'un pareil objet; ou,
« soustraite de mon côté, on m'a peut-être pris
« trop de vie, du moins on a prodigué à la femme
« trop d'ornemens. . . . . Quand j'approche
« de ses charmes, elle me paraît si absolue et si
« accomplie en elle-même, si instruite de ses
« droits, que tout ce qu'elle veut faire ou dire me
« semble le plus sage, le plus vertueux, le plus
« discret, le meilleur. Tout savoir plus élevé tombe
« abaissé en sa présence; la sagesse discourant
« avec elle se perd déconcertée et paraît folie.
« L'autorité et la raison la suivent comme si elle
« avait été créée la première. Enfin, pour tout

« achever , la grandeur d'ame et la noblesse ont
« établi en elle leur demeure la plus charmante,
« et créé autour d'elle un repect mêlé de frayeur
« comme une garde angélique. »

Qui a jamais dit ces choses-là ? quel poète a
jamais parlé ce langage ? Combien nous sommes
misérables dans nos compositions modernes auprès de ces fortes et magnifiques conceptions !
Milton a soin d'écarter Ève quand Adam raconte
à Raphaël sa faiblesse, mais Ève curieuse, cachée sous la feuillée , entend ce qui doit servir
à la perdre.

Ève a une séduction inexprimable; elle respire à la fois l'innocence et la volupté; mais elle
est légère, présomptueuse, vaine de sa beauté;
elle s'obstine à aller seule à ses ouvrages du
matin, malgré les supplications d'Adam; elle
est offensée des craintes qu'il lui témoigne;
elle se croit capable de résister au Prince des
ténèbres. Le faible Adam lui cède; il la suit
tristement des yeux à mesure qu'elle s'éloigne
parmi les bocages. Ève n'est pas plutôt arrivée auprès de l'arbre de science, qu'elle est
séduite, en dépit des avertissemens d'Adam et
du ciel, en dépit des images d'un rêve qui
l'avait pourtant effrayée, et dans lequel l'Esprit de mensonge lui avait dit ce que lui répète

le Serpent : quelques louanges de sa beauté l'enivrent ; elle tombe.

La stupeur d'Adam, la résolution qu'il prend de goûter lui-même au fruit fatal pour mourir avec Ève, le désespoir des époux, les reproches, le pardon, le raccommodement, la proposition qu'Ève fait à son tour de se donner la mort ou de se priver de postérité ; tout cela est du plus haut pathétique. Au surplus, Ève rappelle les femmes de Shakespeare ; elle a quelque chose d'extrêmement jeune, une naïveté qui touche à l'enfance : c'est l'excuse d'une séduction accomplie avec tant de facilité.

Le style de ces scènes n'a jamais appartenu qu'à Milton. On sait par quels vers délicieux Ève rend compte de son premier réveil, en sortant des mains du Créateur. Dans ce même iv⁰ livre, Ève dit à notre premier père :

« Doux est le souffle du matin, son lever doux
« avec le charme des oiseaux matineux ; agréable
« est le soleil quand d'abord dans ce délicieux
« jardin, il déploie ses rayons de l'orient,
« sur l'herbe, les arbres, les fruits et les fleurs
« brillans de rosée ; parfumée est la terre fertile
« après de molles pluies ; charmant est le venir
« d'un soir paisible et gracieux ; charmante

« la nuit silencieuse avec son oiseau solennel,
« et cette lune si belle, et ces perles du ciel, sa
« cour étoilée : mais ni le souffle du matin,
« quand il monte avec le charme des oiseaux
« matineux ; ni le soleil levant sur ce délicieux
« jardin ; ni l'herbe, ni le fruit, ni la fleur bril-
« lante de rosée ; ni la fragrance après de molles
« pluies, ni le soir paisible et gracieux, ni la
« nuit silencieuse avec son oiseau solennel, ni
« la promenade par la lune ou à la tremblante
« lumière de l'étoile, n'ont de douceur sans
« toi. »

A l'entrée du berceau nuptial et près d'y entrer,
Adam s'arrête et cache le bonheur qu'il va
goûter dans ce chaste et religieux souhait.

« Créateur, ton fortuné paradis est trop vaste
« pour nous ; ton abondance manque de mains
« qui la partagent ; elle tombe sur le sol sans être
« moissonnée ; mais tu nous a promis à tous
« deux une race pour remplir la terre, une race
« qui glorifiera avec nous ta bonté infinie, et
« quand nous nous éveillons, et quand nous
« cherchons, comme à cette heure, le sommeil,
« ton présent. »

Adam s'éveille avant Ève sous le berceau :

« Il se soulève, appuyé sur le coude, et suspendu

« sur sa bien-aimée, il contemple avec le regard
« d'un cordial amour, la beauté qui, éveillée ou
« endormie, brille de toutes les sortes de grâces.
« Alors avec une voix douce, comme quand
« Zéphyre souffle sur Flore, touchant doucement
« la main d'Ève, il murmure ces mots :

« Eveille-toi, ma beauté, mon épouse, mon
« dernier bien trouvé, le meilleur et le dernier
« présent du ciel! Mes délices toujours nouvelles,
« éveille-toi! Le matin brille, la fraîche cam-
« pagne nous appelle; nous perdons les pré-
« mices du jour! »

Lorsque Raphaël aperçoit Ève, il lui adresse
les paroles de la Salutation angélique :

« Je te salue, mère des hommes, dont les en-
« trailles fécondes rempliront le monde de fils
« plus nombreux que ne seront jamais les fruits
« variés dont les arbres de Dieu ont chargé cette
« table. »

Ainsi tout se sanctifie par les souvenirs de la
religion dans les hymnes du poète. Ces suaves
peintures de la béatitude sont d'autant plus dramatiques que Satan en est le témoin : il apprend
de la bouche même des époux heureux leur secret et le moyen de les perdre. La félicité d'Adam
et d'Ève est redoutable; chaque instant de leur

bonheur fait frémir, puisqu'il doit être suivi de
la perte de la race humaine :

« Ah ! couple charmant, dit le Prince de l'Enfer,
« vous ne vous doutez guère, combien votre
« changement approche ! toutes vos délices vont
« s'évanouir et vous livrer au malheur; malheur
« d'autant plus grand que vous goûtez mainte-
« nant plus de joie! Couple heureux, mais trop
« mal gardé pour continuer d'être toujours si
« heureux ! . . . . Non que je sois votre
« ennemi décidé; je pourrais avoir pitié de vous,
« abandonnés comme vous l'êtes, bien qu'on soit
« sans pitié pour moi! »

Si l'art du poète se montre quelque part, c'est
dans la peinture des amours de nos Premiers
Parens après le péché. Le poète emploie les
mêmes couleurs; mais l'effet n'en est plus le
même: Ève n'est plus une épouse, c'est une maîtresse; la vierge mariée des berceaux d'Eden, est
entrée dans les bosquets de Paphos ; la volupté a
remplacé l'amour; les blandices ont tenu lieu des
chastes caresses. Comment le poète a-t-il opéré
cette métamorphose? Il n'a banni qu'un seul
mot de ses descriptions : Innocence.. Les deux
époux sortent accablés de fatigue, du sommeil
que leur a procuré l'enivrement du fruit dé-

fendu ; on voit qu'ils viennent d'engendrer Caïn.
Ils découvrent avec honte sur leur visage les
pâles traces du plaisir : ils s'aperçoivent qu'ils
sont nus, et ils ont recours au figuier.

L'homme tombé, le globe est dérangé sur son
axe ; les saisons s'altèrent, et la Mort fait son
premier pas dans l'univers.

L'ÉTERNEL ET LE FILS.

Le caractère du Père tout-puissant est obscu-
rément tracé. Il faut admirer la retenue de l'auteur ; il a craint de prêter une parole mortelle à
l'Être impérissable ; il ne met dans la bouche de
Jéhova que des discours consacrés par le texte
des Livres Saints et par les commentaires de l'é-
lite des esprits chrétiens dans la suite des âges : tout
roule sur les questions les plus abstraites de la
Grâce, du Libre arbitre, de la Prescience. L'É-
ternel s'agrandit au fond des ténèbres théolo-
giques et philosophiques où la main du respect
et du mystère le tient caché. Nous verrons que
Milton dans l'embarras de ses systèmes, ne s'é-
tait pas fait une idée bien distincte de la Divinité
unique.

Mais le caractère du FILS est une œuvre dont
on n'a pas assez remarqué la perfection. Dans
le Christ, il y a de l'homme ; l'homme peut donc
mieux comprendre le Christ, et comme aussi

dans le Christ il y a de la Nature Divine, c'est à travers l'homme que Milton s'est élevé à la connaissance réelle de l'Homme-Dieu.

La tendresse du Fils est ineffable et ne se dément jamais. Dès le troisième livre, il s'offre en victime expiatoire, même avant que l'homme soit tombé; il dit au Père : « Me voici : moi pour « lui, vie pour vie, je me présente. Que ta colère « tombe sur moi; prends-moi pour l'homme. « Afin de le sauver, je quitterai ton sein; j'aban-« donnerai librement la gloire dont je jouis au-« près de toi; pour lui, je mourrai satisfait : que « la mort exerce sur moi sa fureur! »

« Ses paroles cessèrent; mais dans son aspect « miséricordieux, le silence parle encore; il res-« pire un immortel amour pour les hommes « mortels. »

Au dixième livre, le Père envoie le Fils juger le couple criminel : « Je vais donc, dit le Fils, « vers ceux qui t'ont offensé; mais tu sais « que, quel que soit le jugement, c'est sur moi « que retombera la plus grande peine. Je m'y « suis engagé en ta présence; je ne m'en repens « point, puisque j'espère obtenir de mon inno-« cence l'adoucissement du châtiment quand il « sera exercé sur moi. »

Le Fils refuse tout cortége : à la sentence qu'il

va prononcer, ne doivent assister que les deux Coupables. Il descend dans le jardin comme *un vent doux du soir;* sa voix, loin d'être effrayante, est portée par la brise aux oreilles d'Ève et d'Adam. L'homme et la femme se cachent; il les appelle : « Adam, où es-tu? » Adam hésite; puis il s'avance avec peine suivi d'Ève; il répond enfin : « Je me suis caché parce que j'étais « nu. »

Le Fils ne lui fait aucun reproche, il réplique avec douceur : « Tu as souvent entendu ma voix; « au lieu de te causer de la crainte, elle te remplis-« sait de joie : pourquoi est-elle devenue pour « toi si terrible? Tu dis que tu es nu : qui te l'a « appris? »

« Ainsi jugea l'homme, dit le poète, celui qui « était à la fois son juge et son sauveur! . . . . . « Ensuite voyant ces deux criminels debout et « nus, au milieu d'un air qui allait souffrir de « grandes altérations, il en eut compassion; il « ne dédaigna pas de prendre dès ce moment la « forme de serviteur, qu'il prit lorsqu'il lava les « pieds de ses serviteurs. Avec l'attention d'un « père de famille, il couvrit leur nudité de « peaux de bêtes. . . . . Il eut « aussi pitié de leur nudité la plus ignominieuse; « il couvrit leur nudité intérieure de sa robe de « justice, l'étendant entre eux et les regards

« de son père, vers lequel il retourna aussitôt. »

L'expression manque pour louer des choses si divines.

A la fin de ce même livre x, Ève et Adam, réconciliés et pénitens, vont prier Dieu à la même place où ils ont été jugés. Leurs prières volent au ciel; le grand Intercesseur les présente au Père, embaumées de l'encens qui fume sur l'autel d'or : « Considérez, ô mon père, quels sont les « premiers fruits qu'a fait germer sur la terre « cette grâce que vous avez fait entrer dans le « cœur humain : ce sont des soupirs et des « prières, je vous les présente, moi qui suis votre « prêtre. . . . . L'homme ignore en quels « termes il doit parler pour lui-même; permettez « que je sois son interprète, son avocat, sa vic- « time de propitiation. Gravez en moi toutes ses « actions bonnes ou mauvaises : je perfection- « nerai les premières; j'expierai les autres par ma « mort. »

Ici la beauté de la poésie égale la beauté du sentiment.

Enfin dans le xiie livre, Milton quittant les hauteurs de la Bible, descend à la mansuétude évangélique pour peindre le mystère de la Ré- demption. « C'est afin de porter ton châtiment, « ditMichel à Adam, qu'il se fera chair, qu'il s'ex- « posera à souffrir une vie méprisée et une mort

« honteuse. . . . . . . Sur la terre il se voit
« trahi, blasphémé, arrêté avec violence, jugé,
« condamné à la mort; mort d'ignominie et de
« malédiction. Il est élevé sur une croix par son
« propre peuple, mais il meurt pour donner la
« vie et il cloue à sa croix tes ennemis. »

Milton attendrit son génie aux rayons du
christianisme : comme il a peint ce qui a précédé
le Temps, il vous laisse dans ce Temps où il vous
a introduit à la chute de l'homme. Pour lui,
il passe à travers ce monde intermédiaire qu'il
dédaigne; il se hâte d'annoncer la destruction
du Temps auquel il donne des ailes d'*heures*,
de proclamer le renouvellement des choses, la
réunion de la Fin et du Commencement dans le
sein de Dieu.

ANGES.

Parmi les anges il y a une grande variété de caractères : Uriel, Raphaël, Michel, ont des traits qui les distinguent les uns des autres. Raphaël est l'ange ami de l'homme. La peinture que le poète en fait, est pleine de pudeur et de grâce.

Envoyé par Dieu vers nos premiers pères, en arrivant dans Eden il secoue ses six ailes qui répandent au loin une odeur d'ambroisie. Adam appelle Ève : « Ève, approche-toi vite! Regarde « entre ces arbres du côté de l'orient : vois-tu « cette Forme éclatante qui s'avance vers nous? « on dirait d'une nouvelle aurore qui se lève. » Raphaël aborde Adam, comme dans l'Antiquité biblique des anges demandent l'hospitalité aux patriarches, ou comme dans l'Antiquité païenne, les Dieux viennent s'asseoir à la table de Philémon et de Baucis. Gabriel salue notre première mère des mêmes paroles dont il salua Marie, seconde Ève. Il raconte ensuite, comme je l'ai dit, ce qui s'est passé dans le ciel, la chute des Esprits rebelles et la création du monde; il contente la curiosité du père des hommes, et rougit, comme rougit un ange, quand Adam ose lui faire des questions sur les amours des Esprits. Lorsqu'il retourne au ciel, Adam, lui dit : « Partez, hôte « divin, soyez toujours le protecteur et l'ami de « l'homme, et revenez souvent nous visiter. »

Michel, chef des milices du ciel, est envoyé à son tour, mais pour bannir du Paradis les deux coupables. Il a pris la forme humaine et l'habillement d'un guerrier; son visage, quand la visière de son casque était levée, montre l'âge où la virilité commence et finit la jeunesse. Son épée pend comme un éclatant zodiaque à son côté, et dans sa main il porte négligemment une lance. Adam l'aperçoit de loin : « Il n'a point « l'air terrible, dit-il à Ève : je ne dois pas être « effrayé; mais il n'a pas non plus l'air doux et « sociable de Raphaël. » Le poète connaît familièrement tous ces anges, et vous fait vivre avec eux. L'ange fidèle dans l'armée de Satan, est énergique : je citerai bientôt un de ses discours. Il n'y a pas jusqu'au chérubin de ronde qui surprend Satan à l'oreille d'Ève, dont le trait ne soit correctement dessiné. Satan insulte ce chérubin : « Ne pas me connaître prouve que toi-même es « inconnu, et le dernier de ta bande. » Zéphon lui répond : « Esprit révolté, ne t'imagine pas que ta

« figure soit la même , et qu'on puisse te recon-
« naître; tu n'as plus cet éclat qui t'environnait,
« lorsque tu restais pur dans le ciel. Ta gloire t'a
« quitté avec ton innocence; le moindre d'entre
« nous peut tout contre toi; ton crime fait ta
« faiblesse. »

Quand Satan lui-même se transforme en Esprit
de lumière, le poète répand sur lui toutes les
harmonies de son art : « Sous une couronne, les
« cheveux de l'Archange flottent en boucles , et
« ombragent ses deux joues; il porte des ailes ,
« dont les plumes de diverses couleurs sont
« semées d'or; son habit court est fait pour une
« marche rapide , et il appuie ses pas pleins de
« décence sur une baguette d'argent. »

Tous ces Esprits d'une variété et d'une beauté
infinies, ont l'air d'être peints, selon leurs caractères, par Michel-Ange et par Raphaël, ou plutôt
on voit que Milton les a vêtus et représentés
d'après les tableaux de ces grands maîtres; il les
a transportés de la toile dans sa poésie, en leur
donnant avec le secours de la lyre, la parole que
le pinceau avait laissée muette sur leurs lèvres.

Il est inutile de rappeler ce que chacun sait des Esprits de ténèbres tels que Milton les a produits : il est reconnu que Satan est une incomparable création.

Louis Racine fait cette remarque, en parlant des quatre monologues de Satan : « A quelle « occasion l'esprit de fureur, le roi du mal, « fait-il quelques réflexions qu'on peut appeler «sages? 1° en contemplant la beauté du soleil; « 2° en contemplant la beauté de la terre; « 3° en contemplant la beauté de deux créatures, «qui, dans une conversation tranquille, s'assu-«rent mutuellement de leur amour ; 4° en con-«templant une de ces créatures, qui seule dans « un bosquet, cultivant des fleurs, est l'image de «l'innocence et de la tranquillité. Tout ce qui « est beau, tout ce qui est bon excite d'abord «son admiration; cette admiration produit des « remords, par le souvenir de ce qu'il a perdu, « et le fruit de ces remords est de s'endurcir tou-

« jours. Le roi du MAL devient par degrés digne
« roi de son nouvel empire. Ève cueillant des
« fleurs lui paraît heureuse. Sa tranquillité est
« le plaisir de l'innocence; il va détruire ce qu'il
« admire, parce qu'il est le destructeur de tout
« plaisir. Dans ces quatre monologues, le poète
« conserve à Satan le même caractère et ne se
« copie point. Satan n'est pas le héros de son
« poëme, mais le chef-d'œuvre de sa poésie. »

Milton a presque donné un mouvement d'a-
mour à Satan pour Ève; l'Archange est jaloux à la
vue des caresses que se prodiguent les deux époux.
Ève séduisant un moment le rival de Dieu, le
chef de l'Enfer, le roi de la Haine, laisse dans
l'imagination une idée incompréhensible de la
beauté de la première femme.

Les personnages allégoriques du *Paradis
perdu* sont le Chaos, la Mort et le Péché. Tel est
le feu du poète, que de la Mort et du Péché il a fait
deux êtres réels et formidables. Rien n'est plus
étonnant que l'instinct du Péché, lorsque du seuil
de l'Enfer, entre les flammes du Tartare et l'océan
du Chaos, ce fantôme devine que son père et son
amant ont fait la conquête d'un monde. La Mort
elle-même avertie, dit au Péché, sa mère: « Quelle
« odeur je sens de carnage, proie innombrable!
« je goûte la saveur de la mort, de toutes les
« choses qui vivent..... La Forme pâle renver-

« sant en haut ses larges narines dans l'air em-
« pesté, huma sa curée lointaine. »

Le Péché (j'en ai fait l'observation dans le
Génie du christianisme) est du genre féminin en
anglais, et la Mort du genre masculin. Racine a
voulu sauver en français cette difficulté des
genres, en donnant à la Mort et au Péché des
noms grecs; il appelle le Péché *Ate*, et la Mort
Ades : je n'ai pas cru devoir me soumettre à ce
scrupule; contre Louis Racine, j'ai l'autorité de
Jean Racine :

La Mort est *le seul dieu* que j'osais implorer.

Il m'a semblé que les lecteurs accoutumés d'a-
vance à cette fiction, se prêteraient au changement de genres, qu'ils feraient facilement la
Mort du genre masculin et le Péché du genre
féminin, en dépit de leurs articles.

Voltaire critiquait un jour, à Londres, cette
célèbre allégorie : Young qui l'écoutait improvisa
ce distique :

You are so wity, so profligate and thin,
At once we think you Milton, death, and sin.

« Vous êtes si spirituel, si licencieux et si

« maigre, que nous vous croyons à la fois Mil-
« ton, la Mort et le Péché. »

Il ne me reste plus qu'à parler d'un autre personnage du *Paradis perdu*, je veux dire de Milton lui-même.

MILTON DANS LE PARADIS PERDU.

Le républicain se retrouve à chaque vers du *Paradis perdu* : les discours de Satan respirent la haine de la dépendance. Mais Milton qui, enthousiaste de la liberté, avait néanmoins servi Cromwell, fait connaître l'espèce de république qu'il comprenait : ce n'est pas une république d'égalité, une république plébéienne; il veut une république aristocratique et dans laquelle il admet des rangs. « Si nous ne sommes pas « tous égaux, dit Satan, nous sommes tous éga- « lement libres : *rangs et degrés ne jurent pas* « *avec la liberté mais s'accordent avec elle*. Qui « donc, en droit ou en raison, peut prétendre « au pouvoir sur ceux qui sont par droit ses « égaux, sinon en pouvoir et en éclat, du moins « en liberté? Qui peut promulguer des lois et « des édits parmi nous, nous qui, même sans « lois, n'errons jamais? Qui peut nous forcer à

« recevoir celui-ci 'pour maître, à l'adorer au
« détriment de ces *titres impériaux qui prouvent*
« *que nous sommes faits pour gouverner, non*
« *pour obéir ?* » (*Paradis perdu* , livre v.)

S'il pouvait rester quelques doutes à cet égard,
Milton, dans son *moyen facile d'établir une société libre*, s'explique de manière à éclaircir ces
doutes : il y déclare que la république doit être
gouvernée par *un grand conseil perpétuel;* il ne
veut pas du *remède populaire* propre à combattre l'ambition de ce conseil permanent, car
le peuple se précipiterait dans une démocratie
licencieuse et sans frein, *a licentious and und-
ridled democraty.* Milton, ce fier républicain,
était noble; il avait des armoiries : il portait un
aigle d'argent éployé de sable à deux têtes de
gueules, jambes et bec de sable : un aigle était,
du moins pour le poète, des armes parlantes. Les
Américains ont des écussons plus féodaux que
ceux des Chevaliers du xive siècle; fantaisies qui
ne font de mal à personne.

Les discours qui forment plus de la moitié du
Paradis perdu, ont pris un nouvel intérêt depuis
que nous avons des tribunes. Le poète a transporté dans son ouvrage les formes politiques
du gouvernement de sa patrie: Satan convoque
un véritable parlement dans l'Enfer ; il le divise

en deux chambres ; il y a une chambre des pairs
au Tartare. L'éloquence forme une des qualités
essentielles du talent de l'auteur : les discours
prononcés par ses personnages, sont souvent des
modèles d'adresse ou d'énergie. Abdiel, en se
séparant des Anges rebelles, adresse ces paroles
à Satan :

« Abandonné de Dieu, esprit maudit, dépouillé
« de tout bien, je vois ta chute certaine ; ta
« bande malheureuse enveloppée dans cette
« perfidie, est atteinte de la contagion de ton
« crime et de ton châtiment. Ne t'agite plus
« pour savoir comment tu secoueras le joug du
« Messie de Dieu ; ses indulgentes lois ne peu-
« vent plus être invoquées ; d'autres décrets sont
« déjà lancés contre toi sans appel. Ce sceptre d'or
« que tu repousses, est maintenant changé en
« une verge de fer pour meurtrir et briser ta
« désobéissance. Tu m'as bien conseillé : je fuis,
« non toutefois par ton conseil et devant tes me-
« naces ; je fuis ces tentes criminelles et reprou-
« vées, dans la crainte que l'imminente colère,
« venant à éclater dans une flamme soudaine,
« ne fasse aucune distinction. Attends-toi à sentir
« bientôt sur ta tête la foudre, feu qui dévore !
« Alors, gémissant, tu apprendras à connaître
« celui qui t'a créé, par celui qui peut t'anéantir. »

Il reste, dans le poëme, quelque chose d'inexplicable au premier aperçu : la République infernale veut détruire la Monarchie céleste, et cependant Milton dont l'inclination est toute républicaine, donne toujours la raison et la victoire à l'Éternel ? C'est qu'ici le poëte était dominé par ses idées religieuses; il voulait, comme les Indépendans, une République théocratique; la liberté hiérarchique sous l'unique puissance du Ciel; il avait admis Cromwell comme lieutenant général de Dieu, protecteur de la République.

> Cromwell, our chief of men, who through a cloud
>   Not of war only, but detractions rude,
>   Guided by faith and matchlefs fortitude,
>   To peace and truth thy glorious way hast plough'd,
> And on the neck of crowned fortune proud
>   Hast rear'd God's trophies, and his work pursued,
>   While Darwen stream with blood of Scots imbrued,
>   And Dunbar field resounds thy praises loud,
> And Worcester's laureat wreath. Yet much remains
>   To conquer still; peace hath her victories
>   No less renown'd than war : new foes arise
> Threatning to bind our souls with secular chains :
>   Help us to save free conscience from the paw
>   Of hireling wolves, whose gospel is their maw.

« Cromwell, chef des hommes, qui, à travers « le nuage non-seulement de la guerre, mais en- « core d'une destruction brutale, guidé par la foi « et une grandeur d'ame incomparable, as la-

« bouré ton glorieux chemin vers la paix et la vé-
« rité ! Toi qui, sur le cou de l'orgueilleuse fortune
« couronnée, as planté les trophées de Dieu et
« continué son ouvrage, tandis que le cours du
« Darwen se teignait du sang des Écossais, que le
« champ de Dunbar retentissait de tes louanges,
« et des lauriers tressés à Worcester ! il te reste
« encore beaucoup à conquérir ; la paix a ses vic-
« toires non moins renommées que celles de la
« guerre. De nouveaux ennemis s'élèvent mena-
« çans de lier nos ames avec des chaînes sécu-
« laires : aide-nous à sauver notre libre conscience
« des ongles des loups mercenaires, dont l'évan-
« gile est leur ventre. »

Dans la pensée de Milton, Satan et ses anges
pouvaient être les orgueilleux Presbytériens qui
refusaient de se soumettre aux *Saints*, à la faction desquels Milton appartenait et dont il reconnaissait l'inspiré Cromwell comme le chef
en Dieu.

On sent dans Milton un homme tourmenté : encore ému des spectacles et des passions révolutionnaires, il est resté debout après la chute de
la révolution réfugiée en lui, et palpitante dans
son sein. Mais le sérieux de cette révolution le
domine ; la gravité religieuse fait le contrepoids

11.

de ses agitations politiques. Et néanmoins dans
l'étonnement de ses illusions détruites, de ses
rêves de liberté évanouis, il ne sait plus où se
prendre; il reste dans la confusion, même à
l'égard de la vérité religieuse.

Il résulte d'une lecture attentive du *Paradis
perdu* que Milton flottait entre mille systèmes.
Dès le début de son poëme, il se déclare socinien
par l'expression fameuse *un plus grand homme.*
Il ne parle point du Saint-Esprit; il ne parle jamais de la Trinité, il ne dit jamais que le Fils est
égal au Père. Le Fils n'est point engendré de
toute éternité; le poète place même sa création
après celle des anges. Milton est arien, s'il est
quelque chose; il n'admet point la *création* pro-
prement dite; il suppose une Matière préexis-
tante, coéternelle avec l'Esprit. La création particulière de l'univers, n'est à ses yeux qu'un petit
coin du Chaos arrangé, et toujours prêt à retomber dans le désordre. Toutes les théories philosophiques connues du poète, ont pris plus ou
moins de place dans ses croyances : tantôt c'est
Platon avec les exemplaires des Idées, ou Pytha-
gore avec l'harmonie des Sphères; tantôt c'est
Épicure ou Lucrèce avec son matérialisme,
comme quand il montre les animaux à moitié
formés sortant de la terre. Il est fataliste lors-

qu'il fait dire à l'Ange rebelle que lui *Satan*
naquit *de lui-même* dans le ciel, le *cercle fatal
amenant l'heure de sa création.* Milton est encore
panthéiste ou spinosiste, mais son panthéisme
est d'une nature singulière.

Le poète paraît d'abord supposer le panthéisme
connu, mêlé de matière et d'esprit: mais si l'homme
n'eût point péché, Adam se dégageant peu à peu
de la matière, serait devenu de la nature des
Anges. Adam pèche. Pour racheter la partie
spirituelle de l'homme, le Fils de Dieu, tout
esprit, se matérialise; il descend sur la terre,
meurt et remonte au ciel, après avoir passé à
travers la matière. Le Christ devient ainsi le
véhicule au moyen duquel la matière mise en
contact avec l'intelligence, se spiritualise. Enfin
les temps étant accomplis, la matière, ou le
monde matériel, cesse et va se perdre dans l'autre
principe.« Le Fils, dit Milton, s'absorbera dans le
« sein du Père avec le reste des créatures: Dieu sera
« tout dans tout; » c'est le panthéisme spirituel
succédant au panthéisme des deux principes.

Ainsi notre ame s'engloutira dans la source de
la spiritualité. Qu'est-ce que cette mer de l'Intelligence, dont une faible goutte renfermée
dans la matière, était assez puissante pour comprendre le mouvement des sphères et s'enquérir

de la nature de Dieu ? Qu'est-ce que l'Infini ?
Quoi! toujours des mondes après des mondes!
L'imagination éprouve des vertiges en essayant
de se plonger dans ces abîmes, et Milton y fait
naufrage. Cependant au milieu de cette confusion de principes, le poète reste biblique et chrétien : il redit la Chute et la Rédemption. Puritain
d'abord, ensuite indépendant, anabaptiste, il
devient *saint*, quiétiste et enthousiaste : ce n'est
plus qu'une Voix qui chante l'Eternel. Milton
n'allait plus au temple, ne donnait plus aucun
signe extérieur de religion : dans le *Paradis
perdu*, il déclare que la Prière est le seul culte
agréable à Dieu.

Ce poëme qui s'ouvre aux enfers et finit au
ciel en passant sur la terre, n'a dans le vaste désert de la création nouvelle, que deux personnages humains : les autres sont les habitans
surnaturels de l'Abîme des félicités sans fin, ou
du Gouffre des misères éternelles. Eh bien, le
poète a osé entrer dans cette solitude; il s'y présente comme un fils d'Adam, député de la race
humaine perdue par la Désobéissance; il y paraît
comme l'hiérophante, comme le prophète chargé
d'apprendre l'histoire de la Chute de l'homme et
de la chanter sur la harpe consacrée aux péni-
tences de David. Il est si rempli de génie, de

sainteté et de grandeur, que sa noble tête n'est
point déplacée auprès de celles de notre premier
père, en présence de Dieu et des Anges. En
sortant de l'abîme des ténèbres il salue cette
lumière sacrée interdite à ses yeux.

« Salut, lumière sacrée, fille du ciel, née la
« première, ou de l'Eternel coéternel rayon !
« Puis-je te nommer ainsi sans blâme? puisque
« Dieu est lumière, et que de toute éternité il
« n'habite jamais que dans une lumière impéné-
« trable, il habite donc en toi, brillante effusion
« d'une brillante essence incréée! Ou si tu préfères
« t'entendre appeler ruisseau de pur éther, qui
« dira ta source? Avant le soleil, avant les cieux,
« tu étais : à la voix de Dieu tu couvris, comme
« d'un manteau, le monde qui naissait des eaux
« noires et profondes; conquête faite sur le vide
« infini et sans forme.

« Maintenant je te visite de nouveau sur une
« aile plus hardie : échappé du lac Stygien.......
« je sens l'influence de ton vivifiant et souverain
« flambeau. Mais toi tu ne visites point ces yeux
« qui roulent en vain pour trouver ton rayon
« perçant et ne rencontrent aucune aurore; tant
« ils sont profondément éteints dans leur orbite,
« ou voilés d'un sombre tissu !

« Cependant je ne cesse d'errer aux lieux fré-
« quentés des Muses..... Je n'oublie pas non plus
« ces deux mortels semblables à moi en malheur
« (puissé-je les égaler en gloire!). L'aveugle
« THAYRIS et l'aveugle MÉONIDES, et THYRÉSIAS
« et PHRINÉE, devins antiques. Nourri des pen-
« sées qui mettent en mouvement les nombres
« harmonieux, je suis semblable à l'oiseau qui
« veille et chante dans l'obscurité : caché sous
« le plus épais couvert, il soupire ses nocturnes
« complaintes.

  « Ainsi, avec l'année reviennent les saisons;
« mais le jour ne revient pas pour moi, ni ne re-
« viennent la douce approche du matin ou du
« soir, la vue de la fleur du printemps, de la
« rose de l'été, des troupeaux et de la face divine
« de l'homme. Des nuages et des ténèbres qui
« durent toujours, m'environnent. Les chemins
« agréables des hommes me sont coupés; le
« livre du beau savoir ne me présente qu'un
« blanc universel où les ouvrages de la nature
« sont pour moi effacés et rayés. La sagesse à son
« entrée m'est entièrement fermée !

  « Brille donc davantage intérieurement, ô cé-
« leste lumière! que toutes les facultés de mon
« esprit soyent pénétrées de tes rayons; mets des
« yeux à mon ame, écarte et disperse tous les

« brouillards, afin que je puisse voir et dire les
« choses invisibles à l'œil des mosteis. »

Ailleurs, non moins pathétique, il s'écrie :

« Ah ! si j'obtenais de ma céleste patrone un
« style qui répondît à ma pensée ! Elle daigne
« me visiter la nuit sans que je l'implore . . . . .
« Il me reste à chanter un sujet plus élevé ; il
« suffira pour immortaliser mon nom, si je ne
« suis venu un siècle trop tard, si la froideur
« du climat ou des ans n'engourdit mes ailes
« humiliées. »

Quelle hauteur d'intelligence ne faut-il pas à
Milton pour soutenir ce tête-à-tête avec Dieu et
les prodigieux personnages qu'il a créés ! Il n'a
jamais existé un génie plus sérieux et en même
temps plus tendre que celui de cet homme.
« Milton, dit Hume, pauvre, vieux, aveugle, dans
« la disgrâce, environné de périls, écrivit le
« poëme merveilleux qui non-seulement surpasse
« tous les ouvrages de ses contemporains, mais
« encore tous ceux qu'il écrivit lui-même dans
« sa jeunesse et au temps de sa plus haute pros-
« périté. » On sent en effet dans ce poëme à
travers la passion des légères années, la maturité
de l'âge et la gravité du malheur ; ce qui donne

au *Paradis perdu* un charme extraordinaire de
vieillesse et de jeunesse, d'inquiétude et de
paix, de tristesse et de joie, de raison et d'a-
mour.

QUATRIÈME PARTIE.

LITTÉRATURE

SOUS LES DEUX DERNIERS STUART.

HOMMES ET CHOSES DE LA RÉVOLUTION ANGLAISE ET DE LA RÉVOLUTION FRANÇAISE COMPARÉS.

En quittant Milton, si nous passions sans transition aux écrivains sous les deux derniers Stuart, nous trébucherions de plus haut que les anges du *Paradis perdu* qui tombèrent du ciel dans l'abîme. Mais il nous reste à jeter un regard sur la révolution d'où sortit le poète, et à la comparer à notre révolution : en nous entretenant encore du siècle de Milton, nous parviendrons à descendre ainsi d'un mouvement insensible jusqu'au niveau des règnes de Charles et de Jacques. On a de la peine à se détacher de ces temps de 1649; ils eurent de curieuses affinités avec les nôtres : nous allons voir, par le parallèle des choses et des hommes, que nos jours révolutionnaires conservent sur les jours révolutionnaires de la république et du Protectorat anglais, une incontestable, mais souvent malheureuse supériorité.

La révolution française a été vaincue dans les lettres par la révolution anglaise; la République, l'Empire, la Restauration, n'ont rien à opposer au chantre du *Paradis perdu* : sous les autres rapports, excepté sous le rapport moral et religieux, notre révolution a laissé loin derrière elle la révolution de nos voisins.

Quand la révolution de 1649 s'accomplit, les communications entre les peuples n'étaient point arrivées au point où elles le sont aujourd'hui; les idées et les évènemens d'une nation n'étaient pas rendus communs à toute la terre par la multiplicité des chemins, la rapidité des courriers, l'extension du commerce et de l'industrie, les publications de la presse périodique. La révolution de la Grande-Bretagne ne mit point l'Europe en feu : renfermée dans une île, elle ne porta point ses armes et ses principes aux extrémités de l'Europe; elle ne prêcha point la Liberté et les Droits de l'homme, le cimeterre à la main, comme Mahomet prêcha le Coran et le despotisme; elle ne fut ni obligée de repousser au dehors une invasion, ni de se défen-

dre au dedans contre un système de Terreur :
l'état religieux et social n'était pas tel qu'aujourd'hui.

Aussi les personnages de cette révolution
n'atteignirent point la hauteur des personnages
de la révolution française mesurée sur une bien
plus grande échelle, et menée par une nation
bien plus liée au destin général du monde. Est-ce
Hampden ou Ludlow que l'on pourrait comparer
Mirabeau? Supérieurs en morale, ils lui étaient
fort inférieurs en génie (1).

« Mêlé par les désordres et les hasards de sa vie
aux plus grands évènemens et à l'existence des
repris de justice, des ravisseurs et des aventuriers,
Mirabeau, tribun de l'aristocratie, député de la
démocratie, avait du Gracchus et du don Juan,
du Catilina et du Gusman d'Alfarache, du cardinal de Richelieu et du cardinal de Retz, du
roué de la Régence et du Sauvage de la révolution ;
il avait de plus du *Mirabeau*, famille florentine
exilée, qui gardait quelque chose de ces palais

(1) Jusques et y compris le parallèle de Bonaparte et de
Cromwell, tout ce qui suit est extrait, mais fort en abrégé, de
de mes *Mémoires*. Le commencement de chaque paragraphe est
guillemeté.

armés et de ces grands factieux célébrés par
Dante; famille naturalisée française, où l'esprit
républicain du moyen-âge de l'Italie et l'esprit
féodal de notre moyen-âge, se trouvaient réunis
dans une succession d'hommes extraordinaires.

« La laideur de Mirabeau, appliquée sur le fond
de beauté particulière à sa race, produisait une
sorte de puissante figure du *Jugement dernier* de
Michel-Ange, compatriote des *Arrighetti*. Les
sillons creusés par la petite vérole sur le visage
de l'orateur, avaient plutôt l'air d'escarres laissées
par la flamme. La nature semblait avoir moulé
sa tête pour l'empire ou pour le gibet, taillé ses
bras pour étreindre une nation ou pour enlever
une femme. Quand il secouait sa crinière en regardant le peuple, il l'arrêtait ; quand il levait sa
patte et montrait ses ongles, la plèbe courait
furieuse. Au milieu de l'effroyable désordre d'une
séance, je l'ai vu à la tribune, sombre, laid et
immobile : il rappelait le chaos de Milton, im-
passible et sans forme au centre de sa confusion.

« Deux fois j'ai rencontré Mirabeau à un banquet, une fois chez la nièce de Voltaire, madame
la marquise de Villette, une autre fois au Palais-
Royal avec des députés de l'opposition que Chapelier m'avait fait connaître. Chapelier est allé
à l'échafaud dans le même tombereau que mon
frère et M. de Malesherbes.

« En sortant de notre dîner on discutait des ennemis de Mirabeau : jeune homme timide et inconnu, je me trouvais à côté de lui et n'avais pas prononcé un mot. Il me regarda en face avec ses yeux de vice et de génie, et m'appliquant sa main épatée sur l'épaule, il me dit : « Ils ne me « pardonneront jamais ma supériorité! » Je sens encore l'impression de cette main, comme si Satan m'eût touché de sa griffe de feu. (1)

« Trop tôt pour lui, trop tard pour elle, Mirabeau se vendit à la cour, et la cour l'acheta. Il risqua l'enjeu de sa renommée devant une pension et une ambassade : Cromwell fut au moment de troquer son avenir contre un titre et l'ordre de la Jarretière. Malgré sa superbe, il ne s'évaluait pas assez haut : depuis l'abondance du numéraire et des places a élevé le prix des consciences.

« La tombe délia Mirabeau de ses promesses et le mit à l'abri des périls que vraisemblablement il n'aurait pu vaincre : sa vie eût montré sa faiblesse dans le bien ; sa mort l'a laissé en puissance de sa force dans le mal. »

(1) Mirabeau se vantait d'avoir la main très belle : je ne m'y oppose pas; mais j'étais fort maigre et il était fort gros, et sa main me couvrait toute l'épaule.

CLUBS.

Il y eut des factieux et des partis en Angleterre, mais qu'est-ce que les *meetings* des Saints,
des Puritains, des Niveleurs, des Agitateurs, auprès des Clubs de notre révolution ? J'ai dit
ailleurs (*Génie du christianisme*) que Milton avait
placé dans son enfer une image des perversités
dont il avait été le témoin : qu'eût-il peint s'il
avait vu ce que je vis à Paris dans l'été de 1792,
lorsque revenant d'Amérique, je traversais la
France pour aller à mes destinées.

« La fuite du Roi du 21 juin 1791 (1), fit faire
à la révolution un pas immense. Ramené à Paris
le 25 du même mois, il avait été détrôné une
première fois, puisque l'assemblée nationale déclara que les décrets auraient force de lois,
sans qu'il fût besoin de la sanction ou de l'acceptation royale. Une haute Cour de justice devan-
çant le tribunal révolutionnaire, était établie à
Orléans. Dès cette époque, madame Roland demandait la tête de la Reine, en attendant que la
révolution lui demandât la sienne. L'attroupe-

(1) *Mes Mémoires.*

ment du Champ de Mars avait eu lieu contre le
décret qui suspendait le Roi de ses fonctions, au
lieu de le mettre en jugement. L'acceptation de
la constitution, le 14 septembre, ne calma rien.
Le décret du 29 septembre pour le réglement
des sociétés populaires, ne servit qu'à les rendre
plus violentes : ce fut le dernier acte de l'assemblée constituante ; elle se sépara le lendemain,
et laissa à la France une révolution éternelle.

« L'assemblée législative installée le 1ᵉʳ octobre
1791, roula dans le tourbillon qui allait balayer
les vivans et les morts. Des troubles ensanglan-
tèrent les départemens : à Caen on se rassasia de
massacres et l'on mangea le cœur de M. de Belzunce.
Le Roi apposa son *Véto* au décret contre les
émigrés, et cet acte légal augmenta l'agitation.
Pétion était devenu maire de Paris. Les députés
décrétèrent d'accusation, le 1ᵉʳ janvier 1792, les
princes émigrés : le 2, ils fixèrent à ce 1ᵉʳ janvier le commencement de l'an IVᵉ de la liberté.
Vers le 13 de février, les bonnets rouges se mon-
trèrent dans les rues de Paris, et la Municipalité
fit fabriquer des piques. Le manifeste des Émigrés parut le 1ᵉʳ mars. L'Autriche armait. Le traité
de Pilnitz et la convention entre l'Empereur et
le roi de Prusse étaient connus. Paris était divisé
en sections plus ou moins hostiles les unes aux
autres. Le 20 mars 1792, l'assemblée législative

adopta la mécanique sépulchrale sans laquelle les jugemens de la Terreur n'auraient pu s'exécuter : on l'essaya d'abord sur des morts, afin qu'elle apprît d'eux son œuvre. On peut parler de cet instrument comme d'un bourreau, puisque des personnes touchées de ses bons services, lui faisaient présent de sommes d'argent pour son entretien (1).

« Le ministre Roland (ou plutôt son étonnante femme) avait été appelé au conseil du Roi. Le 20 avril, la guerre fut déclarée au roi de Hongrie et de Bohême. Marat publiait *l'Ami du peuple* malgré le décret dont lui Marat était frappé. Le régiment Royal Allemand et le régiment de Berchini désertèrent. Isnard parlait de la perfidie de la Cour. Gensonné et Brissot dénonçaient le comité autrichien. Une insurrection éclata à propos de la garde du Roi, qui fut licenciée. Le 28 mai, l'assemblée se forma en séances permanentes. Le 20 juin, le château des Tuilleries fut forcé par les masses des faubourgs Saint-Antoine et Saint-Marceau ; le prétexte était le refus de Louis XVI, de sanctionner la proscription des Prêtres : le Roi courut risque de la vie. La patrie était décrétée en danger. On brûlait en effigie M. de Lafayette. Les fédérés

(1) Moniteur, n° 198.

de la seconde fédération arrivaient; les Marseillais, attirés par Danton, étaient en marche : ils entrèrent dans Paris le 30 juillet, et furent logés par Pétion aux Cordeliers.

« Auprès de la tribune nationale s'étaient élevées deux tribunes concurrentes, celle des Jacobins et celle des Cordeliers la plus formidable alors, parce qu'elle donna des membres à la fameuse Commune de Paris, et qu'elle lui fournissait des moyens d'action.

« Le club des Cordeliers était établi dans ce monastère, dont une amende en réparation d'un meurtre, avait servi à bâtir l'église sous Saint-Louis, en 1259 (1); elle devint en 1590 le repaire des plus fameux ligueurs. En 1792, les tableaux, les images sculptées ou peintes, les voiles, les rideaux du couvent des cordeliers avaient été arrachés : la basilique écorchée ne présentait aux yeux que ses ossemens et ses arêtes. Au chevet de l'église, où le vent et la pluie entraient par les rosaces sans vitraux, des établis de menuisier servaient de bureau au président, quand la séance se tenait dans l'église. Sur ces établis étaient déposés des bonnets rouges dont chaque orateur se coiffait avant de monter à la tribune. La tribune consistait en quatre poutrelles arc-

(1) Elle fut brûlée en 1580.

boutées et traversées d'une planche, dans leur x, comme un échafaud. Derrière le président, avec une statue de la Liberté, on voyait de prétendus instrumens de supplice de l'ancienne justice; instrumens remplacés par un seul, la machine à sang, comme les mécaniques compliquées sont remplacées par le bélier hydraulique. Le club des Jacobins *épurés*, emprunta quelques-unes de ces dispositions des Cordeliers.

« Les orateurs, unis pour détruire, ne s'entendaient ni sur les chefs à choisir, ni sur les moyens à employer : ils se traitaient de gueux, de gitons, de filous, de voleurs, de massacreurs, à la cacophonie des sifflets et des hurlemens de leurs différens groupes de diables. Les métaphores étaient prises du matériel des meurtres, empruntées des objets les plus sales, de tous les genres de voirie et de fumier, ou tirées des lieux consacrés aux prostitutions des hommes et des femmes. Les gestes rendaient les images sensibles ; tout était appelé par son nom avec le cynisme des chiens, dans une pompe obscène et impie de juremens et de blasphèmes : détruire et produire, mort et génération, on ne démêlait que cela à travers l'argot sauvage dont les oreilles étaient assourdies. Les harangueurs à la voix grêle ou tonnante, avaient d'autres interrupteurs que leurs opposans : les petites chouettes noires du cloître sans moines et du clocher sans cloches, s'éjouissaient aux fenêtres brisées, en espoir du butin; elles interrompaient les discours. On les rappelait d'abord à l'ordre par le tintamarre de l'impuissante sonnette ; mais ne cessant point leur craillement, on leur tirait des coups de fusil pour leur faire faire silence : elles tombaient palpitantes, blessées et fatidiques, au milieu du Pandœmonium. Des charpentes abattues, des bancs boiteux, des stalles démantibulées, des tronçons de saints roulés et poussés contre les murs, servaient de gradins aux spectateurs crottés, poudreux, saouls, suans, en carmagnole percée, la pique sur l'épaule, ou les bras nus croisés.

DANTON.

« Les scènes des Cordeliers étaient dominées et souvent présidées par Danton, Hun à taille de Goth, à nez camus, à narines au vent, à méplats couturés. On parviendrait à peine à former cet homme dans la révolution anglaise, en pétrissant ensemble Bradshaw, président de la commission qui jugea Charles Ier, Ireton, le fameux gendre de Cromwell, Axtell, grand exterminateur en Irlande, Scott qui voulait qu'on gravât sur sa tombe, *Ci-gît Thomas Scott qui condamna le feu roi à mort*, Harrisson qui dit à ses juges : « *Plu-* « *sieurs d'entre vous, mes juges, furent actifs avec* « *moi dans les choses qui se sont passées en An-* « *gleterre ; ce qui a été fait l'a été par l'ordre du* « *parlement, alors la suprême loi.* »

« Dans la coque de son église, comme dans la carcasse des siècles, Danton organisa l'attaque du 10 août et les massacres de septembre ; auteur de la circulaire de la Commune, il invita les hommes libres à répéter dans les départemens

l'énormité perpétrée aux Carmes et à l'Abbaye.
Mais Sixte-Quint n'égala-t-il pas, pour le salut
des hommes, le dévouement de Jacques Clément
au mystère de l'Incarnation, de même que l'on
compara Marat au Sauveur du monde ? Charles IX
n'écrivit-il pas aux gouverneurs des provinces,
d'imiter les massacres de la Saint-Barthélemi,
comme Danton manda aux patriotes de copier les
massacres de septembre ? Les Jacobins étaient
des plagiaires ; ils le furent encore en immolant
Louis XVI à l'instar de Charles Ier. Des crimes
s'étant trouvés mêlés au mouvement social de la
fin du dernier siècle, quelques esprits se sont
figuré mal à propos que ces crimes avaient produit
les grandeurs de la Révolution, dont ils n'étaient
que d'affreuses inutilités : d'une belle nature souf-
frante, on n'a admiré que la convulsion.

« A l'époque où les enfans avaient pour jouets
de petites guillotines à oiseaux, où un homme en
bonnet rouge conduisait les morts au cimetière (1) ; à l'époque où l'on criait : vive l'Enfer !
vive la Mort! où l'on célébrait les joyeuses orgies
du sang, de l'acier et de la rage, où l'on trinquait
au Néant, il fallait, en fin de compte, arriver au dernier banquet, à la dernière facétie de la douleur.

« Danton fut pris au traquenard qu'il avait

(1) Arrêté du Conseil général de la Commune, 27 brum. 93.

tendu : amené devant le tribunal, son ouvrage,
il ne lui servit de rien de lancer des boulettes de
pain au nez de ses juges, de répondre avec courage et noblesse, de faire hésiter la Cour révolutionnaire, de mettre en péril et en frayeur la
Convention, de raisonner logiquement sur des
forfaits par qui la puissance même de ses ennemis
avait été créée.

« Il ne lui resta qu'à se montrer aussi impi-
toyable à sa propre mort, qu'il l'avait été à celle
des autres, qu'à dresser son front plus haut
que le coutelas suspendu. Du théâtre de la Terreur où ses pieds se collaient dans le sang épaissi
de la veille, après avoir promené un regard de
mépris sur la foule, il dit au bourreau : « Tu
« montreras ma tête au peuple ; elle en vaut la
« peine. » Le chef de Danton demeura aux
mains de l'exécuteur, tandis que l'ombre acé-
phale alla se mêler aux ombres décapitées de ses
victimes : c'était encore de l'égalité. »

PEUPLE DES DEUX NATIONS

A L'ÉPOQUE RÉVOLUTIONNAIRE.

PAYSANS ROYALISTES ANGLAIS.

Le peuple anglais, rangé derrière les Hampden
et les Ireton, n'avait rien de la force du peuple
qui marchait avec les Mirabeau et les Danton,
de ce peuple qui fit magnifiquement son devoir
à la frontière, qui rejeta les nations étrangères
dans leur propre foyer; elles l'éteignirent de leur
sang, au moment où elles se flattaient de s'asseoir à notre feu, et d'y boire le vin de nos treilles.
Pris collectivement, le peuple est un poète : auteur et acteur ardent de la pièce qu'il joue ou
qu'on lui fait jouer, ses excès mêmes ne sont
pas tant l'instinct d'une cruauté native, que le
délire d'une foule enivrée de spectacles, surtout
quand ils sont tragiques ; chose si vraie que
dans les horreurs populaires, il y a toujours quel-

que chose de superflu donné au tableau et à l'émotion.

Il y eut des guerres civiles en Angleterre : ressemblèrent-elles à celles de nos provinces de l'ouest ? Là même où notre peuple se déchirait de ses propres mains, il était encore prodigieux. Mais voyons d'abord le paysan anglais.

La cause de Charles Iᵉʳ et de son fils produisit de courageux défenseurs parmi les populations rustiques. Le fermier Pendrell, ou plutôt Pendrill, et ses quatre frères, se sont noblement placés dans l'histoire. Il existe un petit livre intitulé *Boscobel*, ou *abregé de ce qui s'est passé dans la retraite mémorable de S. M.* (Charles II) *après la bataille de Worcester* : là se trouve consignée la fidélité des Pendrill. Charles II, parti de Worcester le 3 septembre 1651 à six heures du soir, après la perte de la bataille, arriva à quatre heures du matin à Boscobel avec le comte de Derby. « Ils « frappèrent dans l'obscurité, dit la relation, à « la porte d'un certain Pendrill, paysan catho- « lique et concierge de la ferme appelée Wite- « Ladies (les dames blanches), laquelle avait été « une abbaye de filles bernardines ou de l'ordre « de Cîteaux, éloignée d'un jet de pierre dans le « bois.

Le paysan reçut son jeune roi au péril de sa vie. « Aussitôt, continue la relation, on coupa

« les cheveux du roi ; on lui noircit les mains ;
« on mit ses habits dans la terre ; il en prit un
« de paysan en échange. On mena le roi dans
« le bois ; il se trouva seul dans un lieu inconnu,
« une serpe à la main. Ce jour-là Charles ne vit
« personne parce que le temps fut humide, si
« ce n'est la belle-sœur de Pendrill qui lui porta
« quelque chose dans le taillis pour se couvrir et
« aussi pour manger. Quand le roi ne pouvait
« sortir de la ferme, à cause de quelque danger,
« on l'enfermait dans une cache qui servait aux
« prêtres catholiques pour y dire en secret leur
« messe. Cette cache se trouvait dans une espèce
« de masure qui portait le nom d'Hobbal et
« qu'habitait Richard Pendrill, un des quatre
« frères de Guillaume. »

Charles II voulut se rendre à Londres, Richard
Pendrill lui servit de guide ; ils furent obligés de revenir, tous les passages étant gardés.
« Le gravier qui était entré dans les souliers du
« roi avait ensanglanté ses pieds, et la nuit était
« si noire, qu'à deux pas de Richard, il ne pouvait
« l'apercevoir : il le suivait, conduit par le bruit
« de son haut-de-chausse qui était de cuir. Ils
« furent de retour à Boscobel avant le jour.
« Richard ayant caché le roi dans les broussailles,
« alla voir s'il n'y aurait pas quelques soldats

« dans sa maison : il n'y trouva qu'un seul
« homme, le colonel Carless. »

Ici je change d'historien : un homme fut mon
ami et l'ami de M. Fontanes : je ne sais si au fond
de sa tombe, il me saura gré de révéler la noble
et pure existence qu'il a cachée. Quelques articles qu'il ne signait pas, ont seulement paru
dans diverses feuilles publiques : parmi ces
articles se trouve un examen du *Boscobel*. Qu'il
soit permis à l'amitié de citer de courts fragmens
de cet examen ; ils feront naître des regrets
chez les hommes sensibles au mérite véritable :
c'est le seul vestige des pas qu'un talent solitaire et ignoré, a laissé sur le rivage en traversant la vie.

« Carless, dit M. Joubert, était un des plus illus-
« tres chefs de l'armée du roi : il avait combattu
« jusqu'à l'extrémité à la journée de Worcester.
« Quand il avait vu tout perdu, il s'était intrépi-
« dement placé avec le comte de Clives et Jacques
« Hamilton à l'une des portes de la ville con-
« quise pour arrêter le vainqueur, et pour s'op-
« poser à la poursuite des vaincus. Il garda ce
« poste qu'il s'était lui-même assigné, jusqu'à ce
« qu'il pût croire que le temps avait permis à
« son maître de s'éloigner et de se mettre hors
« de danger. Alors seulement il se retira : il allait
« chercher un asile dans ses propres foyers, igno-

« rant ce qu'était devenu Charles, et s'il pourrait
« jamais le revoir, quand le sort l'offrit à sa vue.

« Qu'on juge de leur joie à cette rencontre
« inespérée. C'est alors qu'ils habitèrent ce fa-
« meux chêne, qui fut depuis regardé avec tant
« d'admiration, et dont on disait en le montrant
« au voyageur : *Ce fut là le palais du roi.* Ce
« chêne était si gros et si touffu de branches, que
« vingt hommes auraient pu tenir sur sa tête.
« Charles, accablé de fatigue, avait besoin de
« repos; il n'osait s'y livrer sur cet arbre, et quitter
« cet arbre était risquer d'être reconnu. Suspendu
« comme sur un abîme, et caché parmi les ra-
« meaux, un instant de sommeil l'en eût pré-
« cipité. Carless était robuste, il se chargea de
« veiller. Le roi se plaça dans ses bras, s'appuya
« contre son sein, et soutenu par ses mains vail-
« lantes s'endormit dans les airs.

« Quel spectacle touchant ! Ce prince dans la
« fleur et dans la force de la jeunesse, réduit par
« le sommeil à la faiblesse de l'enfance, plongé
« dans l'assoupissement avec l'abandon de cet
« âge, tranquillement endormi, au milieu de tant
« de périls, entre les bras d'un homme austère,
« d'un guerrier attentif et veillant sur son roi,
« âgé de vingt et un ans, avec toutes les inquié-
« tudes d'une mère ! Ainsi les lieux, les arbres,
« les forêts, ont leur destin comme les hommes.

« Charles quitta bientôt Boscobel. Un jour,
« étant dans la salle d'une hôtellerie, comme il
« levait son chapeau à la dame du logis qui pas-
« sait par ce lieu, le sommellier l'ayant attenti-
« vement regardé, le reconnut. Cet homme le prit
« à l'écart, le pria de descendre avec lui dans la
« cave, et là, tenant une coupe, la remplit de vin,
« et but à la prospérité du roi. Je sais ce que vous
« êtes, lui dit-il ensuite en mettant un genou
« en terre, et vous serai fidèle jusqu'à ma mort. »

Ainsi a fait revivre ces scènes oubliées, l'ami
que j'ai perdu : il est allé rejoindre ces hommes
d'autrefois.

N'a-t-on pas cru lire un épisode de nos guerres
de l'ouest pendant la révolution ? La fidélité
semble être une des vertus de l'ancienne religion chrétienne : les Pendrill gardaient le culte
de leurs aïeux ; ils avaient une cachette où le
prêtre disait la messe ; leur roi protestant y
trouvait un asile inviolable au pied du vieil
autel catholique. Pour achever la ressemblance,
la comtesse de Derby qui défendit si vaillamment
l'île de Man, et qui fut la dernière personne des
trois royaumes à se soumettre à la République,
était de la famille de La Tremoille : le prince de
Talmont fut une des dernières victimes des guerres
vendéennes.

PORTRAIT D'UN VENDÉEN.

Quoi qu'il en soit des bûcherons de Boscobel, près du *chêne royal* maintenant tombé, les Pendrill sont-ils des paysans vendéens?

« Un jour (1), en 1798, à Londres, je rencontrai chez le chargé d'affaires des princes français, une foule de vendeurs de contre-révolutions. Dans un coin de cette foule était un homme de trente à trente-quatre ans, qu'on ne regardait point, et qui lui-même ne faisait attention qu'à une gravure de la mort du général Wolf. Frappé de son air, je m'enquis de sa personne. Un de mes voisins me répondit : « Ce n'est rien; c'est un « paysan vendéen porteur d'une lettre de ses « chefs. »

« Cet homme qui n'était rien, avait vu mourir Cathelineau, premier général de la Vendée et paysan comme lui; Bonchamp, en qui revivait Bayard ; Lescure, armé d'un cilice non à l'épreuve de la balle ; d'Elbée, fusillé dans un fauteuil, ses blessures ne lui permettant pas

(1) *Mes Mémoires.*

13.

d'embrasser la mort debout ; La Rochejaquelin
dont les patriotes ordonnèrent de *vérifier* le cadavre , afin de rassurer la Convention au milieu
de ses victoires sur l'Europe. Cet homme qui
n'était rien , avait assisté aux deux cents prises
et reprises de villes , villages et redoutes , aux
sept cents actions particulières et aux dix-sept
batailles rangées ; il avait combattu trois cent
mille hommes de troupes réglées, six à sept cent
mille réquisitionnaires et gardes nationaux ; il
avait aidé à enlever cinq cents pièces de canon
et cent-cinquante mille fusils ; il avait traversé
les *colonnes infernales ,* compagnies d'incen-
diaires commandées par des conventionnels ; il
s'était trouvé au milieu de l'océan de feu qui à
trois reprises roula ses vagues sur les bois de
la Vendée ; enfin il avait vu périr trois cent mille
Hercules de charrue, compagnons de ses travaux , et se changer en un désert de cendres
cent lieues carrées d'un pays fertile.

« Les deux Frances se rencontrèrent sur ce
sol nivelé par elles. Tout ce qui restait de sang
et de souvenir dans la France des Croisades ,
lutta contre ce qu'il y avait de nouveau sang et
d'espérances dans la France de la Révolution.
Le vainqueur sentit la grandeur du vaincu :
Thurot, général des républicains, déclarait que
« les Vendéens seraient placés dans l'histoire au

« premier rang des peuples soldats. » Un autre
général écrivait à Merlin de Thionville : « Des
« troupes qui ont battu de tels Français, peuvent
« bien se flatter de vaincre tous les autres peu-
« ples. » Les légions de Probus, dans leur chanson, en disaient autant de nos pères. Bonaparte
appela les combats de la Vendée « des combats de
« géans. »

    « Dans la cohue du parloir, j'étais le seul à
considérer avec admiration et respect le repré-
sentant de ces anciens *Jacques* qui, tout en bri-
sant le joug de leurs seigneurs, repoussaient,
sous Charles V, l'invasion étrangère : il me semblait voir un enfant de ces Communes du temps
de Charles VII, lesquelles avec la petite noblesse
de province, reconquirent pied à pied, de sillon
en sillon, le sol de la France. Il avait l'air indifférent du sauvage ; son regard était grisâtre et
inflexible comme une verge de fer ; sa lèvre inférieure tremblait sur ses dents serrées ; ses cheveux descendaient de sa tête en serpens engour-
dis, mais prêts à se dresser ; ses bras, pendant à
ses côtés, donnaient une secousse nerveuse à
d'énormes poignets tailladés de coups de sabre ;
on l'aurait pris pour un scieur de long. Sa
physionomie exprimait une nature populaire
rustique, mise, par la puissance des mœurs, au
service d'intérêts et d'idées contraires à cette na-

ture ; la fidélité naïve du vassal, la simple foi du
chrétien, s'y mêlaient à la rude indépendance
plébéienne accoutumée à s'estimer et à se faire
justice. Le sentiment de sa liberté, paraissait
n'être en lui que la conscience de la force de sa
main et de l'intrépidité de son cœur. Il ne parlait pas plus qu'un lion ; il se grattait comme un
lion, bâillait comme un lion, se mettait sur le
flanc comme un lion ennuyé, et rêvait apparem-
ment de sang et de forêts : son intelligence était
du genre de celle de la mort. Quels hommes
dans tous les partis que les Français d'alors, et
quelle race aujourd'hui nous sommes ! Mais les
républicains avaient leur principe en eux, au
milieu d'eux, tandis que le principe des royalistes
était hors de France. Les Vendéens députaient
vers les exilés ; les géans envoyaient demander
des chefs aux pygmées. L'agreste messager que
je contemplais avait saisi la révolution à la
gorge, il avait crié : « Entrez ; passez derrière
« moi ; elle ne vous fera aucun mal, elle ne bou-
« gera pas ; je la tiens. » Personne ne voulut passer : alors Jacques Bonhomme relâcha la révolution, et Charette brisa son épée. »

CROMWELL. BONAPARTE.

Délivrée des mains rustiques, la révolution tomba dans des mains guerrières : Bonaparte se jeta sur elle, et l'enchaîna.

J'ai déjà mesuré la taille de cet homme extraordinaire à celle de Washington ; il reste à dire si Napoléon trouva son pendant en Angleterre, dans le Protecteur.

Cromwell eut du prêtre, du tyran et du grand homme : son génie remplaça pour son pays la liberté. Il avait trop d'énergie pour parvenir à créer une autre puissance que la sienne ; il ruina les institutions qu'il rencontra ou qu'il voulut donner, comme Michel-Ange brisait le marbre sous son ciseau.

Transporté sur le théâtre de Napoléon, le vainqueur des Irlandais et des Ecossais aurait-il été le vainqueur des Autrichiens, des Prussiens et des Russes? Cromwell n'a pas créé des institutions comme Bonaparte; il n'a pas laissé un code et une

administration par qui la France et une partie
de l'Europe, sont encore régies. Napoléon réagit
avec une force outrée ; mais il avait pour excuse
la nécessité de tuer le désordre : son bras vigou-
reux enfonça trop avant son épée, et il perça
la liberté qui se trouvait derrière l'anarchie.

« Les peuples vaincus ont appelé Napoléon
un fléau (1) : les fléaux de Dieu conservent quelque chose de l'éternité et de la grandeur du
courroux dont ils émanent : *Ossa arida..... dabo
vobis spiritum, et viveris ;* « Ossemens arides, je
« vous donnerai mon souffle et vous vivrez. » Ce
souffle ou cette force s'est manifesté dans Bonaparte tant qu'il a vécu. Né dans une île pour
aller mourir dans une île aux limites de trois
continens ; jeté au milieu des mers où Camoëns
sembla le prophétiser en y plaçant le génie des
tempêtes, Bonaparte ne se pouvait remuer sur
son rocher, que nous n'en fussions avertis par
une secousse ; un pas du nouvel Adamastor à
l'autre pôle, se faisait sentir à celui-ci. Si Napoléon, échappé aux mains de ses geôliers, se fût
retiré aux États-Unis, ses regards, attachés sur

(1) *Mes Mémoires.*

l'Océan, auraient suffi pour troubler les peuples de l'ancien monde. Sa seule présence sur le rivage américain de l'Atlantique, eût forcé l'Europe à camper sur le rivage opposé.

« Quand Napoléon quitta la France une seconde fois, on prétendit qu'il aurait dû s'ensevelir sous les ruines de sa dernière bataille. Lord Byron, dans son ode satirique contre Napoléon, disait :

> To die a prince — or live a slave
> Thy choice is most ignobly brave.

« Mourir prince ou vivre esclave, ton choix est « ignoblement brave. »

« C'était mal juger la force de l'espérance dans une ame accoutumée à la domination, et brûlante d'avenir. Lord Byron crut que le dictateur des rois avait abdiqué sa renommée avec son glaive, qu'il allait s'éteindre oublié : lord Byron aurait dû savoir que la destinée de Napoléon était une Muse, comme toutes les grandes destinées ; cette Muse sut changer un dénouement avorté dans une péripétie qui renouvelait et rajeunissait son héros. La solitude de l'exil et de la tombe de Napoléon, a répandu, sur une mémoire éclatante, une autre sorte de prestige.

Alexandre ne mourut point sous les yeux de la Grèce; il disparut dans les lointains pompeux de Babylone : Bonaparte n'est point mort sous les yeux de la France; il s'est perdu dans les fastueux horizons des zones torrides. L'homme d'une réalité si puissante s'est évaporé à la manière d'un songe; sa vie, qui appartenait à l'histoire, s'est exhalée dans la poésie de sa mort. Il dort à jamais, comme un ermite ou comme un paria, sous un saule, dans un étroit vallon entouré de rochers escarpés, au bout d'un sentier désert. La grandeur du silence qui le presse, égale l'immensité du bruit qui l'environna. Les nations sont absentes; leur foule s'est retirée. L'oiseau des Tropiques *attelé*, dit magnifiquement Buffon, *au char du soleil*, se précipite de l'astre de la lumière, et se repose seul un moment sur des cendres dont le poids a fait pencher le globe.

« Bonaparte traversa l'Océan pour se rendre à son dernier exil, il s'embarrassait peu de ce beau ciel qui ravit Christophe Colomb, Vasco et Camoëns. Couché à la poupe du vaisseau, il ne s'apercevait pas qu'au-dessus de sa tête étincelaient des constellations inconnues; leurs rayons rencontraient pour la première fois ses puissans regards. Que lui faisaient des astres qu'il ne vit jamais de ses bivouacs, et qui n'avaient pas brillé sur son empire? Et néanmoins aucune étoile n'a manqué à sa destinée : la moitié du firmament éclaira son berceau; l'autre était réservée pour illuminer sa tombe. »

LOVELACE.

God save the King.

En revenant à travers ces incidences politiques à la littérature, reprenant celle-ci au commencement de la restauration de Charles II, sous lequel nous avons vu Milton mourir, une observation se présente d'abord.

Dans le combat que se livrèrent la royauté et le peuple, le principe républicain eut Milton pour son poète, le principe monarchique Lovelace pour son barde : tirez de là la conséquence de l'énergie relative des deux principes.

Enfermé dans Gat-House à Westminster, sur un mandat des Communes, Lovelace composa une élégante et loyale chanson, long-temps redite par les *Cavaliers*.

« Quand, semblable à la linote, je suis ren-

« fermé, je chante d'une voix plus perçante la
« mansuétude, la douceur, la majesté et la gloire
« de mon roi. Quand je proclame de toute ma
« force combien il est bon, combien il est grand,
« les larges vents qui roulent la mer, ne sont
« pas aussi libres que moi.

. . . .

   « Des murs de pierre ne font pas une prison,
« des barreaux de fer une cage; un esprit innocent
« et tranquille compose de tout cela une soli-
« tude. Si je suis libre en mon amour, si dans mon
« ame je suis libre, les anges seuls, qui pren-
« nent leur essor dans les cieux, jouissent d'une
« liberté semblable à la mienne. »

Nobles et généreux sentimens! pourtant ils
n'ont point fait vivre Lovelace, tandis que l'apologiste du meurtre de Charles Ier s'est placé à
côté d'Homère. D'abord, Lovelace n'avait pas le
génie de Milton; ensuite il appartenait par sa
nature à des idées mortes. La fidélité est toujours
admirable; mais les récentes générations con-
çoivent à peine ce dévouement à un individu,
cette vertu resserrée dans les limites d'un système ou d'un attachement particulier; elles sont
peu touchées de l'honneur, soit qu'elles manquent de cet honneur même nécessaire pour

le comprendre, soit qu'elles n'aient de sympathie qu'avec l'humanité prise dans le sens général, ce qui, du reste, justifie toutes les lâchetés. Montrose n'était point un personnage de Plutarque, comme l'a dit le cardinal de Retz ; c'était un de ces hommes restés d'un siècle qui finit dans un siècle qui commence; leurs anciennes vertus sont aussi belles que les vertus nouvelles, mais elles sont stériles : plantées dans un sol épuisé, les mœurs nationales ne les fécondent plus.

Le colonel Richard Lovelace, rempli de mille séductions, et dont peut-être Richardson emprunta le nom en souvenir de ses grâces, mourut abandonné dans l'obscurité et la misère.

Sans être jeune et beau comme le colonel Lovelace, j'ai été comme lui enfermé. Les gouvernemens qui depuis 1800 jusqu'à 1830 ont dominé la France, avaient usé de quelque ménagement envers le serviteur des muses : Bonaparte, que j'avais violemment attaqué dans le Mercure, eut envie de me tuer ; il leva l'épée, et ne frappa pas.

Une généreuse et libérale administration toute lettrée, toute composée de poètes, d'écrivains, de rédacteurs de feuilles publiques, n'a pas fait tant de façon avec un vieux camarade.

« Ma souricière un peu plus longue que large
était haute de 7 à 8 pieds (1). La prose et les
vers de mes devanciers, barbouillaient les cloi-
sons tachées et nues. Un grabat à draps sales
remplissait les trois quarts de ma loge ; une
planche supportée par deux tasseaux, placée à
deux pieds au-dessus du lit contre le mur, servait
d'armoire au linge, bottes et souliers des dé-
tenus. Une chaise, une table et un petit tonneau,
meuble infame, composaient le reste de l'ameu-
blement. Une fenêtre grillée s'ouvrait fort haut ;
j'étais obligé de monter sur la table pour respirer l'air et jouir de la lumière. A travers les
barreaux de ma cage à voleur, je n'apercevais
qu'une cour sombre, étroite, des bâtimens noirs
autour desquels tremblotaient des chauve-sou-
ris. J'entendais le cliquetis des clés et des chaînes,
le bruit des sergens de ville et des espions, le
pas des soldats, le mouvement des armes, les
cris, les rires, les chansons dévergondées des
prisonniers mes voisins, les hurlemens de Benoît
condamné à mort comme meurtrier de sa mère
et de son obscène ami. Je distinguais ces mots de
Benoît, entre les exclamations confuses de la peur
et du repentir : « Ah ! ma mère ! ma pauvre mère ! »
Je voyais l'envers de la société, les plaies de l'hu-

(1) *Mes Mémoires.*

manité, les hideuses machines qui font mouvoir ce monde, si beau à regarder en face, quand la toile est levée.

« Le Génie de mes grandeurs passées et de ma *gloire* âgée de trente ans ne m'apparut point ; mais ma Muse d'autrefois, bien pauvre, bien ignorée, vint rayonnante m'embrasser par ma fenêtre : elle était charmée de mon gîte et tout inspirée ; elle me retrouvait comme elle m'avait vu dans ma misère à Londres, lorsque les premiers songes de René flottaient dans ma tête. Qu'allions-nous faire, la Solitaire du Pinde et moi ? Une chanson à l'instar de Lovelace ? Sur qui ? Sur un roi ? non ! La voix d'un prisonnier eût été de mauvais augure : c'est du pied des autels qu'il faut adresser des hymnes au malheur. Et puis il faudrait être un grand poète pour être écouté en disant :

> O toi, de ma pitié profonde
> Reçois l'hommage solennel,
> Humble objet des regards du monde,
> Privé du regard paternel !
> Puisses-tu, né dans la souffrance,
> Et de ta mère et de la France
> Consoler la longue douleur (1) !

« Je ne chantai donc pas la couronne tombée

(1) V. Hugo, *Odes et Ballades.*

d'un front innocent; je me contentai de dire
une autre couronne, blanche aussi, déposée sur le
cercueil d'une jeune fille (1).

> Tu dors, pauvre Élisa, si légère d'années !
> Tu ne sens plus du jour le poids et la chaleur :
> Vous avez achevé vos fraîches matinées,
> Jeune fille et jeune fleur.

« M. le Préfet de police, des procédés duquel
je n'ai qu'à me louer, m'offrit un meilleur asile
aussitôt qu'il eut connu le lieu de plaisance où
les amis de la liberté de la presse avaient eu la
bonté de me loger pour avoir usé de la liberté
de la presse. La fenêtre de mon nouveau réduit
s'ouvrait sur un joli jardin. La linote de Lovelace
n'y gazouillait pas ; mais il y avait force moi-
neaux fringans, lestes, babillards, effrontés,
querelleurs : on les trouve partout, à la campagne, à la ville, aux balustrades d'un château,
à la gouttière d'une geôle ; ils se perchent tout
aussi gaiement sur l'instrument de mort que sur
un rosier. A qui peut s'envoler, qu'importe les
souffrances de la terre ? »

Ma chanson ne vivra pas plus que celle de
Lovelace. Les Jacobites n'ont laissé à l'Angle-

(1) *Elisa Trisell.*

terre que le motet du *God save the King*. L'histoire de cet air est singulière : on le croit de
Lulli ; les jeunes filles des chœurs d'*Esther*, char-
mèrent à Saint-Cyr l'oreille et l'orgueil du grand
roi par les accords du *Domine*, *salvum fac Re-
gem*. Les serviteurs de Jacques emportèrent la
majestueuse invocation dans leur patrie ; ils
l'adressaient au Dieu des armées, en allant au
combat pour leur souverain banni. Les Anglais
de la faction de Guillaume, frappés de la beauté
du Bardit des Fidèles, s'en emparèrent. Il resta
à l'Usurpation et à la Souveraineté du peuple,
lesquelles ignorent aujourd'hui qu'elles chantent un air étranger, l'hymne des Stuarts, le
cantique du Droit Divin et de la Légitimité.
Combien de temps l'Angleterre priera-t-elle
encore le maître des hommes de *sauver le Roi ?*
Comptez les révolutions entassées dans une
douzaine de notes, survivantes à ces révolutions !

Le *Domine salvum* du rite catholique est aussi
un chant admirable : on l'entonnait en grec au
xe siècle, lorsque l'empereur de Constantinople
paraissait dans l'hippodrome. Du Spectacle il
passa à l'Eglise : autre temps fini.

PROSE.

——

TILLOTSON. TEMPLE. BURNET. CLARENDON. ALGERNON-SIDNEY.

Avec le règne de Charles II une révolution s'opéra dans le goût et dans la manière des écrivains anglais. Abandonnant les traditions nationales, ils commencèrent à prendre quelque chose de la régularité et du caractère de la littérature française. Charles avait retenu de ses courses un penchant aux mœurs étrangères : Madame Henriette, sœur du Roi, la duchesse de Portsmouth, maîtresse de ce Roi, Saint-Evremont et le chevalier de Gramont, exilés à Londres, poussèrent de plus en plus la restauration des Stuarts, à l'imitation de la cour de Louis XIV : la prose gagna à ce mouvement du dehors ; la poésie y perdit.

Tillotson épura la langue de la chaire sans

s'élever à l'éloquence. Le chevalier Temple fut le
D'Ossat de l'Angleterre ; mais il est fort inférieur
à notre grand diplomate, par les vues et le style
de ses *Observations* , *Mélanges* et *Mémoires*. La
philosophie compta Locke , la littérature pro-
prement dite , Hamilton, modèle d'élégance et
de grâce , Shaftesbury , élève de Locke , et fils
d'un père corrompu. Voltaire vante Shaftesbury,
ennemi de la religion chrétienne. Les ouvrages
de cet auteur ont été réunis sous le titre de
Caracteristics of men. Les idées des *Caracteristics*, que voile d'ailleurs une élocution embar-
rassée , sont tombées dans le domaine des lieux
communs par les apports continuels des ans.

Burnet écrivit l'histoire de la Réformation
d'Angleterre d'une manière partiale et causti-
que, mais intéressante : son plus grand honneur
est d'avoir été réfuté par Bossuet. Burnet était
un brouillon et un factieux à la manière des
Frondeurs : il n'a dans ses mémoires ni la candeur révolutionnaire de Withelocke, ni l'exaltation républicaine de Ludlow.

Le nom de Clarendon réveille le double souvenir d'une ingratitude royale et populaire.
L'*Histoire de la Rébellion* est un ouvrage où les
traces du talent disparaissent sous l'empreinte
de la vertu. Quelques portraits sont vivement

coloriés, mais le genre des portraits est facile ;
les esprits les plus communs y réussissent. Clarendon lui-même se réfléchit dans ses tableaux ;
on ne se lasse pas de retrouver son image.

Algernon Sidney créa la langue politique : ses
Discours sur le gouvernement ont vieilli : Sidney
n'est qu'un grand nom et n'est pas une grande
renommée. La mort tragique du fils du comte
de Leicester, est le fait saisissable qui donna un
corps à des principes encore vagues dans l'opposition errante des Wighs. Dalrymple, et après
lui M. Mazure ont prouvé les disparates de Sidney ; il avait le malheur de recevoir l'argent de
la France : Louis XIV, par un très mauvais jeu, ne
croyait qu'entraver Charles, et renversait Jacques ; la corruption de sa politique portait en
soi son châtiment. Chez Bacon, l'intégrité n'était
pas au niveau de la science ; chez Sidney le
désintéressement n'égala pas la fermeté. Dieu
nous garde de triompher des misères dont les
natures les plus élevées ne sont point exemptes !
Le ciel ne nous donne des vertus ou des talens,
qu'en y attachant des infirmités ; expiations of-
fertes au vice, à la sottise et à l'envie. Les faiblesses d'un homme supérieur sont ces victimes
noires, *nigræ pecudes*, que l'Antiquité sacrifiait
aux dieux infernaux : et pourtant ils ne se laissent jamais désarmer !

La révolution de 1688 s'éleva de l'échafaud de Sydney dans la vapeur du sang de l'holocauste : aujourd'hui la rosée sanglante retombe, et l'Angleterre de 1688 s'évanouit.

POÉSIE.

DRYDEN. PRIOR. WALLER. BUCKINGHAM. ROSCOMMON.
ROCHESTER. SHAFTESBURY, ETC.

Il peut sembler paradoxal de dire que la poésie
anglaise souffrit de l'invasion du goût français,
au moment même où Dryden paraît sur la scène;
mais toute langue qui se dépouille de son originalité pour s'adonner à l'imitation, se gâte, même
en se perfectionnant. A quelle distance Shakespeare et Milton, restés Anglais, ne laissent-ils pas
Dryden derrière eux !

L'esprit de la révolution de 1649 avait été
l'exaltation religieuse et l'austérité morale; la
restauration de 1660 fut l'indifférence et le liber-
tinage. « Tu es le plus mauvais sujet de mon

« royaume, disait Charles II à Shaftesbury. » —
« Oui, Sire, répondait celui-ci : Votre Majesté
« n'est pas un sujet. »

Ces réactions sont inévitables : la corruption
de la régence suivit la morosité de la fin du règne
de Louis XIV. Au sortir de la Terreur, le déver-
gondage fut complet : les cadavres encore chauds
et palpitans des pères, leur tête dans leurs bras
ou à leurs pieds, regardaient danser leurs enfans.

Dryden rendit la poésie anglaise correcte à la
manière de toutes les langues civilisées où l'art
est venu régulariser la nature. Pope caractérise
le mérite de Dryden :

> Dryden taught to join
> The varying verse, the full resounding line,
> The long majestic march, and energy divine.

« Dryden apprit à unir le mètre varié, le vers
plein d'harmonie, la longue et majestueuse période, et l'énergie divine. »

Ce jugement fait sentir qu'on n'est plus au
siècle libre de l'auteur de *Macbeth*, et qu'on
est arrivé au siècle académique de Boileau.

Dryden est lui-même le fondateur de la critique parmi ses compatriotes : ses dialogues sur
la poésie dramatique sont encore lus. Il travailla

trente ans pour le théâtre sans atteindre à la vie
de Shakespeare et au pathétique d'Otway. « Dry-
« den, qui d'ailleurs était un très grand génie,
« dit Voltaire, met dans la bouche de ses héros
« amoureux ou des hyperboles de rhétorique,
« ou des indécences, deux choses également
« opposées à la tendresse. »

Shirley, Davenant, Otway, Congrève, Farquhar,
Cibber, Steele, Colman, Foote, Rowe, Addison,
Moore, Aaron-Hill, Sheridan, Coleridge, etc.,
offrent la succession des poètes dramatiques
Anglais jusqu'à nos jours. Tobin, Johanna Baillie,
et quelques autres, ont essayé de ressusciter l'ancien style et l'ancienne forme du théâtre.

L'homme chez Dryden était misérable; Prior,
jeune orangiste, attaqua le vieux poète devenu
catholique et resté fidèle à ses anciens maîtres.
Le duc de Buckingham, aidé de ses amis, composa la jolie comédie *the Rehearsal* (la Répétition):
l'auteur de *Don Sébastien* et de l'ode *la Fête
d'Alexandre* était attaqué dans cette pièce. Buckingham se félicitait d'avoir nui à la réputation
de Dryden. C'est donc un grand bonheur que
d'affliger le génie et de lui ravir une part de sa
gloire acquise au prix de tant de travaux, de dégoûts et de sacrifices?

Waller, Buckingham, Roscommon, Rochester,
Shaftesbury et quelques autres poètes licencieux

et satiriques, ne furent pas les premiers hommes
de lettres de leur époque, mais ils donnèrent le
ton à la littérature à la mode pendant le règne
de Charles II. Le fils de Charles Ier fut un de ces
hommes légers, spirituels, insoucians, égoïstes,
sans attachement de cœur, sans conviction d'esprit, qui se placent assez souvent entre deux pé-
riodes historiques pour finir l'une et commencer
l'autre; un de ces princes dont le règne sert de
passage aux grands changemens d'institutions,
de mœurs et d'idées, chez les peuples; un de
ces princes tout exprès créés pour remplir les
espaces vides qui, dans l'ordre politique, disjoi-
gnent souvent la cause de l'effet. Des exhuma-
tions et des exécutions ouvrirent un règne
que des exécutions devaient clore. Vingt-deux
années de débauche passèrent sous des fourches
patibulaires; dernières années de joie à la façon
des Stuarts, et qui avaient l'air d'une orgie funèbre.

La liberté méconnue sous Jacques Ier, ensan-
glantée sous Charles Ier, déshonorée sous Charles II, attaquée sous Jacques II, avait pourtant
été conservée dans les formes constitutionnelles,
et ces formes la transmirent à la nation qui con-
tinua de féconder le sol natal après l'expulsion
des Stuarts. Ces princes ne purent jamais par-
donner au peuple anglais les maux qu'il leur avait

faits ; le peuple ne put jamais oublier que ces princes avaient essayé de lui ravir ses droits : il y avait de part et d'autre trop de ressentimens et trop d'offenses. Toute confiance réciproque étant détruite, on se regarda en silence pendant quelques années. Les générations qui avaient souffert ensemble, également fatiguées, consentirent à achever leurs jours ensemble ; mais les générations nouvelles qui n'éprouvaient pas cette lassitude, ne nourrissant plus d'inimitiés, n'avaient pas besoin d'entrer dans ces compromis du malheur ; elles revendiquèrent les fruits du sang et des larmes de leurs pères : il fallut dire adieu aux choses du passé.

Les écrivains ci-dessus nommés, avaient tout ce qu'il fallait pour briller au bivouac d'une halte de nuit, entre le règne populaire de Cromwell et le règne des Parlemens de Guillaume et de ses successeurs. La servile Chambre des Communes n'existait plus que pour tuer les hommes de liberté qui naguère avaient fait sa puissance ; la monarchie de son côté laissait mourir ses plus dévoués serviteurs. Le peuple et le roi semblaient s'abandonner mutuellement pour faire place à l'Aristocratie : l'échafaud de Charles Ier les séparait à jamais.

BUTLER. ÉCRIVAINS ABANDONNÉS.

Butler se présente en première ligne, comme témoin à charge dans le procès d'ingratitude intenté à la mémoire de Charles II : Charles savait par cœur les vers d'*Hudibras*, Don-Quichotte politique. Cette satire pleine de verve contre les personnages de la révolution charmait une cour où se montraient la débauche de Rochester et la grâce de Grammont : le ridicule était une espèce de vengeance à l'usage des courtisans.

Lorsqu'on est placé à distance des faits, qu'on n'a pas vécu au milieu des factions et des factieux, on n'est frappé que du côté grave et douloureux des évènemens ; il n'en est pas ainsi quand on a été soi-même acteur ou spectateur compromis dans des scènes sanglantes.

Tacite que la nature avait formé poète, eût

peut-être crayonné la satire de Pétrone, s'il eût
siégé au sénat de Néron ; il peignit la tyrannie
de ce prince, parce qu'il vécut après lui : Butler,
doué d'un génie observateur, eût peut-être écrit
l'histoire de Charles Ier s'il fût né sous la reine
Anne ; il se contenta de rimer *Hudibras* parce
qu'il avait vu les personnages de la révolution
de Cromwell ; il les avait vus toujours parlant
d'indépendance, présenter leurs mains à toutes
les chaînes, et après avoir immolé le père, se
courber sous le joug du fils.

Cependant le sujet du poëme de Butler, de
ce poëme auquel travailla le fils aîné du duc de
Buckingham, n'est pas aussi heureux que celui
de la satire *Menippée.* On se pouvait railler de la
Ligue malgré ses horreurs ; les railleries dont
elle était l'objet, avaient des chances de durée,
parce que la Ligue n'était pas une Révolution :
elle n'était qu'une sédition dont le genre humain
ne tirait aucun profit. Les hommes de cette
longue sédition, L'Hospital excepté, ne furent
grands qu'individuellement; ils ne jalonnèrent
leur passage par aucune idée, aucun principe,
aucune institution politique utile à la société.
La Ligue assassina Henri III, plus dévot qu'elle,
et combattit Henri IV qui la vainquit et l'acheta.
Evanouie qu'elle fut, rien n'apparut derrière :

elle n'eut pour écho que la Fronde, misérable brouillerie qui se perdit dans le plein pouvoir de Louis XIV.

Mais les troubles de 1649, en Angleterre, étaient d'une nature autrement grave ; on n'assistait pas au duel de quelques princes ambitieux; la lutte existait entre le peuple et le roi, entre la république et la monarchie : le souverain fut jugé solennellement et mis à mort; le chef populaire qui le conduisit à l'échafaud et qui lui succéda n'était rien moins que Cromwell : *Un homme s'est rencontré.*

La dictature du peuple personnifié dans un tribun, dura neuf années : en se retirant elle emporta la monarchie absolue, et déposa dans l'industrie anglaise le germe de sa puissance, *l'acte de navigation.* Le contre-coup de la révolution de 1649 produisit la révolution de 1688, résultat immense.

Voilà pourquoi nous ne rions plus aux gausseries d'*Hudibras*, comme nous rions aux plaisanteries de la *satire Menippée.* Les conséquences des troubles du règne de Charles Ier se font encore sentir au monde ; les abominations de la Saint-Barthélemi, les énormités de la corruption d'Henri III et de l'ambition des Guise, n'ont laissé que l'effroi de la mémoire de ces abominations et de ces énormités. Un auteur qui es-

II.   15

saierait de faire un poëme burlesque sur la révolution de 1789, parviendrait-il à égayer la
Terreur, ou à rapetisser Bonaparte ? Les parodies
qui restent ne sont fournies que par des évènemens qui ne restent pas ; elles ressemblent à ces
masques moulés sur le visage d'un Mort tombé
depuis en poussière ou sur celui d'un Satyre dont
le buste ne se retrouve plus.

On a dressé le catalogue des royalistes qui
souffrirent pour la cause de Charles Ier ; il est
long : Charles II l'augmenta. Waller, conspira-
teur poltron sous la République, poète adula-
teur de l'usurpation heureuse, obtenait tout de
la légitimité restaurée, tandis que Butler mourait
de faim. Les couronnes ont leurs infirmités
comme les bonnets rouges.

Une destinée fatale s'attache aux Muses : Va-
leriano Bolzani a composé un traité *de Littera-
torum infelicitate ;* Israeli a publié *the Calamities
of authors :* ils sont loin d'avoir épuisé la matière.
Dans la seule liste des poètes anglais que j'ai
nommés, on trouve :

Jacques, roi d'Ecosse, dix-huit ans prisonnier
et ensuite assassiné ; Rivers, Surrey et Thomas
More, portant leur tête à l'échafaud ; Lovelace
et Butler que la pauvreté dévora.

Clarendon mourut à Rouen, exilé par Charles II. On condamna à être brûlé par la main

du bourreau le Mémoire justificatif du vertueux magistrat dont les écrits mêlés à ceux
de Falkland, avaient fait triompher la cause
royale.

Milton demi-proscrit descendit aveugle au
tombeau.

Dryden, vers la fin de ses jours, était obligé
de vendre, morceau à morceau, son talent pour
vivre : « Je n'ai guère lieu, disait-il, de remercier
« mon étoile d'être né Anglais; c'est assez pour un
« siècle d'avoir négligé Cowley et vu Butler mou-
« rir de faim. »

Otway, depuis, s'étouffa en avalant trop vite
le morceau de pain qu'on jeta à sa misère.

Que n'a pas souffert Savage, composant au
coin des rues, écrivant ses vers sur des morceaux de papier ramassés dans le ruisseau, expirant dans une prison, et laissant son cadavre
à la piété d'un geôlier qui le fit enterrer à ses
frais ?

Chatterton, après avoir été plusieurs jours sans
manger, s'empoisonna.

Dans le cloître de la cathédrale de Worcester,
on remarque une plaque sépulcrale; elle ne
porte ni date, ni prière, ni symbole; on y lit
ce seul mot : *Miserrimus.* Cet inconnu, ce *miserrimus* sans nom, n'est-ce point le Génie ?

FIN DES STUARTS.

Jacques II, après la mort de son frère, voulut tenter en faveur de l'Église romaine ce que son père n'avait pu même exécuter pour l'épiscopat : il se croyait le maître d'opérer un changement dans la religion de l'État, aussi facilement qu'Henri VIII; mais le peuple anglais n'était plus le peuple des Tudor, et quand Jacques eût distribué à ses sujets tous les biens du clergé anglican, il n'aurait pas fait un seul catholique. Son plus grand tort fut de jurer en parvenant à la couronne ce qu'il n'avait pas l'intention de tenir; la foi gardée n'a pas toujours sauvé les empires; la foi mentie les a souvent perdus.

Jacques, naturellement cruel, trouva un bourreau : Jefferys avait commencé ses œuvres, vers la fin du règne de Charles II, dans le procès où Russel et Sidney perdirent la vie. Cet homme qui, à la suite de l'invasion de Monmouth, fit exécuter dans l'ouest de l'Angleterre plus de deux cent cinquante personnes, ne manquait pas d'un certain esprit de justice : une vertu qu'on n'aperçoit pas dans un homme de bien, se fait remarquer quand elle est placée dans un homme de malheur.

La Hollande était depuis long-temps le foyer des intrigues des divers partis anglais : les émissaires de ces partis s'y rassemblaient sous la protection de Marie, fille aînée de Jacques, femme du prince d'Orange, homme qui n'inspire aucune admiration, et qui pourtant a fait des choses admirables. Souvent averti par Louis XIV, Jacques ne voulait rien croire. La flotte de Guillaume mit à la voile ; il aborda avec treize mille hommes à Broxholme, dans Torbay.

A son grand étonnement, il n'y trouva personne ; il attendit dix jours en vain. Que fit Jacques pendant ces dix jours ? rien : il avait une armée de vingt mille hommes, qui se fût battue d'abord, et il ne prit aucune résolution. Sunderland, son ministre, le vendait ; le prince Georges de Danemarck, son gendre, et Anne, sa fille favorite, l'abandonnaient, de même que sa fille Marie et son autre gendre Guillaume. La solitude commençait à croître autour du monarque qui s'était isolé de l'opinion nationale. Jacques demanda des conseils au comte de Bedfort, père de lord Russel, décapité sous le règne précédent à la poursuite de Jacques :

« J'avais un fils, répondit le vieillard, qui aurait
« pu vous secourir. »

Jacques s'enfuit; il débarqua à Ambleteuse,
le 2 janvier 1689; hôte fatal il enseigna l'exil
aux foyers dont il embrassa l'autel. On a retrouvé
les os de Jacques II à Saint-Germain. Où sont les
cendres de Louis XIV ? Où sont ses fils ?

Au surplus, qu'importent toutes ces choses ?
Lord Russel embrassant lady Russel pour la
dernière fois, lui dit : « Cette chair que vous
« sentez encore, dans peu d'heures sera glacée. »
Les générations que je viens d'indiquer, combien
occupent-elles de place dans le monde et dans
cette page ? A mon retour en France en 1800,
une nuit je voyageais en diligence; la voiture fit
un léger tressaut que nous sentîmes à peine; elle
avait rencontré un paysan ivre couché en travers
dans le chemin : nous avions passé sur une vie, et la
roue s'était à peine élevée de terre de quelques
lignes. Les Francs, nos pères, égorgèrent à Metz
les Romains surpris au milieu d'une fête ; nos
soldats ont valsé, il n'y a pas encore vingt-cinq
ans, au monastère d'Alcobaça avec le squelette
d'Inès de Castro : malheurs et plaisirs, crimes et
folies, quatorze siècles vous séparent, et vous
êtes aussi complètement passés les uns que les
autres ! L'Eternité commencée tout à l'heure, est

aussi ancienne que l'Eternité datée de la première mort, du meurtre d'Abel. Néanmoins les hommes durant leur apparition éphémère sur ce globe, se persuadent qu'ils laissent d'eux quelque trace : sans doute ! Chaque mouche a son ombre.

Les quatre Stuarts passèrent dans l'espace de quatre-vingt-quatre ans ; les six derniers Bourbons ayant porté, ou ayant droit de porter la couronne, à compter de la mort de Louis XV, ont disparu dans la période de cinquante-quatre années.

Dans l'un et dans l'autre royaume, un Roi a péri sur l'échafaud, deux restaurations ont eu lieu et ont été suivies du bannissement des souverains légitimes : et pourtant il est vrai que, loin d'être au bout des révolutions, l'Europe, ou plutôt le monde, ne fait que les commencer.

CINQUIÈME PARTIE.

LITTÉRATURE

SOUS LA MAISON D'HANOVRE.

ACHÈVEMENT ET PERFECTIONNEMENT DE LA LANGUE ANGLAISE. MORT DES LANGUES.

En quittant les Stuarts nous entrons dans le repos des cent quarante années, qui suivit la la chute de ces princes, et laissa aux Muses le temps d'épurer leur langage à l'abri de la liberté.

Au commencement de cet Essai, j'ai parlé de l'origine de la langue anglaise; on a pu en remarquer les changemens successifs, dans notre course rapide à travers les siècles. Maintenant que j'approche de la fin de mon travail, voyons à quel degré de perfection cette langue était parvenue, et comment, après avoir été l'idiome des *conteors*, des *fableors*, des *harpeors*, elle devint l'idiome des Pope, des Addison, des Swift, des Gray, des Fielding, des Walter Scott et des Byron.

La vieille langue anglaise me paraît avoir eu plus de douceur que la langue anglaise moderne: le *th* y termine une foule de mots et la troisième personne des verbes au singulier du présent de l'indicatif. Le *th* emprunté de l'orient ne fut prononcé (sinon introduit dans l'alphabet grec avec le X *chi*, le K *kappa*, l'Ω *oméga*) que vers le commencement de la guerre du Peloponèse, à l'époque où Alcibiade rendait Athènes folle comme une femme, par la difficulté gracieuse avec laquelle il exprimait quelques lettres. Le *th* était une lettre composée que la molle Ionie semblait fournir en aide à l'élégant élève de Périclès. Le grec moderne a retenu le Θ, le thêta.

Le th de l'ancien anglais, à la fin du mot, ne pouvait être que le th *doux*, comme il se prononce dans *mouth, sooth, teeth*, et non le th *rude* du commencement du mot, comme dans *thunder, throbbing, thousand*.

La lettre se redoublait souvent dans l'ancien anglais. L'*e* qui abonde et qui dispute la fin des mots au th, était l'*e* muet retenu du français; il contribuait à émousser le son trop aigu. La preuve que ces lettres n'étaient point étymologiques, mais euphoniques, c'est que l'orthographe variait de comté en comté et presque de village en village selon l'oreille, écho de l'accent. Les mots mêmes variaient dans un rayon de quelques lieues : un marchand, embarqué sur la Tamise, descendit à terre, et demanda des œufs *egges* à une paysanne ; elle répondit qu'elle n'entendait pas le *français*. Le compagnon de ce marchand requit à son tour des *ceyren*, des œufs ; la bonne femme répliqua qu'elle le comprenait bien : *thenne the good wyf sayd that shee understode him well.* Ainsi, à une soixantaine de milles de la ville où Johnson composa son dictionnaire, des œufs s'appelaient des *ceyren*.

A mesure que l'anglais changea de prononciation et de forme, et qu'il perdit de sa sobriété, il s'enrichit des tributs du temps. Le génie d'une langue se compose de la religion, des institutions politiques, du caractère, des mœurs et des usages d'un peuple. Si ce peuple étend au loin sa domination, il reçoit un accroissement d'idées et de sentimens des pays avec lesquels il entre en contact. Et voyez d'abord tout ce que peut recueillir une langue de la durée et de la variété des lois.

Il était de principe en Angleterre qu'une loi n'est jamais abolie : de cette sorte, l'histoire passée demeurait présente au milieu des événemens nouveaux, comme une aïeule immortelle au milieu de ses innombrables enfans et petits-enfans. Au commencement de ce siècle, un Anglais jeta le gant en pleine audience, et

demanda le combat judiciaire contre son anta-
goniste.

Le droit coutumier anglais (*common law*) régit
l'Angleterre en général.

Dans l'île de Man, on suit *les établissemens* des
anciens rois de cet état.

A Jersey et à Guernesey, les statuts de Rollon
sont en vigueur.

Les procès des Indous et des Mogols sont jugés
en appel à la cour du banc du roi à Londres, et se
décident d'après les articles des Puranas et de
l'Alcoran.

Dans les îles Ioniennes, le code de Justi-
nien se mêle aux décisions de la cour de l'a-
mirauté.

Au Canada les ordonnances des rois de France
fleurissent, comme au temps de saint Louis.

Dans l'île de France le Code Napoléon règne, le
droit castillan et aragonais dans les colonies an-
glo-espagnoles, la loi hollandaise au Cap de Bonne-
Espérance.

La politique, l'industrie, le commerce, ont mêlé
les mots particuliers de leurs dictionnaires à
ceux du dictionnaire général.

La tribune fournit au trésor commun les dis-
cours de Strafford, de Vanes, de Bolingbroke, de
Walpole, des deux Pitt, de Burke, de Fox, de
Sheridan, de Canning, de Brougham.

L'économie sociale, les recherches d'Adam Smith, de Malthus, de Thornton, de Ricardo, de Macculloch, augmentent le vocabulaire.

Le service des possessions anglaises dans les quatre parties de la terre, a naturellement multiplié les voyageurs : quelle nouvelle source d'importation d'idées et d'images ! Cent et un négocians de Londres, en 1600, réunissent une somme de 800,000 fr., et voilà les Bacchus et les Alexandre qui deviennent les maîtres et les conquérans de l'Inde.

Les Anglais eurent des grammaires et des dictionnaires samaritains, arabes, syriaques, presque avant d'avoir des dictionnaires grecs et latins : ils préludaient de la sorte à l'étude des langues mortes et vivantes de l'Asie ; ils obéissaient à l'instinct de leur génie qui les portait à la pompe des images et à l'indépendance des règles. Wilkins, Colbrooke, Carey (1), Masden, Morrison, Lockert, Gladwin, Lumsden, Gilchrist, Hadley, William Jones, se sont occupés du sanscrit, du bengali vulgaire, de la langue malaise, du persan, du chinois et de la langue commune de l'Indostan. Ainsi, avec des lois qui ne meurent point, des colonies placées aux quatre vents du ciel, la

---

(1) Il y a un autre Carey, poète et musicien, auquel les Anglais attribuent, mal à propos, l'air du *God save the king*.

langue anglaise embrasse le temps et l'espace.

Nous possédions autrefois d'immenses contrées outre-mer ; elles offraient un asile à l'excédant de notre population, un marché à notre commerce, une carrière à nos sciences, un aliment à notre marine : aujourd'hui nous sommes contraints d'ensevelir nos convicts dans des prisons infectes, faute d'un coin sur le globe pour y déposer ces malheureux ; nous sommes exclus du nouvel univers où le genre humain recommence. Les langues anglaise, portugaise, espagnole, servent en Afrique, en Asie, dans l'Océanie, dans les îles de la mer du Sud, sur le continent des deux Amériques, à l'interprétation de la pensée de plusieurs millions d'hommes, et nous, déshérités des conquêtes de notre génie, à peine entendons-nous parler dans quelque bourgade de la Louisiane et du Canada, sous une domination étrangère, la langue de Colbert et de Louis XIV : elle y reste comme un témoin des revers de notre fortune et des fautes de notre politique.

Mais si la langue de Milton et de Shakespeare tire des avantages réels de cette diffusion de puissance, elle en reçoit aussi des atteintes. Lorsqu'elle se resserrait dans son champ natif, elle était plus individuelle, plus originale, plus énergique : elle se charge, aux rives du Gange et du fleuve Saint-Laurent, au Cap de Bonne-Espérance, au Port Jackson dans l'Océanie, à l'île de Malte dans la Méditerranée, à l'île de la Trinité dans le golfe du Mexique, de locutions qui la dénaturent. Pickering a fait un traité des mots en usage aux États-Unis : on y peut voir avec quelle rapidité une langue s'altère sous un ciel étranger, par la nécessité où elle est de fournir des expressions à une culture nouvelle, à une industrie, à des arts du sol, à des habitudes nées du climat, à des lois, à des mœurs qui constituent une autre société.

Si un pareil travail pouvait intéresser, je suivrais ici l'histoire des mots anglais ; je montrerais chez quels auteurs ils ont pris naissance, comment ils se sont perdus ou comment ils ont changé d'acception en s'éloignant de leur sens primitif ; je parlerais des mots composés, des mots négatifs, opposés aux mots positifs qui manquent trop à notre langue, des mots à la fois substantifs et verbes: *silence*, par exemple, signifie à la fois « silence », ou « faire faire silence, » « *to silence silencer.* » Mais de telles recherches extrêmement curieuses si elles avaient notre langue pour objet (comme on peut le voir dans le savant *tableau* de M. Chasles (1)), seraient, à propos

(1) *Tableau de la marche et des progrès de la langue et de la littérature françaises, etc.*

d'une langue étrangère, fatigantes ou inintelligibles au lecteur français.

Les Langues ne suivent le mouvement de la civilisation qu'avant l'époque où leur perfectionnement s'achève : une fois arrivées là, elles s'arrêtent quelque temps, puis elles descendent et se détériorent. Il est à craindre que les talens supérieurs n'aient à l'avenir pour faire entendre leurs harmonies, qu'un instrument discord ou félé. Une Langue peut, il est vrai, acquérir des expressions nouvelles à mesure que les lumières s'accroissent, mais elle ne saurait changer sa syntaxe, qu'en changeant son génie. Un Barbarisme heureux reste dans une Langue sans la défigurer ; des Solécismes ne s'y établissent jamais sans la détruire. Nous aurons des Tertullien, des Stace, des Silius Italicus, des Claudien : aurons-nous désormais des Bossuet, des Corneille, des Racine, des Voltaire ? Dans une Langue jeune, les auteurs ont des expressions et des images qui charment comme le premier rayon du matin ; dans une Langue formée, ils brillent par des beautés de toutes les sortes ; dans une langue vieillie, les naïvetés du style ne sont plus que des réminiscences, les sublimités de la pensée que le produit d'un arrangement de mots péniblement cherchés, contrastés avec effort.

EFFET DE LA CRITIQUE SUR LES LANGUES. CRITIQUE
EN FRANCE : NOS VANITÉS. MORT DES LANGUES.

La critique, d'abord si utile, est devenue à
Londres, par son abondance et sa diversité, une
autre source d'altération dans les monumens de
la Langue anglaise, en rendant les idées perplexes
sur les expressions, les tours, les mots qu'on doit
rejeter, ou dont il est bon de se servir. Comment un
auteur pourrait-il reconnaître la vérité au milieu
de ces jugemens divers, prononcés sur le même
ouvrage par le *Monthly Review*, le *Critical Review*, le *Quarterly Review*, l'*Edimburgh Review*,
le *British Review*, l'*Eclectic Review*, le *Retrospec-
tive Review*, le *Foreign Review*, le *Quarterly
Foreign Review*, par la *Literary Gazette*, par le
London Musæum, par le *Monthly Censor*, par le
Gentleman's Magazine, le *Monthly Magazine*,
le *New Monthly Magazine*, l'*Edimburgh Magazine*, le *Literary Magazine*, le *London Magazine*,
le *Blackwood's Magazine*, le *Brighton Magazine*,
par l'*Annual Register*, par le *Classical Journal*,

le *Quarterly Journal*, l'*Edimburg philosophical
Journal*, par le *Monthly Repertory*. Il serait
aisé d'ajouter cent autres noms à cette fasti-
dieuse liste, à laquelle on pourrait joindre encore
les articles littéraires des journaux quotidiens.

En France, nous sommes moins riches, et nos
jugemens actuels sont moins sévères. Il est possible que la Littérature paraisse une occupa-
tion puérile à l'âge politique et positif qui commence parmi nous : si tel est le fait, on conçoit
qu'on n'est guère tenté de se créer une multitude
d'ennemis, pour la satisfaction de maintenir les
vrais principes de l'art et du goût, dans une carrière où il n'y aurait plus ni gloire, ni honneurs
à recueillir.

Un critique a osé dans ces dernières années
exercer la censure rigoureuse : quels cris n'a-t-il
pas excités ! Qu'auraient donc dit les auteurs
d'aujourd'hui, si on les avait traités comme on
nous traitait autrefois? Me serait-il permis de me
citer pour exemple? J'ai eu contre moi une foule
d'hommes de mérite : lorsque *Atala* parut, l'armée classique, M. l'abbé Morellet à sa tête, fondit
sur ma Floridienne. Le *Génie du Christianisme*
souleva le monde voltairien : il me fallut recevoir
les admonitions des membres les plus distingués
de l'Académie française. M. Ginguené examinant
mon ouvrage deux mois après sa publication,

craint que sa critique n'arrive trop tard, le
Génie du Christianisme étant déjà oublié. Le
très spirituel M. Hoffmann écrasa les *Martyrs*
dans cinq ou six articles du Journal de l'Empire
enlevé alors à ses propriétaires, et lequel journal
annonçait ainsi ma fin prochaine dans le vaste
cercle tracé par l'épée de Napoléon. Que faisions-
nous, nous pauvres Prétendants à la renommée? Pensions-nous que le monde était ébranlé
sur sa base? Avions-nous recours au charbon
ou au pistolet pour nous débarrasser de nous-
mêmes ou du censeur? Pleins de notre mérite
nous obstinions-nous fièrement dans nos défauts,
déterminés à dompter le siècle, à le faire passer
sous les fourches caudines de nos sottises? Hélas! non, plus humbles, parce que nous ne possédions pas les talens sans pareils qui courent
les rues maintenant, nous cherchions d'abord
à nous justifier, ensuite à nous corriger. Si nous
avions été attaqués d'une manière trop injuste,
les larmes des Muses lavaient et guérissaient nos
blessures : enfin nous étions persuadés que la
critique n'a jamais tué ce qui doit vivre, et que
l'éloge surtout n'a jamais fait vivre ce qui doit
mourir.

N'attendez pas à cette heure une si modeste et
si sotte condescendance des écrivains. Les vanités
se sont exaltées jusqu'au délire : l'orgueil est la

maladie du temps : on ne rougit plus de se reconnaître et d'avouer tous les dons que nous a
prodigués la libérale nature. Ecoutez-nous parler
de nous-mêmes : nous avons la bonté de faire
tous les frais des éloges qu'on s'apprêtait à nous
donner; nous éclairons charitablement le lecteur
sur nos mérites ; nous lui apprenons à sentir
nos beautés ; nous soulageons son enthousiasme;
nous cherchons son admiration *au fond de son
cœur ;*

> *Nous lui* épargnons la pudeur
> De *nous la* découvrir *lui*-même.

Tous, un à un, nous nous croyons en conscience et avec candeur l'homme de notre siècle,
l'homme qui a ouvert une nouvelle carrière,
l'homme qui a fait disparaître le passé, l'homme
devant qui toutes les réputations se sont évanouies, l'homme qui restera et restera seul,
l'homme de la postérité, l'homme de la rénova-
tion des choses, l'homme de l'avenir. Heureux
le jour qui nous a vus naître ! Heureuse la société
qui nous a portés dans ses entrailles ! Il arrive
qu'au milieu de notre superbe, les bonnes gens
courent le risque d'être étouffés : ils sont presque obligés de s'armer eux-mêmes de vanité pour
se défendre de celle du passant, comme on fume

dans un estaminet pour repousser la fumée de
la pipe du voisin.

Cependant il faut dire, afin d'être juste, que
si la critique de détail a perdu sa puissance
par le manque de règles reconnues, par la révolte de l'amour-propre endurci, la critique
historique et générale a fait des progrès consi-
dérables : je ne sache pas qu'à aucune époque,
on ait jamais rencontré dans un même pays une
réunion d'hommes aussi savans, aussi distingués
que ceux qui honorent aujourd'hui, en France,
les chaires publiques.

Que deviendra la Langue anglaise? Ce que deviennent toutes les Langues. Vers l'an 1400 un
poète prussien, au banquet du Grand-Maître de
l'Ordre Teutonique, chanta, en vieux prussien,
les faits héroïques des anciens guerriers du pays :
personne ne le comprit, et on lui donna à titre
de récompense, cent noix vides. Aujourd'hui le
Bas-Breton, le Basque, le Gallique, meurent de
cabane en cabane, à mesure que meurent les che-
vriers et les laboureurs. Dans la province anglaise de Cornouailles la langue des indigènes s'é-
teignait vers l'an 1676 : un pêcheur disait à des
voyageurs : « Je ne connais guère que quatre ou
« cinq personnes qui parlent breton, et ce sont de
« vieilles gens comme moi, de soixante à quatre-
« vingts ans. »

Des peuplades de l'Orénoque n'existent plus ;
il n'est resté de leur dialecte qu'une douzaine de
mots prononcés dans la cime des arbres, par des
perroquets redevenus libres : la grive d'Agrip-
pine gazouillait des mots grecs sur les balustrades
des palais Latins. Tel sera tôt ou tard le sort de
nos jargons modernes : quelque sansonnet de *New-
Place*, sifflera sur un pommier des vers de Shakespeare, inintelligibles au passant ; quelque cor-
beau envolé de la cage du dernier curé franco-
gaulois, dira, du haut de la tour en ruines d'une
cathédrale abandonnée, dira à des peuples étrangers, nos successeurs : « Agréez les accens d'une
« voix qui vous fut connue ; vous mettrez fin à
« tous ces discours. »

Soyez donc Shakespeare ou Bossuet, pour
qu'en dernier résultat votre chef-d'œuvre sur-
vive dans la mémoire d'un oiseau, à votre langage et à votre souvenir chez les hommes.

QU'IL N'Y AURA PLUS DE RENOMMÉES LITTÉRAIRES UNIVERSELLES, ET POURQUOI.

La multiplicité et la diversité des Langues modernes doivent faire faire cette triste question aux hommes tourmentés de la soif de vivre : Peut-il y avoir maintenant dans les lettres, des réputations universelles, comme celles qui nous sont venues de l'antiquité?

Dans l'ancien monde civilisé deux Langues dominaient, deux peuples jugeaient seuls et en dernier ressort, les monumens de leur génie. Victorieuse des Grecs, Rome eut pour les travaux de l'intelligence des vaincus le même respect qu'avaient Alexandrie et Athènes. La gloire d'Homère et de Virgile nous fut religieusement transmise par les moines, les prêtres et les clercs, instituteurs des Barbares dans les écoles ecclésiastiques, les monastères, les séminaires et les universités. Une admiration héréditaire descendit de race en race jusqu'à nous, en vertu des leçons d'un professorat dont la chaire, ouverte depuis quatorze siècles, confirme sans cesse le même arrêt.

Il n'en est plus ainsi dans le monde moderne civilisé : cinq Langues y fleurissent ; chacune de ces cinq Langues a des chefs-d'œuvre qui ne sont pas reconnus tels dans les pays où se parlent les quatre autres Langues : il ne s'en faut pas étonner.

Nul, dans une littérature vivante, n'est juge compétent que des ouvrages écrits dans sa propre Langue. En vain vous croyez posséder à fond un idiome étranger ; le lait de la nourrice vous manque, ainsi que les premières paroles qu'elle vous apprit à son sein et dans vos langes : certains accens ne sont que de la patrie. Les Anglais et les Allemands ont de nos gens de lettres les notions les plus baroques ; ils adorent ce que nous méprisons ; ils méprisent ce que nous adorons : il n'entendent ni Racine, ni La Fontaine, ni même complètement Molière. C'est à rire de savoir quels sont nos grands écrivains à Londres, à Vienne, à Berlin, à Pétersbourg, à Munich, à Leipsick, à Goettingue, à Cologne, de savoir ce qu'on y lit avec fureur, et ce qu'on n'y lit pas. Je viens d'énoncer mon opinion sur une foule d'auteurs anglais : il est fort possible que je me sois trompé, que j'aie admiré et blâmé tout de travers, que mes arrêts paraissent impertinens et grotesques de l'autre côté de la Manche.

Quand le mérite d'un auteur consiste spéciale-
ment dans la diction, un étranger ne compren-
dra jamais bien ce mérite. Plus le talent est intime, individuel, national, plus ses mystères
échappent à l'esprit qui n'est pas, pour ainsi
dire, *compatriote* de ce talent. Nous admirons
sur parole les Grecs et les Romains ; notre admiration nous vient de tradition, et les Grecs et
les Romains ne sont pas là pour se moquer de
nos jugemens de Barbares. Qui de nous se fait une
idée de l'harmonie de la prose de Démosthènes
et de Cicéron, de la cadence des vers d'Alcée
et d'Horace, telles qu'elles étaient saisies par une
oreille grecque et latine ? On soutient que les
beautés réelles sont de tous les temps, de tous
les pays : oui, les beautés de sentiment et de
pensée ; non, les beautés de style. Le style n'est
pas comme la pensée cosmopolite ; il a une terre
natale, un ciel, un soleil à lui.

Les peuples du Nord, écrivant toutes les Langues, n'ont dans ces Langues aucun style. Les
vocabulaires variés qui encombrent la mémoire
rendent les perceptions confuses : quand l'idée
vous apparaît, vous ne savez de quel voile l'en-
velopper, de quel idiome vous servir pour la
mieux rendre. Si vous n'aviez connu que votre
Langue et les glossaires grecs et latins de sa source,

cette idée se serait présentée revêtue de sa forme
naturelle : votre cerveau ne l'ayant pas *pensé* à
la fois dans différentes Langues, elle n'eût point
été l'avorton multiple, le produit indigeste de
conceptions synchrônes ; elle aurait eu ce caractère d'Unité, de Simplicité, ce type de Paternité
et de Race, sans lesquels les œuvres de l'intelligence restent des masses nébuleuses, ressemblant
à tout et à rien. Le moyen d'être un méchant
auteur, c'est de siffler à l'écho de la mémoire,
comme à un perroquet, plusieurs dialectes : un
esprit polyglotte ne charme guère que les sourds-
muets. Il est très bon, très utile d'apprendre,
d'étudier, de lire les langues vivantes quand on
se consacre aux lettres, assez dangereux de les
parler et surtout très dangereux de les écrire.

Ainsi, plus ne s'élèveront de ces colosses de
gloire, dont les nations et les siècles reconnais-
sent également la grandeur. Il faut donc entendre dans un sens limité, à l'égard des Modernes,
ce que j'ai dit plus haut de ces Génies-mères,
qui semblent avoir *enfanté et allaité tous les*
autres : cela reste vrai quant au *fait*, non quant
à *la renommée universelle*. A Vienne, à Pétersbourg, à Berlin, à Londres, à Lisbonne, à Madrid,
à Rome, à Paris, on n'aura jamais d'un poète
allemand, anglais, portugais, espagnol, italien,
français, l'idée une et semblable que l'on s'y

forme de Virgile et d'Homère. Nous autres
grands hommes, nous comptions remplir le
monde de notre renommée, mais, quoi que
nous fassions, elle ne franchira guère la limite
où notre langue expire. Le temps des domina-
tions suprêmes ne serait-il point passé ? Toutes
les aristocraties ne seraient-elles pas finies ? Les
efforts infructueux que l'on a tentés dernièrement pour découvrir de nouvelles formes, pour
trouver un nouveau nombre, une nouvelle césure,
pour raviver la couleur, rajeunir le tour, le mot,
l'idée, pour en vieillir la phrase, pour revenir au
naïf et au populaire, ne semblent-ils pas prouver
que le cercle est parcouru ? Au lieu d'avancer
on a rétrogradé ; on ne s'est pas aperçu qu'on
retournait au balbutiement de la langue, aux
contes des nourrices, à l'enfance de l'art. Soutenir qu'il n'y a pas d'art, qu'il n'y a point d'idéal ;
qu'il ne faut pas choisir, qu'il faut tout peindre ;
que le laid est aussi beau que le beau : c'est tout
simplement un jeu d'esprit dans ceux-ci, une
dépravation du goût dans ceux-là, un sophisme
de la paresse dans les uns, de l'impuissance dans
les autres.

AUTRES CAUSES QUI TENDENT A DÉTRUIRE LES RENOMMÉES UNIVERSELLES.

Enfin, outre cette division des Langues qui s'oppose chez les Modernes aux renommées universelles, une autre cause travaille à détruire les réputations : la liberté, l'esprit de nivellement et d'incrédulité, la haine des supériorités, l'anarchie des idées, la démocratie enfin est entrée dans la littérature, ainsi que dans le reste de la société. Or ces choses favorisant la passion de l'amour-propre et le sentiment d'envie, agissent dans la sphère des lettres avec une vivacité redoublée. On ne reconnaît plus de maîtres et d'autorités ; on n'admet plus de règles ; on n'accepte plus d'opinions faites ; le libre examen est reçu au Parnasse, ainsi qu'en politique et en religion, comme conséquence du progrès du siècle. Chacun juge et se croit le droit de juger, d'après ses lumières, son goût, son système, sa haine ou son amour.

De là, une foule d'Immortels, cantonnés dans leur rue, renfermés dans le cercle de leur école et de leurs amis, et qui sont inconnus ou sifflés dans l'arrondissement voisin.

La vérité avait jadis de la peine à percer ; elle manquait de véhicule ; la presse quotidienne et libre n'existait pas ; les gens de lettres formaient un monde à part ; ils s'occupaient les uns des autres presque à l'insu du public. A présent que des journaux dénigrans ou admiratifs *sonnent la charge ou la victoire*, il faudrait avoir bien du guignon pour ignorer de son vivant ce que l'on vaut. Avec ces sentences contradictoires, si notre gloire commence plus tôt, elle finit plus vite : le matin un aigle, le soir un butor.

Telle est la nature humaine, particulièrement en France : si nous possédons quelques talens, nous nous empressons de les déprécier. Après les avoir élevés au pinacle, nous les roulons dans la boue ; puis nous y revenons, puis nous les méprisons de nouveau. Qui n'a vu vingt fois depuis quelques années, les opinions varier sur le même homme ? Y a-t-il donc quelque chose de certain et de vrai sur la terre à présent ? On ne sait que croire : on hésite en tout, on doute de tout ; les convictions les plus vives sont éteintes au bout de la journée. Nous ne pouvons souffrir de réputations ; il semble qu'on nous vole ce

- qu'on admire : nos vanités prennent ombrage
du moindre succès, et s'il dure un peu, elles
sont au supplice. On n'est pas trop fâché, à part
soi, qu'un homme de mérite vienne à mourir :
c'est un rival de moins; son bruit importun empêchait d'entendre celui des sots, et le concert
croassant des médiocrités. On se hâte d'empa-
queter le célèbre défunt dans trois ou quatre
articles de journal; puis on cesse d'en parler;
on n'ouvre plus ses ouvrages; on plombe sa renommée dans ses livres, comme on scelle son
cadavre dans son cercueil, expédiant le tout à
l'éternité par l'entremise du temps et de la mort.

Aujourd'hui tout vieillit dans quelques heures :
une réputation se flétrit, un ouvrage passe en
un moment. La poésie a le sort de la musique ;
sa voix, fraîche à l'aube, est cassée au coucher
du soleil. Chacun écrit ; personne ne lit sérieusement. Un nom prononcé trois fois importune.
Où sont ces illustres qui, en se réveillant un
matin, il y a quelques années, déclarèrent que
rien n'avait existé avant eux, qu'ils avaient dé-
couvert des cieux et un monde ignorés, qu'ils
étaient décidés à rendre pitoyables par leur
génie, les prétendus chefs-d'œuvre jusqu'alors
si bêtement admirés? Ceux qui s'appelaient la
jeunesse en 1830, où sont-ils? Voici venir des
Grands hommes de 1835, qui regardent ces Vieux

de 1830 comme des gens de mérite, dans leur temps, mais aujourd'hui usés, passés, dépassés. Les maillots arriveront bientôt dans les bras de leur nourrice : ils riront des octogénaires de seize ans, de ces dix mille poètes, de ces cinquante mille prosateurs, lesquels se couvrent maintenant de gloire et de mélancolie dans les coins et recoins de la France. Si par hasard on ne s'aperçoit pas que ces écrivains existent, ils se tuent pour attirer l'attention publique. Autre chimère! on n'entend pas même leur dernier soupir. Qui cause ce délire et ces ravages? L'absence du contrepoids des folies humaines, la Religion.

A l'époque où nous vivons, chaque lustre vaut un siècle; la société meurt et se renouvelle tous les dix ans. Adieu donc toute gloire longue, *universellement* reconnue. Qui écrit dans l'espoir d'un nom, sacrifie sa vie à la plus sotte comme à la plus vaine des chimères. Bonaparte sera la dernière existence isolée de ce monde ancien qui s'évanouit : rien ne s'élèvera plus dans les sociétés nivelées, et la grandeur de l'Individu sera désormais remplacée par la grandeur de l'Espèce.

La jeunesse est ce qu'il y a de plus beau et de plus généreux; je me sens puissamment attiré vers elle comme à la source de mon ancienne vie; je lui souhaite succès et bonheur : c'est pourquoi je me fais un devoir de ne pas la flatter. Par les fausses routes où elle s'égare, elle ne trouvera en dernier résultat que le dégoût et la misère. Je sais qu'elle manque aujourd'hui de carrière, qu'elle se débat au milieu d'une société obscure; delà ces brillantes lueurs de talent qui percent subitement la nuit et s'éteignent; mais de longues et laborieuses études poursuivies à l'écart et en silence, rempliraient bien les jours, et vaudraient mieux que cette multitude de vers trop vite faits, trop tôt oubliés.

En achevant ce chapitre il me prend des remords et il me vient des doutes; remords d'avoir osé dire que Dante, Shakespeare, Tasse, Camoëns, Schiller, Milton, Racine, Bossuet, Corneille et quelques autres, pourraient bien ne pas vivre *universellement* comme Virgile et Homère; doutes d'avoir pensé que le temps des individualités *universelles* n'est plus.

Pourquoi chercherais-je à ôter à l'homme le sentiment de l'infini, sans lequel il ne ferait rien et ne s'élèverait jamais à la hauteur qu'il peut atteindre? Si je ne trouve pas en moi la faculté d'exister, pourquoi mes voisins ne la trouveraient-ils pas en eux? Un peu d'humeur contre ma nature, ne m'a-t-il pas fait juger d'une manière trop absolue les facultés possibles des autres? Eh! bien, remettons le tout dans le premier état:

17.

rendons aux talens nés ou à naître, l'espoir d'une pérennité glorieuse, que quelques écrivains, hommes et femmes, peuvent justement nourrir aujourd'hui : qu'ils aillent donc à l'avenir *universel*, j'en serai charmé. Resté en route, je ne me plaindrai pas, surtout je ne regretterai rien :

Si post fata venit gloria, non propero.

MARIE. GUILLAUME. LA REINE ANNE.

ÉCOLE CLASSIQUE.

L'invasion du goût français, commencée au règne de Charles II, s'acheva sous Guillaume et la reine Anne. La grande Aristocratie qui s'élevait, prit du caractère noble et imposant de la grande Monarchie, sa voisine et sa rivale. La littérature anglaise, jusqu'alors presque inconnue à la France, passa le Détroit. Addison vit Boileau en 1701, et lui présenta un exemplaire de ses poésies latines. Voltaire, obligé de se réfugier en Angleterre au sujet de sa querelle avec le chevalier de Rohan-Chabot, dédia la *Henriade* à la reine Anne, et se gâta l'esprit par les idées philosophiques de Collins, de Chubb, de Tindal, de Wolston, de Tolland, de Bolingbrocke. Il nous fit connaître Shakespeare, Milton, Dryden, Shaftesbury, Swift, et les présenta à la France comme des hommes d'une nouvelle espèce, dé-

couverts par lui dans un nouveau monde. Racine le fils traduisit le *Paradis perdu* , et Rollin
parla de ce poëme dans son *Traité des études.*

Guillaume III étant parvenu à la couronne
britannique, les écrivains de Londres et de Paris
s'engagèrent dans la querelle des princes et des
guerriers : Boileau dit *le passage du Rhin ;* Prior
répond que le régent du Parnasse occupe les neuf
Muses *à chanter que Louis n'a pas passé le Rhin ;*
ce qui était vrai. Philips traduisait le *Pompée*
de Corneille, et Roscommon en écrivait le prologue ; Addison célébrait les victoires de Marlbo-
rough, et rendait hommage à Athalie ; Pope
publiait son *Essai sur la critique* dont l'*Art poétique* est le modèle : il donne à peu près les
mêmes règles qu'Horace et Boileau, mais tout à
coup, se souvenant de sa dignité, il déclare fièrement que « les braves Bretons méprisent les
« lois étrangères : « *But we, brave Britons,
foreign laws despis'd.* » Foam traduisit l'Art
poétique du poète français : Dryden en revit le
texte, et remplaça seulement les noms des auteurs français par des noms d'auteurs anglais :
il rend le *hâtez-vous lentement* par *gently
make haste.*

La Boucle de cheveux enlevée fut inspirée par
le Lutrin, et *la Dunciade* imitée des *Satires* de
l'ami de Racine. Butler a traduit une de ces satires.

Le siècle littéraire de la reine Anne est un dernier reflet du siècle de Louis XIV. Et comme si
le grand roi avait eu pour destinée de rencontrer
toujours Guillaume et de faire des conquêtes,
ne pouvant envahir l'Angleterre avec des gens
d'armes, il y pénétra avec des gens de lettres : le
génie d'Albion, qui ne céda pas à nos soldats,
céda à nos poètes.

PRESSE PÉRIODIQUE. ADDISON. POPE. SWIFT.
STEELE.

Une autre révolution, dont les conséquences ont été et sont encore incalculables, s'opéra : la presse périodique, à la fois politique et littéraire, fut fondée aux bords de la Tamise, Steele composa dans l'intérêt des wighs, le *Tatler*, le *Spectator*, le *Mentor*, l'*Englisham*, le *Lover*, le *Reader*, le *Town-Talk*, le *Chit-Chat*, le *Plebeian*; il combattait l'*Examiner*, écrit par Swift dans l'esprit tory. Addison, Congreve, Walsh, Arbuthnot, Gay, Pope, King, se rangeaient selon leur opinion sous les étendarts de Swift et de Steele.

Jonatham Swift, né en Irlande le 30 novembre 1667, est fort mal à propos appelé par Voltaire le Rabelais de l'Angleterre. Voltaire n'était sensible qu'aux impiétés de Rabelais et à sa plaisanterie, quand elle est bonne; mais la profonde satire de la société et de l'homme, la haute philosophie, le grand style du curé de Meudon, lui échappaient, comme il ne voyait que le petit côté du christianisme, et ne se doutait pas de la révolution intellectuelle et morale, accomplie dans l'humanité par l'Evangile.

Le *Tonneau*, où le Pape, Luther et Calvin, sont attaqués ; *Guliver*, où les institutions sociales sont stigmatisées, n'offrent que de pâles copies du *Gargantua*. Les siècles où vécurent les deux auteurs mettent d'ailleurs entre eux une immense différence : Rabelais commença sa langue; Swift acheva la sienne. Il n'est pas certain d'ailleurs que le *Tonneau* soit de Swift ou qu'il l'ait fait seul. Swift s'amusa à fabriquer des vers de vingt, trente et soixante syllabes. L'historien Velly a traduit la Satire sur la paix d'Utrecht intitulée : *John Bull*.

Guillaume III qui fit tant de choses, instruisit Swift dans l'art de cultiver les asperges à la manière hollandaise. Jonatham aima Stella, l'emmena dans son doyenné de Saint-Patrick, et au bout de seize ans, quand il fut au bout de son amour, il l'épousa. Esther van Homrigh se prit d'une passion pour Swift, bien qu'il fût vieux, laid et dégoûtant : lorsqu'elle sut qu'il était sérieusement marié avec Stella dont il ne se souciait guère, elle mourut. Stella suivit de près Esther. Le vilain homme qui tua ces deux belles jeunes femmes, n'a pu, à l'exemple des grands poètes, leur donner une seconde vie.

Steele, compatriote de Swift, devint son rival en politique. Parvenu à la chambre des communes, il en fut expulsé comme auteur de libelles séditieux. A l'occasion de la création des douze pairs, sous l'administration d'Oxford et de Bolingbrocke, il écrivit une lettre mordante à sir Milhes Wharton sur les *Pairs de circonstance*. La liaison de Steele avec le grand corrupteur Walpole ne l'enrichit pas; faisant trève à ses pamphlets, il commença la littérature industrielle, et inventa une machine pour transporter du saumon frais à Londres.

On a su gré à Steele d'avoir purgé le théâtre des obscénités dont l'avaient infecté les écrivains de Charles II : le mérite était d'autant plus grand dans l'auteur des *Conscious Lovers*, qu'il avait des mœurs très peu régulières. Cependant son contemporain Gay, le fabuliste, faisait représenter son *Beggar*, dont le héros est un voleur et l'héroïne une prostituée. Le *Beggar* est l'original de nos mélodrames d'aujourd'hui.

PASSAGE DE LA LITTÉRATURE CLASSIQUE A LA LITTÉRATURE DIDACTIQUE, DESCRIPTIVE ET SENTIMENTALE. POÈMES DE DIFFÉRENS AUTEURS.

La littérature anglaise classique, qui ressemblait à la nôtre, à la différence près des mœurs nationales, dégénéra vite, et passa du Classique à l'Esprit du XVIIIe siècle. Alors nous devînmes à notre tour imitateurs; nous nous mîmes à copier nos voisins avec un engouement qui nous reprend encore par accès. Ici, la matière est si connue et tellement épuisée, qu'il serait fastidieux de procéder dans un ordre chronologique et de répéter ce que chacun sait.

La poésie morale, technique, didactique, descriptive, compte Gay, Young, Akenside, Goldsmith, Gray, Bloomfield, Glover, Thomson, etc.; le roman rappelle Richardson et Fielding; l'histoire Hume, Roberson et Gibbon, qu'ont suivi Smolett et Lingard.

En outre de tous ces poètes, on a lu, dans leurs

temps, *l'Art de conserver la santé*, par Armstrong, *la Chasse*, par Somerville, *l'Acteur*, par Lloyd, *l'Art poétique*, de Roscommon, *l'Art poétique*, de Francis, *l'Art de la politique*, de Bramston, *l'Art de la cuisine*, de King.

L'*Art de la politique* a de la verve. L'exorde de ces poëmes divers est imité du début de l'Art poétique d'Horace : Bramston compare un homme à la fois whig et tory à une figure humaine, à sein de femme et à queue de morue.

> A lady's bosom, and a tail of cod.

Delacourt, dans son *Prospect of poetry*, essaya l'harmonie imitative technique, comme en composa depuis, en France, M. Piis.

> RR's jar untuneful v'er the quiv'ring tongue
> And serpent S with hissings spoils the song.

Les Plaisirs de l'Imagination, par Akenside, manquent d'imagination ; et le poëme sur *la Conversation*, de Stillingfleel, n'a pu être composé que chez un peuple qui ne sait pas causer.

Il faut encore rappeler *le Naufrage*, par Falconer ; *le Voyageur*, *le Village abandonné*, de Goldsmith ; *la Création*, de Blackmoore ; *le Jugement d'Hercule*, de Shenstone.

Je nomme Dyer et Denham. Il faut lire la *Complainte du poète*, par l'infortuné Otway, et le *Wanderer*, par le plus malheureux Savage : c'est là qu'il a peint la furie du Suicide : « Le sourcil « à moitié brisé par l'agonie de la pensée, elle « crie à l'homme : « Pâle misérable, attends de « moi ton soulagement; née du Désespoir, le « Suicide est mon nom. »

Born on Despair, and Suicid my name.

Young a fait une mauvaise école, et n'était pas lui-même un bon maître. Il dut une partie de sa première réputation au tableau que présente l'ouverture de ses *Nuits*. Un ministre du Tout-Puissant, un vieux père, qui a perdu sa fille unique, s'éveille au milieu de la nuit pour gémir sur des tombeaux ; il associe à la Mort, au Temps et à l'Eternité, la seule chose que l'homme ait de grand en soi-même, la Douleur. Ce tableau frappe.

Mais avancez un peu, quand l'imagination, éveillée par le début du poète, a déjà créé un monde de pleurs et de rêveries, vous ne trouvez rien de ce qu'on vous a promis. Vous voyez un homme qui tourmente son esprit pour enfanter des idées tendres et tristes, et qui n'arrive qu'à une philosophie morose. Young que le fantôme du monde poursuit jusqu'au milieu des tombeaux, ne décèle, dans ses déclamations sur la mort, qu'une ambition trompée : il prend son humeur pour de la mélancolie. Point de naturel dans sa sensibilité, d'idéal dans sa douleur; c'est toujours une main pesante qui se traîne sur la lyre.

Young a cherché à donner à ses méditations le caractère de la tristesse : ce caractère se tire de ces trois sources : les scènes de la nature, le vague des souvenirs, les pensées de la religion.

Quant aux scènes de la nature, Young a voulu les faire servir à ses plaintes : il apostrophe la lune, il parle aux étoiles, et l'on ne se sent point ému. Je ne pourrais dire où gît cette tristesse, qu'un poète fait sortir des tableaux de la nature; elle est cachée dans les déserts; c'est l'Echo de la Fable desséchée par la douleur, et habitante invisible de la montagne.

Ceux de nos bons écrivains qui ont connu le charme de la rêverie ont surpassé le docteur anglais. Chaulieu a mêlé, comme Horace, les pensées de la mort aux illusions de la vie :

> Grotte, d'où sort ce clair ruisseau,
> De mousse et de fleurs tapissée,
> N'entretiens jamais ma pensée
> Que du murmure de ton eau.
>
> . . . .
>
> Muses, qui dans ce lieu champêtre
> Avec soin me fîtes nourrir;
> Beaux arbres, qui m'avez vu naître,
> Bientôt vous me verrez mourir.

La page la plus rêveuse d'Young ne peut être comparée à cette page de Rousseau :

« Quand le soir approchait, je descendais des
« cimes de l'île, et j'allais volontiers m'asseoir au
« bord du lac, sur la grève, dans quelque asile
« caché ; là, le bruit des vagues et l'agitation de
« l'eau, fixant mes sens et chassant de mon ame
« toute autre agitation, la plongeaient dans une
« rêverie délicieuse où la nuit me surprenait
« souvent, sans que je m'en fusse aperçu. Le flux
« et le reflux de cette eau, son bruit continu,
« mais renflé par intervalle, frappant sans relâ-
« che mon oreille et mes yeux, suppléaient aux
« mouvemens internes que la rêverie éteignait
« en moi, et suffisaient pour me faire sentir avec
« plaisir mon existence, sans prendre la peine
« de penser. De temps à autre naissait quelque
« faible et courte réflexion sur l'instabilité des
« choses du monde, dont la surface des eaux
« m'offrait l'image : mais bientôt ces impressions
« légères s'effaçaient dans l'uniformité du mou-
« vement continu qui me berçait, et qui, sans
« aucun concours actif de mon ame, ne laissait
« pas de m'attacher au point, qu'appelé par
« l'heure et le signal convenu, je ne pouvais
« m'arracher de là sans efforts. »

Young a mal profité des rêveries qu'inspirent

18.

de pareilles scènes, parce que son génie manquait de tendresse.

Quant aux souvenirs du malheur, ils sont nombreux dans le poète, mais sans vérité, comme
le reste. Ils n'ont rien de ces accens de Gilbert,
expirant à la fleur de l'âge, dans un hôpital, et
abandonné de ses amis :

> Au banquet de la vie, infortuné convive,
>   J'apparus un jour, et je meurs !
> Je meurs, et sur ma tombe où lentement j'arrive,
>   Nul ne viendra verser des pleurs.
>
> Adieu, champs fortunés, adieu, douce verdure,
>   Adieu, riant exil des bois ;
> Ciel, pavillon de l'homme, admirable nature,
>   Adieu pour la dernière fois !
>
> Ah ! puissent voir long-temps votre beauté sacrée
>   Tant d'amis sourds à mes adieux !
> Qu'ils meurent pleins de jours, que leur mort soit pleurée,
>   Qu'un ami leur ferme les yeux !

Dans plusieurs endroits, Young déclame contre la solitude : l'habitude de son cœur n'était
donc ni du prêtre ni du poète. Les saints nour-
rissent leurs méditations au désert, et le Parnasse est aussi une montagne solitaire. Bour-
daloue suppliait le chef de son ordre de lui
permettre de se retirer du monde. « Je sens que
« mon corps s'affaiblit et tend à sa fin, écrivait-il.

« J'ai achevé ma course ; et plût à Dieu que je pusse
« ajouter, j'ai été fidèle !.... Qu'il me soit permis
« d'employer uniquement pour Dieu et pour
« moi-même ce qui me reste de vie.... Là, oubliant
« toutes les choses du monde, je passerai devant
« Dieu toutes les années de ma vie dans l'amer-
« tume de mon ame. » Si Bossuet, vivant au
milieu des pompes de Versailles, a su pourtant
répandre dans ses écrits une sainte et majestueuse tristesse, c'est qu'il avait trouvé dans la
religion toute une solitude.

Au surplus, dans ce genre descriptif élégiaque,
notre siècle a surpassé le précédent. Ce n'est
plus comme autrefois des descriptions vagues,
mais des observations précises qui s'harmonient
aux sentimens, qui charment par leur vérité et
laissent dans l'ame comme une sorte de plainte.

Regretter ce qu'il a perdu, habiter dans ses
souvenirs, marcher vers la tombe, en s'isolant,
c'est l'homme. Les images prises dans la nature
ont mille rapports avec nos fortunes : celui-ci
passe en silence, comme l'épanchement d'une
source ; celui-ci attache un bruit à son cours,
comme un torrent ; celui-ci jette sa vie, comme
une cataracte : elle épouvante et disparaît.

Young pleure donc sur les cendres de Narcissa
sans attendrir le lecteur. Une mère était aveugle ;
on lui avait caché que sa fille allait mourir : elle

ne s'aperçut de son malheur qu'en embrassant cette fille, et en trouvant sous ses lèvres maternelles, l'huile sainte dont le prêtre avait touché un front virginal. Voilà ce qui saisit le cœur plus que toutes les pensées des nuits du père de Narcissa.

GRAY. THOMSON. DELILLE. FONTANES.

De l'auteur des *Nuits* je passe au chantre des morts champêtres. Gray a trouvé sur la lyre une série d'accords et d'inspirations inconnus de l'antiquité. A lui commence cette école de poètes mélancoliques, qui s'est transformée de nos jours dans l'école des poètes désespérés. Le premier vers de la célèbre élégie de Gray est une traduction presque littérale du dernier vers de ces délicieux tercets du Dante,

> Era già l'ora che volge 'l disio
> A' naviganti e' ntenerisce il cuore
> Lo di ch' han detto a' dolci amici addio ,

> E che lo nuovo peregrin d'amore
> Punge, se ode squilla di lontana
> Che paja 'l giorno pianger che si muore.

Gray dit :

> The curfew tolls the knell of parting day.

Dans mon temps, j'ai aussi imité *le Cimetière de campagne.* (Qui ne l'a pas imité?)

> . . . .
>
> Eh ! que sont les honneurs? l'enfant de la victoire,
> Le paisible mortel qui conduit un troupeau,
> Meurent également; et les pas de la gloire,
> Comme ceux du plaisir, ne mènent qu'au tombeau.
>
> . . . .
>
> Peut-être ici la mort enchaîne en son empire
> De rustiques Newton de la terre ignorés,
> D'illustres inconnus dont les talens sacrés
> Eussent charmé les dieux sur le luth qui respire:
> Ainsi brille la perle au fond des vastes mers;
> Ainsi meurent aux champs des roses passagères,
> Qu'on ne voit point rougir, et qui, loin des bergères,
> D'inutiles parfums embaument les déserts.
>
> . . . .

L'exemple de Gray prouve qu'un écrivain peut rêver sans cesser d'être noble et naturel, sans mépriser l'harmonie.

L'ode sur *une Vue lointaine du collége d'Eton,* est digne, dans quelques strophes, de l'élégie sur *le Cimetière de campagne.*

> Ah happy hills! ah pleasing shade!
> Ah fields belov'd in vain!
> Where once my careless childhood stray'd,
> A stranger yet to pain!
> I feel the gales, that from you blow
> A momentary bliss bestow;

As, waving fresh their gladsome wing.
My weary soul they seem to sooth,
And, redolent of joy and youth,
To breathe a second spring.

Say, father Thames, for thou hast seen
Full many a sprightly race,
Disporting on thy margent green,
The paths of pleasure trace;
Who foremost now delight to cleave,
With pliant arms, thy glassy wave?
The captive linnet which enthrall?
What idle progeny succeed
To chase the rolling circle's speed,
Or urge the flying ball?

. . . .

Alas! regardless of their doom,
The little victims play!
No sense have they of ills to come,
Nor care beyond to-day.

« Heureuses collines, charmans bocages,
« champs aimés en vain, où jadis mon enfance
« insouciante errait étrangère à la peine! Je sens
« les brises qui viennent de vous; elles m'ap-
« portent un bonheur d'un moment : tandis
« qu'elles battent fraîchement de leur aile
« joyeuse, elles semblent caresser mon ame
« abattue, et, parfumées de joie et de jeunesse,
« me souffler un second printemps.

« Dis, paternelle Tamise (car tu as vu plus
« d'une race éveillée se jouant sur ta rive ver-

« doyante, y tracer les pas du plaisir), dis quels
« sont aujourd'hui les plus empressés à fendre
« d'un bras pliant ton onde cristalline, à enlacer
« la linotte captive. Dis quelle génération volage
« l'emporte à précipiter la course du cerceau
« roulant, ou à lancer la balle fugitive.

« Hélas! sans souci de leur destinée, folâtrent
« les petites victimes! Elles n'ont ni prévision
« des maux à venir, ni soin d'outre-journée. »

Qui n'a éprouvé les sentimens et les regrets
exprimés ici avec toute la douceur de la Muse?
Qui ne s'est attendri au souvenir des jeux, des
études, des amours de ses premières années?
Mais peut-on leur rendre la vie? Les plaisirs de
la jeunesse reproduits par la mémoire, sont des
ruines vues au flambeau.

Gray avait la manie du *gentleman-like*; il ne
pouvait souffrir qu'on lui parlât de ses vers, dont
il rougissait. Il se piquait d'être savant en histoire, et il l'était; il s'occupait aussi des sciences
naturelles; il avait des prétentions à la chimie,
comme dernièrement sir Davie ambitionnait le
renom de poète, mais avec raison. Où sont la
Gentilhommerie, l'Histoire et la Chimie de Gray?
Il ne vit que dans un sourire mélancolique de
ces Muses qu'il méprisait.

Thomson a exprimé, comme Gray, mais

d'une autre manière, ses regrets des jours de l'enfance.

> Welcome, kindred glooms!
> Congenial horrors hail! with frequent foot,
> Pleas'd have I, in my chearful morn of life,
> When nurs'd by careless solitude I liv'd,
> And sung of nature with unceasing joy,
> Pleas'd have I wander'd thro' your rough domain ;
> Trod the pur virgin-snows, myself pure.

« Bien - venues ombres apparentées ! sym-
« pathiques horreurs, salut! Que de fois charmé
« au joyeux matin de ma vie, lorsque je vivais
« nourri par une solitude insouciante, chantant
« la nature dans une joie sans fin, que de fois
« j'ai erré charmé à travers les rudes régions des
« tempêtes et foulé les neiges virginales, moi
« même aussi pur ! etc. »

Comme les Anglais avaient leur Thomson, nous avions notre Saint-Lambert et notre Delille. Le chef-d'œuvre du dernier est sa traduction des Géorgiques (aux morceaux de sentiment près), mais c'est comme si vous lisiez Racine traduit dans la langue de Louis XV : on a des tableaux de Raphaël, copiés par Mignard; tels sont les tableaux de Virgile, calqués par l'abbé Delille.

Les *Jardins* sont un charmant ouvrage. Un style plus large se fait remarquer dans quelques

chants de la traduction du *Paradis perdu*. Quoi
qu'il en soit, cette école Technique placée entre
l'école classique du XVIIᵉ siècle et l'école Romantique du XIXᵉ, est finie : ses hardiesses trop cher-
chées, ses labeurs pour ennoblir des choses qui
n'en valent pas la peine, pour imiter des sons et
des objets qu'il est inutile d'imiter, n'ont donné à
l'école technique qu'une vie factice, passée avec
les mœurs factices dont elle était née. Cette
école, sans manquer de naturel, manque de nature ; vouée à des arrangemens puérils de mots,
elle n'est ni assez originale comme école nouvelle, ni assez pure comme école antique. L'abbé
Delille était le poète des châteaux modernes,
de même que le troubadour était le poète des
vieux châteaux : les vers de l'un, les ballades de
l'autre font sentir la différence entre l'aristocratie
dans la force de l'âge et l'aristocratie dans la
décrépitude : l'abbé peint des lectures et des
parties d'échecs, dans les manoirs où le troubadour chantait des croisades et des tournois.

La prose et les vers de M. de Fontanes se
ressemblent et ont un mérite de même nature.
Ses pensées et ses images ont une mélancolie
ignorée du siècle de Louis XIV, qui connaissait
seulement l'austère et sainte tristesse de l'éloquence religieuse. Cette mélancolie se trouve
mêlée aux ouvrages du chantre *du jour des morts,*

comme l'empreinte de l'époque où l'auteur a vécu ;
elle fixe la date de sa venue ; elle montre qu'il est
né depuis Rousseau, non immédiatement après
Fénélon. Si l'on réduisait les écrits de M. de Fontanes à deux petits volumes, l'un de prose, l'autre
de vers, ce serait le plus élégant monument
funèbre qu'on pût élever sur la tombe de l'école
classique.

Parmi les odes posthumes de M. de Fontanes,
il en est une sur l'*Anniversaire de sa naissance*;
elle a le charme du *Jour des morts*, avec un sentiment plus pénétrant et plus individuel. Je ne
me souviens que de ces deux strophes :

La vieillesse déjà vient avec ses souffrances.
Que m'offre l'avenir ? De courtes espérances.
Que m'offre le passé ? Des fautes , des regrets.
Tel est le sort de l'homme; il s'instruit avec l'âge :
    Mais que sert d'être sage,
    Quand le terme est si près ?

Le passé, le présent, l'avenir, tout m'afflige :
La vie à son déclin est pour moi sans prestige ;
Dans le miroir du temps elle perd ses appas,
Plaisirs! allez chercher l'amour et la jeunesse ;
    Laissez-moi ma tristesse ,
    Et ne l'insultez pas !

Si quelque chose au monde devait être anti-
pathique à de M. Fontanes, c'était ma manière

d'écrire. En moi commençait, avec l'école dite
romantique, une révolution dans la littérature
française : toutefois mon ami, au lieu de se ré-
volter contre ma Barbarie, se passionna pour
elle. Je voyais bien de l'ébahissement sur son
visage, quand je lui lisais des fragmens des
Natchez, d'*Atala*, de *René* ; il ne pouvait rame-
ner ces productions aux règles communes de la
critique ; mais il sentait qu'il entrait dans un
monde nouveau ; il voyait une nature nouvelle;
il comprenait une langue qu'il ne parlait pas. Je
reçus de lui d'excellens conseils : je lui dois ce
qu'il peut y avoir de correct dans mon style ; il
m'apprit à respecter l'oreille ; il m'empêcha de
tomber dans l'extravagance d'invention et le ro-
cailleux d'exécution de mes disciples, si j'ai des
disciples.

Le 18 fructidor jeta M. de Fontanes à Londres.
Nous allions souvent nous promener dans la
campagne ; nous nous arrétions sous quelques-
uns de ces larges ormes, répandus dans les prai-
ries. Appuyé contre le tronc de ces ormes, mon
ami me contait son ancien voyage en Angleterre,
avant la Révolution ; il me redisait les vers qu'il
adressait alors à deux jeunes ladies, devenues
vieilles à l'ombre des tours de Westminster;
tours qu'il retrouvait debout comme il les avait
laissées, durant qu'à leur base s'étaient ense-

velies les illusions et les heures de sa jeunesse.
Nous dînions dans quelque taverne solitaire à
Chelsea sur la Tamise, en parlant de Shakespeare
et de Milton qui

« . . . . . . Au pied de Westminster,
« Et devinait Cromwell et rêvait Lucifer (1).

Milton et Shakespeare avaient vu ce que mon
ami et moi nous voyions; ils s'étaient assis comme
nous au bord de ce fleuve; pour nous, fleuve
étranger de Babylone, pour eux, fleuve nour-
ricier de la patrie. Nous rentrions de nuit à
Londres, aux rayons défaillans des étoiles, sub-
mergées l'une après l'autre dans le brouillard de
la ville. Nous regagnions notre demeure guidés
par d'incertaines lueurs qui nous traçaient à
peine la route, à travers la fumée de charbon
rougissante autour de chaque réverbère : ainsi
s'écoule la vie du poète.

(1) *Les Consolations*. Sainte-Beuve.

RÉACTION. TRANSFORMATION LITTÉRAIRE.
HISTORIENS.

Quand nous devînmes enthousiastes de nos
voisins, quand tout fut anglais en France,
habits, chiens, chevaux, jardins et livres, les
Anglais, par leur instinct de haine pour nous,
devinrent anti-Français; plus nous nous rap-
prochions d'eux, plus ils s'éloignaient de nous.
Livré à la risée publique sur leur théâtre, on
voyait dans toutes les parades de John-Bull,
un Français maigre, en habit de taffetas vert-
pomme, chapeau sous le bras, jambes grèles,
longue queue, air de danseur ou de perru-
quier affamé; on le tirait par le nez, et il man-
geait des grenouilles. Un Anglais sur notre
scène, était toujours un milord ou un capitaine,
héros de sentiment et de générosité. La réaction
à Londres s'étendit à la littérature entière; on
attaqua l'école française : tantôt cherchant à reproduire le passé, tantôt essayant des routes
inconnues, d'innovations en innovations on
arriva à l'école moderne anglaise.

Lorsque, en 1792, je me réfugiai en Angleterre,

il me fallut réformer la plupart des jugemens
que j'avais puisés dans les critiques de Voltaire,
de Diderot, de La Harpe et de Fontanes.

En ce qui touche les historiens, Hume était
réputé écrivain tory-jacobite, lourd et rétro-
grade ; on l'accusait, ainsi que Gibbon, d'avoir
surchargé la langue anglaise de gallicismes ; on
lui préférait son continuateur Smolett, esprit
wigh et *progressif*. Gibbon venait de disparaître ; il passait pour un rhéteur : philosophe
pendant sa vie, devenu chrétien à sa mort, il
demeurait, en cette qualité, atteint et convaincu
de pauvre homme ; Hallam et Lingard n'avaient
pas encore paru.

On parlait encore de Robertson parce qu'il
était sec ; on ne peut pas dire de la lecture de
son histoire ce que dit M. Lerminier de la lecture
de l'histoire d'Hérodote aux Jeux Olympiques :
« La Grèce tressaillit, et Thucydide pleura. » Le
savant ministre écossais se serait en vain efforcé
de trouver ce discours que Thucydide met dans
la bouche des Platéens, plaidant leur cause
devant les Lacédémoniens qui les condamnèrent
à mort pour être restés fidèles aux Athéniens :

« Tournez les yeux sur les tombes de vos pères :
« immolés par les Mèdes, ensevelis dans nos
« sillons ; c'est à eux que chaque année nous

« rendions les honneurs publics, comme à nos
« anciens compagnons d'armes. Pausanias les
« inhuma ici, croyant les déposer dans une terre
« hospitalière. Si vous nous ôtez la vie ; si du
« champ de Platée vous faites un champ de
« Thèbes, ne sera-ce pas abandonner vos proches
« dans une terre ennemie au milieu de leurs
« meurtriers? N'asservirez-vous pas le sol où les
« Hellènes conquirent leur liberté? N'abolirez-
« vous pas les antiques sacrifices des fondateurs
« de ces temples? Nous devenons supplians des
« cendres de vos yeux ; nous implorons ces morts
« pour n'être pas asservis aux Thébains. Nous
« vous rappellerons la journée où les actions les
« plus éclatantes nous illustrèrent, et nous ter-
« minerons ce discours; fin nécessaire et terri-
« ble, puisque nous allons peut-être mourir en
« cessant de parler. »

Avons-nous au milieu de nos campagnes des
tombeaux où nous fassions chaque année des
libations? Avons-nous des temples qui rappellent
des faits mémorables? L'histoire grecque est un
poëme, l'histoire latine un tableau, l'histoire
moderne une chronique.

SUITE DE LA TRANSFORMATION LITTÉRAIRE.

PHILOSOPHES. POÈTES. POLITIQUES ÉCONOMISTES.

De 1792 à 1800, j'ai rarement entendu citer Locke en Angleterre : son système, disait-on, était vieil i, et il passait pour faible en *idéologie*. Quant à Newton, en tant qu'écrivain, on lui refusait la terre et on le renvoyait au ciel, ce qui était juste.

> Il vint ; il révéla le principe suprême,
> Constant, universel un comme Dieu lui-même :
> L'univers se taisait ; il dit : *Attraction!*
> Ce mot, c'était le mot de la création (1).

Pour ce qui regarde les poètes, les *élégans extraits* servaient d'exil à quelques pièces de Dryden. On ne pardonnait point aux vers rimés de Pope, bien qu'on visitât sa maison à Twickenham, que l'on coupât des morceaux du saule-

(1) *Contemplation. A mon père.* J. J. Ampère.

pleureur planté par lui, et dépéri comme sa renommée.

Blair? Ennuyeux critique à la française: on le
mettait bien au-dessous de Johnson.

Le vieux Spectateur? Au grenier.

La littérature philosophique? En classe à Edim-
bourg.

Les ouvrages des Politiques anglais ont peu
d'intérêt général. Les questions générales y sont
rarement touchées : ces ouvrages ne s'occupent
guère que des vérités particulières à la constitution des peuples britanniques.

Les traités des Économistes sont moins cir-
conscrits : les calculs sur la richesse des nations, l'influence des colonies, le mouvement
des générations, l'emploi des capitaux, la balance du commerce et de l'agriculture, s'appli-
quent en partie aux diverses sociétés euro-
péennes.

Cependant à l'époque dont je parle, M. Burke
sortait de l'individualité nationale politique : en
se déclarant contre la Révolution française, il
entraîna son pays dans cette longue voie d'hosti-
lités, qui aboutit aux champs de Waterloo. Isolée
pendant vingt-deux ans, l'Angleterre défendit
sa constitution contre les idées qui l'envahissent
aujourd'hui, et l'entraînent au sort commun de
l'ancienne civilisation.

THÉATRE. MISTRISS SIDDONS. PARTERRE. INVASION DE LA LITTÉRATURE ALLEMANDE.

Il y avait pourtant de l'ingratitude envers les Classiques que l'on dédaignait : on était revenu à Shakespeare et à Milton; eh bien ! les écrivains du siècle de la reine Anne avaient rendu à la lumière ces deux poètes qui attendirent cinquante ans dans les limbes le moment de leur entrée dans la gloire. Dryden, Pope et Addison furent les promoteurs de l'apothéose. Ainsi Voltaire a contribué à l'illustration des grands hommes du règne de Louis XIV : cet esprit mobile, curieux, investigateur, ayant beaucoup de renommée, en prêtait un peu à son prochain, à condition qu'elle lui serait rendue avec de gros intérêts.

Durant les huit années de mon émigration à

Londres, je vis Shakespeare dominer la scène ; à
peine Rowe, Congrève, Ottway, y paraissent-ils
quelquefois : ce peintre sublime et inégal des passions ne permettait à personne de se placer auprès de lui. Mistriss Siddons, dans le rôle de lady
Macbeth, jouait avec une grandeur extraordinaire : la scène du somnambulisme glaçait d'effroi le spectateur. Talma seul était au niveau de
cette actrice, mais son talent avait quelque chose
de la correction grecque, qui ne se retrouvait
pas dans celui de mistriss Siddons.

Invité à une soirée chez lord Lansdown en
1822, Sa Seigneurie me présenta à une dame
sévère, âgée de soixante-treize ans : elle était
habillée de crêpe, portait un voile noir comme
un diadème sur ses cheveux blancs, et ressemblait à une reine abdiquée. Elle me salua d'un
ton solennel et de trois phrases estropiées du
Génie du Christianisme ; puis elle me dit, avec
non moins de solennité : « Je suis mistriss
« Siddons. » Si elle m'avait dit : « Je suis lady
« Macbeth, » je l'aurais cru. Il suffit de vivre
pour rencontrer ces débris d'un siècle, jetés
par les flots du temps sur le rivage d'un autre
siècle.

Le parterre anglais était, en mes jours d'exil,
turbulent et grossier ; des matelots buvaient de
la bière au parterre, mangeaient des oranges,
apostrophaient les loges. Je me trouvais un

soir auprès d'un matelot entré ivre dans la salle ;
il me demanda où il était : je lui dis à Covent-
Garden : « *Pretty garden, indeed!* — Joli jardin
vraiment ! » s'écria-t-il, saisi comme les dieux
d'Homère d'un rire inextinguible. Mais John
Bull, dans sa brutalité, était meilleur juge des
beautés de Shakespeare, que ces dandys, qui
préfèrent actuellement les pièces de Kotzebue et
de nos boulevarts, traduites en anglais, aux
scènes de *Richard III* et d'*Hamlet*.

La littérature germanique a envahi la littérature anglaise, comme la littérature italienne
d'abord, et la littérature française ensuite, firent
autrefois irruption dans la patrie de Milton.
Walter Scott débuta dans la carrière des lettres
par la traduction du *Berlinchengen* de Goëthe.
Puis les drames de Kotzebue profanèrent la
scène de Shakespeare : on aurait pu choisir
autrement, puisqu'on avait Goëthe, Shiller et
Lessing. Quelques poètes écossais ont imité
mieux, dans leur courage et dans leurs montagnes, ces chants guerriers de la nouvelle
Germanie, que M. Saint-Marc-Girardin nous a
fait connaître, comme M. Ampère nous a initiés
aux Edda, aux Sagas et aux Nibelungen.

« Comme elle dort (la reine de Prusse) dou-
« cement! Ses traits respirent encore je ne sais
« quel air de vie. Ah! puisses-tu dormir jusqu'au
« jour où ton peuple lavera dans le sang la rouille

« de son épée, dormir jusqu'à la nuit, la plus
« belle des nuits, qui verra briller sur les mon-
« tagnes les signaux de la guerre. Eveille-toi
« alors, éveille-toi, sainte patronne de l'Alle-
« magne: sois son ange, l'ange de la liberté et de
« la vengeance (1)! »

(1) Kærner : *Notices sur l'Allemagne*. M. Saint-Marc-Girardin.

SUITE DE LA TRANSFORMATION LITTÉRAIRE.

ÉLOQUENCE POLITIQUE. FOX. BURKE. PITT.

L'éloquence politique pourrait être considérée comme faisant partie de la littérature britannique (1) : j'ai été à même de la juger à deux époques bien différentes de ma vie.

« L'Angleterre de 1688 était, vers la fin du siècle dernier, à l'apogée de sa gloire. Pauvre émigré à Londres de 1792 à 1800, j'ai entendu parler les Pitt, les Fox, les Sheridan, les Wilberforce, les Grenville, les Whitbread, les Lauderdale, les Erskine; magnifique ambassadeur à Londres en 1822, je ne saurais dire à quel point je fus frappé, lorsque, au lieu des grands orateurs que j'avais admirés autrefois, je vis se lever ceux qui étaient leurs seconds à la date de mon premier voyage, les écoliers à la place des

(1) Tout ce qui suit jusqu'au chapitre *Voyages* est extrait de mes *Mémoires*, et marqué de guillemets.

maîtres. Albion s'en va comme le reste ; les idées *générales* ont pénétré dans cette société *particulière* et la mènent. Mais l'aristocratie éclairée, placée à la tête de ce pays depuis cent quarante ans, aura montré au monde une des plus belles et des plus puissantes sociétés qui aient fait honneur à l'espèce humaine, depuis le patriciat romain. Les derniers succès de la couronne britannique sur le continent ont précipité sa chute : l'Angleterre victorieuse, de même que Bonaparte vaincu, a perdu son empire à Waterloo.

« En 1796 j'assistai à la mémorable séance de la chambre des Communes, où M. Burke se sépara de M. Fox. Il s'agissait de la révolution française, que M. Burke attaquait et que M. Fox défendait. Jamais les deux orateurs, qui jusqu'alors avaient été amis, ne déployèrent autant d'éloquence. Toute la chambre fut émue, et des larmes remplirent les yeux de M. Fox, quand M. Burke termina sa réplique par ces paroles :

« Le très honorable gentleman, dans le dis-
« cours qu'il a fait, m'a traité à chaque phrase
« avec une dureté peu commune ; il a censuré
« ma vie entière, ma conduite et mes opinions.
« Nonobstant cette grande et sérieuse attaque,
« non méritée de ma part, je ne serai pas épou-
« vanté ; je ne crains pas de déclarer mes senti-

« mens dans cette chambre, ou partout ailleurs.
« Je dirai au monde entier, que la constitution
« est en péril. C'est certainement une chose in-
« discrète en tout temps, et beaucoup plus indis-
« crète encore à cet âge de ma vie, que de pro-
« voquer des ennemis ou de donner à mes amis
« des raisons de m'abandonner. Cependant si cela
« doit arriver pour mon adhérence à la consti-
« tution britannique, je risquerai tout, et comme
« le devoir public et la prudence publique me
« l'ordonnent, dans mes dernières paroles je
« m'écrierai : Fuyez la constitution française! »
« — *Fly from the french constitution.* »

« M. Fox ayant dit qu'il ne s'agissait pas de
perdre des amis, M. Burke s'écria :

« Oui, il s'agit de perdre des amis ! Je connais
« le résultat de ma conduite; j'ai fait mon devoir
« au prix de mon ami, notre amitié est finie : *I*
« *have done my duty at the price of my friend ;*
« *our friendship is at an end.* J'avertis les très
« honorables gentlemen qui sont les deux grands
« rivaux dans cette chambre, qu'ils doivent à
« l'avenir (soit qu'ils se meuvent dans l'hémisphère
« politique comme deux flamboyans météores ,
« soit qu'ils marchent ensemble comme deux
« frères) je les avertis qu'ils doivent préserver et

« chérir la constitution britannique ; qu'ils doi-
« vent se mettre en garde contre les innovations,
« et se sauver du danger de ces nouvelles
« théories. » — *From the danger of these new
theories.*

« Pitt, Fox, Burke ne sont plus, et la constitution anglaise a subi l'influence des *nouvelles
théories*. Il faut avoir vu la gravité des débats
parlementaires à cette époque, il faut avoir entendu ces orateurs dont la voix prophétique
semblait annoncer une révolution prochaine,
pour se faire une idée de la scène que je viens
de rappeler. La liberté contenue dans les limites
de l'ordre semblait se débattre à Westminster,
sous l'influence de la liberté anarchique qui
parlait à la tribune encore sanglante de la Convention.

« M. Pitt, grand et maigre, avait un air triste
et moqueur. Sa parole était froide, son intona-
tion monotone, son geste insensible ; toutefois
la lucidité et la fluidité de ses pensées, la logique de ses raisonnemens subitement illuminés
d'éclairs d'éloquence, faisaient de son talent
quelque chose hors de ligne.

« J'apercevais assez souvent M. Pitt, lorsque de
son hôtel, à travers le parc Saint-James, il allait
à pied chez le roi. De son côté, Georges III ar-
rivait de Windsor, après avoir bu de la bière

dans un pot d'étain avec les fermiers du voisinage;
il franchissait les vilaines cours de son vilain
châtelet, dans une voiture grise que suivaient
quelques gardes à cheval c'était là le maître des
rois de l'Europe, comme cinq ou six marchands
de la Cité sont les maîtres de l'Inde. M. Pitt, en
habit noir, épée à poignée d'acier au côté, chapeau sous le bras, montait enjambant deux ou
trois marches à la fois. Il ne trouvait sur son
passage que trois ou quatre émigrés désœu-
vrés : laissant tomber sur nous un regard
dédaigneux, il passait le nez au vent, la figure
pâle.

« Ce grand financier n'avait aucun ordre chez
lui ; point d'heures réglées pour ses repas ou
son sommeil. Criblé de dettes, il ne payait rien,
et ne se pouvait résoudre à faire l'addition d'un
mémoire. Un valet de chambre conduisait sa
maison. Mal vêtu, sans plaisir, sans passion,
avide de pouvoir, il méprisait les honneurs et ne
voulait être que *William Pitt*.

« Lord Liverpool, au mois de juin 1822, me
mena dîner à sa campagne : en traversant la
bruyère de Pulteney, il me montra la petite maison où mourut pauvre le fils de lord Chatam,
l'homme d'état qui avait mis l'Europe à sa solde
et distribué de ses propres mains tous les mil-
liards de la terre. »

CHANGEMENT DES MOEURS ANGLAISES.

GENTLEMEN-FARMERS. CLERGÉ. GRAND MONDE. GEORGES II.

« Séparés du continent par une longue guerre (1), les Anglais conservaient à la fin du dernier siècle leurs mœurs et leur caractère national. Tout n'était pas encore machine dans les classes industrielles, folie dans les hautes classes. Sur ces mêmes trottoirs où l'on voit maintenant se promener des figures sales et des hommes en redingote, passaient de petites filles en mantelet blanc, chapeau de paille noué sous le menton avec un ruban, corbeille au bras, dans laquelle étaient des fruits ou un livre; toutes tenant les yeux baissés, toutes rougissant lorsqu'on les regardait. Les redingotes sans habit étaient si peu d'usage à Londres, en 1793, qu'une femme, qui pleurait à

---

(1) Extrait de mes *Mémoires*.

chaudes larmes la mort de Louis XVI, me disait :
« Mais, cher monsieur, est-il vrai que le pauvre
« roi était vêtu d'une redingote, quand on lui
« coupa la tête ? »

« Les *gentlemen-farmers* n'avaient point encore
vendu leur patrimoine pour habiter Londres ;
ils formaient encore dans la chambre des Communes cette fraction indépendante qui, se portant de l'opposition au ministère, maintenaient
les idées d'ordre et de propriété. Ils chassaient
le renard ou le faisan en automne, mangeaient
l'oie grasse à Noël, criaient *Vivat* au *rostbeaf*,
se plaignaient du présent, vantaient le passé,
maudissaient Pitt et la guerre, laquelle augmen-
tait le prix du vin de Porto, et se couchaient ivres
pour recommencer le lendemain la même vie.
Ils se tenaient assurés que la gloire de la Grande-
Bretagne ne périrait point, tant qu'on chanterait *God save the King*, que les bourgs-pourris
seraient maintenus, que les lois sur la chasse
resteraient en vigueur, et que l'on vendrait fur-
tivement au marché les lièvres et les perdrix, sous
le nom de *lions* et d'*au ruches*.

« Le clergé anglican était savant, hospitalier et
généreux ; il avait reçu le clergé français avec
une charité toute chrétienne. L'université d'Oxford fit imprimer à ses frais, et distribuer gratis
aux curés, un Nouveau Testament, selon la le-

çon romaine, avec ces mots : *A l'usage du clergé
catholique exilé pour la religion.*

« Quant à la haute société anglaise, chétif exilé,
je n'en apercevais que les dehors. Lors des récep-
tions à la cour, ou chez la princesse de Galles,
passaient des ladies assises de côté dans des chaises
à porteur ; leurs grands paniers sortaient par
la porte de la chaise, comme des devans d'autel ;
elles ressemblaient elles-mêmes, sur ces autels
de leur ceinture, à des madones ou à des pagodes.
Ces belles dames étaient les filles dont le duc de
Guines et le duc de Lauzun avaient adoré les
mères, et ces filles étaient, en 1822, les mères
et grand'mères des petites filles qui dansaient
chez moi, en robe courte, au son du galoubet de
Collinet. Il y a de cela onze années : onze années attachées au bas d'une robe doivent avoir
rendu les pas moins légers. Et chacune de ces
petites filles a peut-être à présent onze petites
filles, les plus vieilles âgées de onze ans et prêtes
à se marier bientôt sur la célèbre bruyère; rapides générations de fleurs.

« Georges III survécut à M. Pitt, mais il avait
perdu la raison et la vue. Chaque session, à
l'ouverture du parlement, les ministres lisaient,
aux chambres silencieuses et attendries, le bulle-
tin de la santé du Roi. On rencontrait le monarque
aveugle, errant comme le roi Léar dans ses

20.

palais, tâtonnant avec ses mains les murs des salles du château de Windsor, ou assis devant un piano, jouant, en cheveux blancs, une sonate de Handel, ou l'air favori de Shakespeare : c'est une belle fin de la *vieille Angleterre* « OLD ENGLAND (1). »

(1) Les extraits des mémoires sont interrompus ici.

VOYAGES. LE CAPITAINE ROSS. JACQUEMONT.
LAMARTINE.

Voyage! grand mot! il me rappelle ma vie entière. Les Américains veulent bien me regarder comme le chantre de leurs anciennes forêts, et l'Arabe Abou-Gosh, se souvient encore de ma course dans les montagnes de la Judée. J'ai ouvert la porte de l'Orient à Lord Byron et aux voyageurs qui depuis moi ont visité le Céphise, le Jourdain et le Nil; postérité nombreuse que j'ai envoyée en Égypte, comme Jacob y envoya ses fils. Mes vieux et jeunes amis ont élargi le petit sentier qu'avait laissé mon passage: M. Michaud, dernier pélerin de ses croisades, s'est présenté au saint-sépulcre; M. Lenormant a visité les tombeaux de Thèbes pour nous conserver la langue de Champollion; il a vu renaître parmi les ruines de la Grèce, la liberté que j'y avais vue expirer sous le turban ivre de fanatisme, d'opium et de femmes. Mes traces en tous pays ont été effacées par d'autres traces; elles ne sont restées solitaires que dans la poussière de Carthage.

comme les vestiges d'un hôte du désert sur les
neiges Canadiennes. Dans les savanes mêmes
d'Atala, les herbes sont remplacées par des moissons ; trois grands chemins mènent aux Natchez,
et si Chactas vivait encore, il pourrait être
député au congrès de Washington. Enfin j'ai reçu
une brochure de Chéroquois : ces sauvages me
complimentent en anglais, comme un « éminent
« écrivain et le conducteur de la presse publi-
« que. » *Eminent writer and conductor of the
« public press.* »

Les voyages doivent être compris dans la littérature anglaise. Il s'est opéré bien des changemens dans la manière de les écrire depuis
Shaw, Chandeler, Raleph, Hudson, Baffine,
Anson, etc., jusqu'aux derniers explorateurs de
terre et de mer. Il faudrait faire un volume sur
les capitaines Cook et Van Couver, sur les mille
et une courses à travers l'Inde, sur les décou-
vertes de Claperston et de Laing, de Mungo-Park
et des frères Lander, sur celles des capitaines
Francklin, Parry et Ross. Si je me laissais en-
traîner à mon goût pour les voyages, il me
serait impossible de sortir de Tambouctou, des
bords du Niger ou des vallées de l'Himalaya.
Cependant, et afin de ne pas omettre cette
grande branche de la littérature anglaise, je
citerai quelques passages extraits du journal

du capitaine Ross : je m'intéresse particulièrement à ce monde arctique dont je rêvai la
découverte dans ma jeunesse.

Le capitaine Ross, parti d'Angleterre en 1829,
à la recherche du passage du nord-ouest, pénétra
dans le détroit de Lancaster et l'*Inlet* du Prince-
Régent ; arrêté par les glaces dans le golfe auquel il a donné le nom de Boothia, il demeura
quatre ans enfermé sur la côte occidentale de ce
golfe. Obligé d'abandonner son navire, *la Victoire*,
il revint, sur la surface d'un océan gelé, chercher
la baie de Baffin où il eut le bonheur de rencontrer le vaisseau baleinier *l'Isabelle* qui le
reçut à son bord : par un concours de circonstances extraordinaires, *l'Isabelle* était le vaisseau
même que montait le capitaine Ross, lors de son
premier voyage en 1828.

Pendant les quatre années de sa détention
dans les glaces, le capitaine découvrit le pôle
magnétique et la mer polaire de l'ouest, séparée
seulement de la mer de l'est par un itshme fort
étroit. Voyons maintenant les souffrances des
voyageurs, et l'espèce de poésie désolée de ces
régions. Le capitaine peint de cette manière la
nature hyperboréenne : je me sers de la traduction de M. Defauconpret.

« La neige détruit l'effet de tout le paysage et

« en fait disparaître l'ensemble en confondant
« les distances, les proportions, et surtout l'har-
« monie du coloris ; en nous donnant une
« misérable mosaïque de noir et de blanc, au
« lieu de ces douces dégradations de teintes
« et de ces combinaisons de couleurs que pro-
« duit la nature dans sa parure d'été, au mi-
« lieu des paysages les moins attrayans et les
« plus agrestes.

   « Telles sont mes objections contre une vue
« de neige. L'expérience d'un jour sufift pour les
« suggérer. A plus forte raison devaient-elles se
« présenter à nous dans une misérable région où,
« pendant plus de la moitié de l'année, on n'a
« au-dessus de la tête que de la neige ; où l'ou-
« ragan a des ailes de neige ; où le brouillard est
« de la neige ; où le soleil ne se montre que
« pour briller sur la terre que couvre la neige,
« quoiqu'il n'en tombe pas ; où l'haleine qui
« sort de la bouche se change en neige ; où la
« neige s'attache aux cheveux, aux cils et à tous
« les vêtemens ; où elle remplit nos chambres,
« nos plats et nos lits, si nous ouvrons une porte
« pour donner accès à l'air extérieur ; où le
« cristal liquide qui doit étancher notre soif sort
« d'une bouilloire remplie de neige et suspendue
« sur une lampe ; où nous avons des sofas, des
« lits, des maisons de neige ; où la neige couvre

« le pont et le toit de notre navire, et forme nos
« observatoires et nos garde-manger; enfin où la
« neige, quand elle ne pourrait plus nous être
« d'aucun autre usage, servirait à former nos cer-
« cueils et nos tombes. »

Le commandant Ross, neveu du capitaine,
était allé faire une course chez une horde d'Esquimaux :

« Nos guides étaient complètement en défaut,
« car la neige qui tombait était si épaisse, qu'ils
« ne pouvaient voir à dix toises devant eux. Nous
« fûmes donc forcés de renoncer à toute tentative
« ultérieure, et de consentir à ce qu'ils construi-
« sissent une hutte de neige.

« Elle fut terminée en une demi-heure, et ja-
« mais nous n'eûmes lieu d'être plus satisfaits de
« ce genre d'architecture, qui, en si peu de temps,
« nous procura un abri contre le vent et la neige
« aussi bien qu'aurait pu faire la meilleure mai-
« son construite en pierre.

« Nos vêtemens avaient été tellement pénétrés
« par la neige qui s'y était ensuite gelée, que
« nous ne pûmes les ôter que lorsque la chaleur
« de nos corps les eut rendus plus souples. Nous
« souffrions beaucoup de la soif, et tandis que les
« Esquimaux construisaient la hutte, nous fîmes
« fondre de la neige à l'aide d'une lampe à l'esprit

« de vin. Nous en eûmes bientôt une quantité
« suffisante pour nous quatre, et nos guides en
« furent aussi enchantés que surpris, car la même
« opération qu'ils font dans un vase de pierre sus-
« pendu sur leur lampe, est pour eux l'ouvrage de
« trois à quatre heures.

« Notre habitation n'était pourtant pas sans
« inconvénient. Son extrême petitesse en était
« déjà un ; mais le plus grand était que les murs
« se fondaient, et que l'eau tombant sur nos ha-
« bits, les mouillait à un tel point que nous fûmes
« obligés de les ôter, et de nous glisser dans les
« sacs de fourrure dont nous étions munis. Par
« ce moyen nous écartâmes l'ennemi et nous
« pûmes dormir. »

.   .   .   .

« Nous eûmes un ouragan venant du nord, et
« il dura toute la journée avec tant de force que
« nous ne pûmes sortir de la hutte.............. Le
« vent hurlait autour de nos murs de neige, et
« celle qu'il chassait battait contre eux avec un
« sifflement que j'étais charmé de pouvoir ou-
« blier en me livrant à une conversation qui
« m'empêchait d'y faire attention. »

Le moment où le commandant Ross découvre
l'Océan de l'ouest est remarquable :

« Mes compagnons que j'avais quittés un mo-

« ment, avaient annoncé leur arrivée sur les
« bords de l'Océan occidental par trois acclama-
« tions. C'était en effet pour eux, et encore plus
« pour moi, leur chef, un spectacle palpitant
« d'intérêt, et qui méritait bien le salut ordinaire
« du marin. C'était cet Océan que nous avions
« cherché ; l'objet de notre ambition et de nos
« efforts ; l'espace d'eau libre qui, comme nous
« l'avions espéré, devait nous porter autour du
« continent de l'Amérique et nous procurer le
« triomphe si désiré par nos prédécesseurs, et
« que nous-mêmes nous avions si long-temps et
« si inutilement travaillé à obtenir. Notre but eût
« été atteint si la nature n'y eût mis obstacle ;
« si notre chaîne de lacs eût été un bras de mer ;
« si cette vallée eût ouvert une communication
« libre entre les deux mers. Du moins, nous en
« avions reconnu l'impossibilité. Cet Océan tant
« désiré était à nos pieds ; nous allions bientôt
« voyager sur sa surface, et au milieu de notre
« désappointement, nous avions du moins la con-
« solation d'avoir écarté tous les doutes, banni
« toute incertitude, et de sentir que, lorsque
« Dieu a dit non, il ne reste à l'homme autre
« chose à faire qu'à se soumettre et à lui rendre
« grâces de ce qu'il a accordé. C'était un moment
« solennel, un moment à ne jamais oublier ; les
« acclamations des marins ne produisirent jamais

« une impression plus profonde qu'en ce mo-
« ment où elles interrompaient le silence de la
« nuit, au milieu d'un désert de glace et de neige,
« où il n'y avait pas un seul objet qui pût rap-
« peler qu'il existait des êtres vivans, et où il
« semblait qu'aucun son n'eût jamais été en-
« tendu. . . . .

. . . .

« On peut s'imaginer combien il me répugnait
« de retourner au vaisseau, du point où nous
« étions parvenus, à l'instant où nous touchions
« presque à l'objet principal de notre expédi-
« tion; mais il faudrait être dans la situation où
« nous nous trouvions pour concevoir toute l'é-
« tendue de nos regrets et de notre désappointe-
« ment. Notre distance du cap Turnagain n'était
« pas alors plus grande que l'espace que nous
« avions déjà parcouru, etquelques jours de plus à
« notre disposition nous auraient permis d'ache-
« ver tout ce qui restait à faire, de retourner
« triomphans à *la Victoire*, et de reporter en
« Angleterre un fruit véritablement digne de nos
« longs et pénibles travaux. Mais ce peu de jours
« n'étaient pas en notre pouvoir. . . . . .

. . . .

« Nous déployâmes donc notre drapeau pour
« accomplir le cérémonial d'usage, et nous pri-

« mes possession de tout le pays que nous aper-
« cevions jusqu'à cette pointe éloignée. Nous
« donnâmes à celle sur laquelle nous étions, le
« nom de Pointe de la Victoire; c'était le *nec plus*
« *ultra* de nos travaux.   .   .   .   .

.   .   .   .

« Nous élevâmes sur la Pointe de la Victoire
« un monticule de pierres de six pieds de hau-
« teur, et dans l'intérieur nous plaçâmes une
« caisse d'étain contenant une courte relation de
« ce que nous avions fait depuis notre départ
« d'Angleterre. Telle est la coutume, et nous de-
« vions nous y conformer, quoiqu'il n'y eût pas
« la moindre apparence que notre petite histoire
« tombât jamais sous les yeux d'un Européen.
« Nous aurions pourtant travaillé à cet ouvrage
« avec une sorte d'espoir, si nous avions su alors
« qu'on nous regardait déjà comme des hommes
« perdus, sinon morts ; et que notre ancien ami
« Back, notre ami éprouvé, était sur le point de
« partir pour nous chercher et nous rendre à la
« société et à notre patrie. S'il arrive que le cours
« des recherches qu'il continue en ce moment
« le conduise au cap Turnagain, en cet endroit,
« et qu'il y trouve la preuve de la visite que
« nous y avons faite, nous savons ce que c'est
« pour le voyageur errant dans ces solitudes, de

« trouver des traces qui lui rappellent sa patrie et
« ses amis, et nous pourrions presque lui envier
« ce bonheur imaginaire. »

Le sentiment de patrie exprimé au milieu de
ces souffrances inouies et de ces affreux climats ;
ces noms confiés à un monument de neige et
qui ne seront pas retrouvés ; cette gloire inconnue reposant sous quelques pierres, s'adressant
du fond d'une solitude éternelle à une postérité
qui n'existera jamais ; ces paroles écrites qui ne
parleront point dans ces régions muettes, ou
qui s'éteindront sous le bruit des glaces brisées
par une tempête qu'aucune oreille n'entendra ;
tout cet ensemble de choses, étonne. Mais la
première émotion passée, on trouve, en dernier
résultat, que la mort est au bout de tout : la vie
et la mémoire de l'homme se perdent sur tous
les rivages, dans le silence et les glaces de la
tombe.

Voyez l'infortuné Jacquemont mourir loin de
la France environné de toutes les populations
de l'Indostan : sa voix est-elle moins poignante
que celle de ces marins se souvenant de leur
pays, dans les solitudes hyperboréennes? Couché
sur le dos, parce qu'il n'avait plus la force de se
tenir assis, il traçait au crayon, le 1er décembre 1832, ce billet à son frère :

« Ma fin, si c'est elle qui s'approche, est douce
« et tranquille. Si tu étais là assis sur le bord de
« mon lit, avec notre père et Frédéric, j'aurais
« l'ame brisée et ne verrais pas venir la mort
« avec cette résignation et cette sérénité. Con-
« sole-toi ; console notre père ; consolez-vous
« mutuellement, mes amis.

« Mais je suis épuisé par cet effort d'écrire.
« Il faut vous dire adieu ! adieu ! Oh ! que vous
« êtes aimés de votre pauvre Victor ! — Adieu
« pour la dernière fois. »

Les voyageurs modernes de la France, peuvent
lutter dans leurs descriptions avec les tableaux
présentés par les voyageurs anglais : vous ne
trouveriez dans les peintures de l'Inde, rien
d'aussi brillant que cette description de M. de La-
martine. Sous les pins, dans le sable foulé des
chameaux, au milieu des caravanes, aux rayons
du soleil de la Syrie, le lecteur aimera à se ré-
chauffer en sortant de cette terre sans arbres,
de ce sable de neige, marqué par les pas des
renards et des ours, de ces huttes de frimas
éclairées par ce que le capitaine Ross appelle
le *crépuscule du midi*.

« A une demi-lieue environ de la ville, du côté
« du levant, l'émir Fakardin a planté une forêt

« de pins parasols sur un plateau sablonneux, qui
« s'étend entre la mer et la plaine de Bagdhad,
« beau village arabe au pied du Liban : l'émir
« planta, dit-on, cette magnifique forêt pour
« opposer un rempart à l'invasion des immenses
« collines de sable rouge qui s'élèvent un peu
« plus loin et qui menaçaient d'engloutir Bayruth
« et ses riches plantations. La forêt est devenue
« superbe; les troncs des arbres ont soixante et
« quatre-vingts pieds de haut d'un seul jet, et ils
« étendent de l'un à l'autre leurs larges têtes
« immobiles qui couvrent d'ombres un espace
« immense; des sentiers de sable glissent sous les
« troncs des pins et présentent le sol le plus doux
« aux pieds des chevaux. Le reste du terrain est
« couvert d'un léger duvet de gazon semé de
« fleurs du rouge le plus éclatant; les oignons
« de jacinthes sauvages sont si gros, qu'ils ne
« s'écrasent pas sous le fer des chevaux. A travers
« les colonnades de ces troncs de sapin, on voit
« d'un côté les dunes blanches et rougeâtres de
« sable, qui cachent la mer, de l'autre la plaine
« de Bagdhad et le cours du fleuve dans cette
« plaine, et un coin du golfe, semblable à un
« petit lac, tant il est encadré par l'horizon des
« terres, et les douze ou quinze villages arabes
« jetés sur les dernières pentes du Liban, et
« enfin les groupes du Liban même, qui font le

« rideau de cette scène. La lumière est si nette et
« l'air si pur, qu'on distingue à plusieurs lieues
« d'élévation les formes des cèdres ou des carou-
« biers sur les montagnes, ou les grands aigles
« qui nagent sans remuer leurs ailes dans l'océan
« de l'éther. Ce bois de pins est certainement le
« plus magnifique de tous les sites que j'ai vus
« dans ma vie. Le ciel, les montagnes, les neiges,
« l'horizon bleu de la mer, l'horizon rouge et
« funèbre du désert de sable; les lignes serpen-
« tantes du fleuve; les têtes isolées des cyprès;
« les grappes des palmiers épars dans la cam-
« pagne; l'aspect gracieux des chaumières cou-
« vertes d'orangers et de vignes retombant sur
« les toits; l'aspect sévère des hauts monastères
« maronites faisant de larges taches d'ombre ou
« de larges jets de lumière sur les flancs ciselées
« du Liban; les caravanes de chameaux chargés
« des marchandises de Damas, qui passent silen-
« cieusement entre les troncs d'arbres; des
« bandes de pauvres Juifs montés sur des ânes,
« tenant deux enfans sur chaque bras; des
« femmes enveloppées de voiles blancs, à cheval,
« marchant au son du fifre et du tambourin,
« environnées d'une foule d'enfans vêtus d'étoffes
« rouges bordées d'or, et qui dansent devant
« leurs chevaux; quelques cavaliers arabes cou-
« rant le dgérid autour de nous sur des chevaux

« dont la crinière balaie littéralement le sable ;
« quelques groupes de Turcs assis devant un
« café bâti en feuillage, et fumant la pipe ou fai-
« sant la prière ; un peu plus loin les collines
« désertes de sable sans fin, qui se teignent d'or
« aux rayons du soleil du soir, et où le vent sou-
« lève des nuages de poussière enflammée ; enfin,
« le sourd mugissement de la mer qui se mêle au
« bruit musical du vent dans les têtes de sapins,
« et au chant de milliers d'oiseaux inconnus ;
« tout cela offre à l'œil et à la pensée du prome-
« neur le mélange le plus sublime, le plus doux,
« et à la fois le plus mélancolique qui ait jamais
« enivré mon ame ; c'est le site de mes rêves, j'y
« reviendrais tous les jours. »

Le lecteur sera sur ce site de l'avis du poète : il
y reviendra.

ROMANS. TRISTES VÉRITÉS QUI SORTENT DES LONGUES CORRESPONDANCES. STYLE ÉPISTOLAIRE.

Les romans, toujours à la fin du dernier siècle, avaient été compris dans la proscription générale. Richardson dormait oublié; ses compatriotes trouvaient dans son style des traces de la société inférieure, au sein de laquelle il avait vécu. Fielding se soutenait bien ; Sterne , entrepreneur d'originalité, était passé. On lisait encore *le Vicaire de Wakefield.*

Si Richardson n'a pas de style (ce dont nous ne sommes pas juges nous autres étrangers), il ne vivra pas, parce qu'on ne vit que par le style. En vain on se révolte contre cette vérité : l'ouvrage le mieux composé, orné de portraits d'une bonne ressemblance, rempli de mille autres perfections, est mort-né si le style manque. Le style, et il y en a de mille sortes, ne s'apprend pas ; c'est le don du ciel, c'est le talent. Mais si Richardson n'a été abandonné que pour certaines locutions bourgeoises, insupportables à une société élégante, il pourra renaître ; la révolution

qui s'opère en abaissant l'aristocratie et en élevant les classes moyennes, rendra moins sensibles, ou fera disparaître les traces des habitudes
de ménage et d'un langage inférieur.

Les romans en lettres (vu l'espace étroit dans
lequel l'action et les personnages sont renfermés) manquent d'un intérêt triste et d'une vérité
philosophique qui sortent de la lecture des cor-
respondances réelles. Prenez, par exemple, les
œuvres de Voltaire; lisez la première lettre,
adressée en 1715 à la marquise de Mimeure, et
le dernier billet écrit le 26 mai 1778, quatre
jours avant la mort de l'auteur, au comte de Lally
Tolendal; réfléchissez sur tout ce qui a passé
dans cette période de soixante-trois années.

Voyez défiler la longue procession des morts:
Chaulieu, Cideville, Thiriot, Algarotti, Genon-
ville, Helvétius; parmi les femmes, la princesse
de Bareith, la maréchale de Villars, la marquise
de Pompadour, la comtesse de Fontaine, la
marquise Du Châtelet, madame Denis, et ces
créatures de plaisir qui traversent en riant la
vie, les Lecouvreur, les Lubert, les Gaussin, les
Sallé, les Camargo; Terpsichores *aux pas
mesurés par les Grâces*, dit le poète, et dont les
cendres légères sont aujourd'hui foulées par les
danses aériennes de Taglioni.

Quand vous suivez quelque temps la même

correspondance, vous tournez la page, et le nom écrit d'un côté ne l'est plus de l'autre ; un nouveau Génonville, une nouvelle Du Châtelet paraissent et vont, à vingt lettres de là, s'abîmer sans retour : les amitiés succèdent aux amitiés, les amours aux amours.

L'illustre vieillard s'enfonçant dans ses années, cesse d'être en rapport, excepté par la gloire, avec les générations qui s'élèvent ; il leur parle encore du désert de Ferney, mais il n'a plus que sa voix au milieu d'elles. Qu'il y a loin des vers au fils unique de Louis XIV,

> Noble sang du plus grand des rois,
> Son amour et notre espérance, etc.

Aux stances à madame Du Deffant !

> Eh quoi ! vous êtes étonnée
> Qu'au bout de quatre-vingts hivers
> Ma muse faible et surannée
> Puisse encor fredonner des vers !
> . . . .
> Quelquefois un peu de verdure
> Rit sous les glaçons de nos champs ;
> Elle console la nature,
> Mais elle sèche en peu de temps.

Le roi de Prusse, l'impératrice de Russie, toutes les Grandeurs, toutes les Célébrités de la terre reçoivent à genoux, comme un brevet d'immortalité, quelques mots de l'écrivain qui vit mourir Louis XIV, passer Louis XV et son siè-

cle, naître et régner Louis XVI, et qui, placé
entre le Grand roi et le roi Martyr, est à lui seul
toute l'histoire de France de son temps.

Mais une correspondance particulière entre
deux personnes qui se sont aimées, offre peut-
être encore quelque chose de plus triste, car
ce ne sont plus les *hommes*, c'est l'*homme* que
l'on voit.

D'abord les lettres sont longues, vives, mul-
tipliées ; le jour n'y suffit pas : on écrit au coucher du soleil ; on trace quelques mots au clair de
la lune, chargeant la lumière chaste, silencieuse,
discrète, de couvrir de sa pudeur mille désirs.
On s'est quitté à l'aube ; à l'aube on épie la première clarté pour écrire ce que l'on croit avoir
oublié de dire dans des heures de délices. Mille
sermens couvrent le papier où se réflètent les
roses de l'aurore ; mille baisers sont déposés sur
les mots brûlans qui semblent naître du premier
regard du soleil : pas une idée, une image, une
rêverie, un accident, une inquiétude qui n'ait sa
lettre.

Voici qu'un matin quelque chose de presque
insensible, se glisse sur la beauté de cette passion, comme une première ride sur le front
d'une femme adorée. Le souffle et le parfum de
l'amour expirent dans ces pages de la jeunesse,
comme une brise s'alanguit le soir sur des fleurs:

on s'en aperçoit, et l'on ne veut pas se l'avouer.
Les lettres s'abrégent, diminuent en nombre, se
remplissent de nouvelles, de descriptions, de
choses étrangères : quelques-unes ont retardé,
mais on est moins inquiet ; sûr d'aimer et d'être
aimé, on est devenu raisonnable ; on ne gronde
plus ; on se soumet à l'absence. Les sermens
vont toujours leur train ; ce sont toujours les
mêmes mots, mais ils sont morts ; l'ame y manque : *Je vous aime* n'est plus là qu'une expression
d'habitude, un protocole obligé, le *j'ai l'honneur
d'être* de toute lettre d'amour. Peu à peu le style
se glace, ou s'irrite. Le jour de poste n'est plus
impatiemment attendu ; il est redouté ; écrire
devient une fatigue. On rougit en pensée des
folies que l'on a confiées au papier ; on voudrait
pouvoir retirer ses lettres et les jeter au feu.
Qu'est-il survenu ? Est-ce un nouvel attachement qui commence ou un vieil attachement
qui finit ? N'importe : c'est l'amour qui meurt
avant l'objet aimé.

Vive les romans en lettres et sans lettres, où
les sentimens ne se détruisent que par la violence,
où ils ne cèdent jamais à ce travail caché au fond
de la nature humaine ; fièvre lente du temps qui
produit le dégoût et la lassitude, qui dissipe toute
illusion et tout enchantement, qui mine nos passions, fane nos amours et change nos cœurs,

comme elle change nos cheveux et nos années.

Cependant il est une exception à cette infir-
mité des choses humaines : il arrive quelquefois
que dans une ame forte , un amour dure assez
pour se transformer en amitié passionnée, pour
devenir un devoir, pour prendre les qualités de la
vertu ; alors il perd sa défaillance de nature et vit
de ses principes immortels. Richardson a merveil-
leusement représenté une passion de cette sorte ,
dans le caractère de Clémentine.

Au surplus, en laissant à part les lettres fictives
des romans et ne considérant que la langue épis-
tolaire, les Anglais n'ont rien à comparer aux
lettres de madame de Sévigné : les lettres de Pope,
de Swift , d'Arbuthnot, de Bolingbroke, de Lady
Montague et enfin celles de Junius, que l'on croit
être de sir Philip Francis , sont des Ouvrages
et non des Lettres ; elles ont plus ou moins de
rapport avec les lettres de Pline le jeune et de
Voiture. Je préférerais , pour mon goût, quelques lettres de l'infortuné lord Russel, de lady
Russel, de mis Anne Seward , et le peu que l'on
connaît des lettres de lord Byron.

NOUVEAUX ROMANS.

De *Clarisse* et de *Tome Jones* sont sorties les deux principales branches de la famille des romans modernes anglais, les romans à tableaux de famille et drames domestiques, les romans à aventures et à peintures de la société générale. Après Richardson les mœurs de l'*ouest* de la ville firent une irruption dans le domaine des fictions: les romans se remplirent de châteaux, de lords et de ladies, de scènes aux eaux, d'aventures aux *courses* de chevaux, au bal, à l'Opéra, au Ranelagh, avec un *chit-chat*, un caquetage, qui ne finissait plus. La scène ne tarda pas à se transporter en Italie ; les amans traversèrent les Alpes avec des périls effroyables et des douleurs d'ame à attendrir les lions : *le lion répandit des pleurs !* Un jargon de bonne compagnie fut adopté : or les modes de mots, les affectations d'un certain langage, d'une certaine prononciation, changeant dans la haute société anglaise presque à chaque session parlementaire; un honnête lecteur est tout ébahi de ne plus savoir l'anglais qu'il croyait savoir six mois auparavant. En 1822, lors de mon ambassade à Londres, le *fashionable* devait offrir, au premier coup d'œil, un homme malheureux et malade; il devait avoir quelque chose de négligé dans sa personne, les ongles longs, la barbe non pas entière, non pas rasée, mais grandie un moment par surprise, par oubli, pendant les préoccupations du désespoir : mèche de cheveux au vent, regard profond, sublime, égaré et fatal; lèvres contractées en dédain de la nature humaine; cœur ennuyé, byronnien, noyé dans le dégoût et le mystère de l'être.

Aujourd'hui le *dandy* doit avoir un air conquérant, léger, insolent; il doit soigner sa toilette, porter des moustaches ou une barbe taillée en rond comme la fraise de la reine Elisabeth, ou comme le disque radieux du soleil; il décèle la fière indépendance de son caractère en gardant son chapeau sur sa tête, en se roulant sur les sophas, en alongeant ses bottes au nez des ladies assises en admiration sur des chaises devant lui. Il monte à cheval avec une canne, qu'il porte comme un cierge, indifférent au cheval qui est entre ses jambes, par hasard. Il faut que sa santé soit parfaite, et son ame toujours au comble de cinq ou six félicités. Quel-

ques *dandys* radicaux les plus avancés vers
l'avenir, ont une pipe. Mais sans doute tout cela
est changé, dans le temps même que je mets à
le décrire.

Le roman est obligé, sous peine de mort, de
suivre le mouvement de *l'ouest* de Londres.
Vingt jeunes femmes travaillant jour et nuit,
n'écrivent pas assez vite pour rester dans la vérité des mœurs d'un bout du roman à l'autre :
si malheureusement leur ouvrage a trois petits
volumes, nombre exigé par les libraires, le premier chapitre est déjà vieilli, lorsqu'elles arrivent
au dernier.

Dans ces milliers de romans, qui ont inondé
l'Angleterre depuis un demi-siècle, deux ont
gardé leur place, *Caleb William* et *le Moine*.
Dans tous les autres beaucoup de talent et d'esprit est disséminé, comme on éparpille des dons
précieux, des qualités rares, dans des feuil-
letons et des articles de journaux. Les ouvrages
d'Anne Radcliffe font une espèce à part. Ceux
de mistriss Barbauld, de miss Edgeworth, de
miss Burnett, etc., ont, dit-on, beaucoup de
chances de vivre.

« Il y devroit, dit Montaigne, avoir coertion
« des loix, contre les *escrivains* ineptes et inu-
« tiles, comme il y a contre les vagabonds et

« fainéants. On banniroit des mains de notre
« peuple, et moy et cent autres. L'*escrivaillerie*
« semble être quelque symptosme d'un siècle
« desbordé. Quand écrivîmes-nous tant, que
« depuis que nous sommes en trouble? Quand
« les Romains, tant que lors de leur ruine? »

Je n'ai presque point parlé des femmes anglaises qui ont brillé jadis, ou qui brillent maintenant dans les lettres, parce que j'aurais été
entraîné, en suivant mon plan, à des parallèles
que je ne veux point faire. Madame de Staël
domine son époque, et ses ouvrages sont restés.
Quelques Françaises se distinguent aujourd'hui
par un rare mérite d'écrivain : une d'entre elles
a ouvert une route où elle sera peu suivie, mais
par laquelle elle arrivera certainement à l'avenir.
Les femmes, quand elle ont du génie, y mêlent
des secrets qui font une partie du charme de leur
talent et qu'on n'en peut séparer : or, personne
n'a le droit d'entrer dans ces mystères de la
femme et de la muse. Enfin le talent change souvent d'objet et de nature; il faut savoir attendre
pour l'admirer dans ses modes divers. Plusieurs
ont été séduites et comme enlevées par leurs
jeunes années : ramenées au foyer maternel par
le désenchantement, elles ont ajouté à leur lyre
la corde grave ou plaintive sur laquelle s'exprime
la religion ou le malheur.

WALTER SCOTT. LES JUIVES.

Mais ces écoles diverses de romanciers séden-
taires, de romanciers voyageurs en diligence
ou en calèche, de romanciers de lac et de
montagne, de romanciers de ruines et de fan-
tômes, de romanciers de villes et de salons,
sont venues se perdre dans la nouvelle école de
Walter Scott, de même que la poésie s'est préci-
pitée sur les pas de lord Byron.

L'illustre peintre de l'Écosse me semble avoir
créé un genre faux; il a, selon moi, perverti
le roman et l'histoire : le romancier s'est mis à
faire des romans historiques, et l'historien des
histoires romanesques. J'en parle avec un peu
d'humeur parce que moi qui tant décrivis, aimai,
chantai, vantai les vieux temples chrétiens, à
force d'en entendre rabâcher, j'en meurs d'ennui:
il me restait pour dernière illusion une cathédrale; on me la fait prendre en grippe.

Quand un auteur jouit d'une réputation générale dans son pays; quand cette réputation s'est

soutenue, pendant un grand nombre d'années,
il n'appartient à personne, et surtout il n'appartient pas à un étranger, de contester les titres de
cette réputation; ils sont établis sur les bases les
plus solides : le vrai génie de la langue, l'instinct
national et le consentement de l'opinion. Cela
suppose toujours des qualités du premier ordre.

Je me récuse donc comme juge de tel auteur
anglais, dont le mérite ne me paraît pas atteindre ce degré de supériorité qu'il a aux yeux de
ses compatriotes. Si dans Walter Scott, je suis
obligé de passer souvent des conversations inter-
minables; si je n'y rencontre pas toujours cette
nature choisie, cette perfection de scènes, cette
originalité, ces pensées, ces traits que je trouve
dans Manzzoni et dans plusieurs de nos romanciers modenes, c'est ma faute. Mais un des
grands mérites de Walter Scott, à mes yeux,
c'est de pouvoir être mis entre les mains de tout
le monde : il faut de plus grands efforts de talent
pour intéresser en restant dans l'ordre, que pour
plaire en passant toute mesure; il est moins
facile de régler le cœur, que de le troubler.

Burke retint la politique de l'Angleterre dans
le passé; Walter Scott refoula les Anglais jusqu'au
moyen-âge : tout ce qu'on écrivit, fabriqua, bâtit,
fut gothique : livres, meubles, maisons, églises,
châteaux. Mais les Lairds de la Grande Charte

sont aujourd'hui des *fashionables* de Bond-Street ;
race frivole qui campe dans des manoirs antiques,
en attendant l'arrivée des deux grands barons
modernes, l'Égalité et la Liberté, qui s'apprêtent
à les en chasser.

Walter Scott ne moule pas, comme Richardson,
sur le type intérieur de l'homme ; il reproduit de
préférence l'extérieur du personnage ; ses *fantaisies* ont un grand charme, témoin le portrait
de la Juive dans *Ivanhoe*.

« Rebecca montrait avec avantage sa taille
« d'une proportion exquise, dans une espèce
« d'habillement oriental, à la mode des femmes
« de sa nation. Son turban de soie jaune seyait
« à son teint rembruni. L'éclat de ses yeux, l'arc
« superbe de ses sourcils, son nez aquilin par-
« faitement formé, ses dents aussi blanches que
« des perles, ses tresses noires, chacune roulée
« en spirale, tombant avec profusion sur son sein
« et son col de neige, comme une simarre de la
« plus riche soie de Perse, entremêlée de fleurs ;
« tout cela composait un ensemble de charmes
« qui ne le cédait point aux agréables vierges
« dont la belle juive était entourée. Un corset
« d'or et de perles serrait la taille de Rebecca
« depuis la gorge jusqu'à la ceinture, s'entr'ou-
« vrait dans la partie supérieure et laissait voir

« un collier de diamans orné de pendans d'un
« prix inestimable. Une plume d'autruche se rat-
« tachait avec une agrafe de pierrerie au turban
« de la fille de Sion.... elle ressemblait à l'épouse
« des cantiques : *The very bride of the canticles.* »

Fontanes, cet ami que je regretterai éternellement, me demandait un jour pourquoi dans
la race juive, les femmes sont plus belles que les
hommes : je lui en donnai une raison de poète
et de chrétien. Les juives, lui dis-je, ont échappé
à la malédiction dont leurs pères, leurs maris et
leurs fils ont été frappés. On ne trouve aucune
juive mêlée dans la foule des prêtres et du peuple
qui insulta le Fils de l'Homme, le flagella, le cou-
ronna d'épines, lui fit subir les ignominies et les
douleurs de la croix. Les femmes de la Judée cru-
rent au Sauveur, l'aimèrent, le suivirent, l'assis-
tèrent de leur bien, le soulagèrent dans ses
afflictions. Une femme, à Béthanie, versa sur sa
tête le nard précieux qu'elle portait dans un
vase d'albâtre ; la pécheresse répandit une huile
de parfum sur ses pieds, et les essuya avec ses
cheveux. Le Christ, à son tour, étendit sa miséricorde et sa grâce sur les juives ; il ressuscita le
fils de la veuve de Naïm et le frère de Marthe ;
il guérit la belle-mère de Simon et la femme
qui toucha le bas de son vêtement : pour la Sama-

ritaine il fut une source d'eau vive, un juge compatissant pour la femme adultère. Les filles de Jérusalem pleurèrent sur lui, les Saintes femmes l'accompagnèrent au Calvaire, achetèrent du baume et des aromates, et le cherchèrent au sépulcre en pleurant : *Mulier, quid ploras?* Sa première apparition après sa résurrection fut à Madeleine; elle ne le reconnaissait pas; mais il lui dit : « Marie ! » Au son de cette voix les yeux de Madeleiné s'ouvrirent, et elle répondit : « Mon maître ! » Le reflet de quelque beau rayon sera resté sur le front des juives.

Fontanes parut satisfait de ces raisons, concluantes en effet pour les *doctes sœurs*.

ÉCOLE DES LACS. POÈTES DES CLASSES INDUSTRIELLES.

En même temps que le roman passait à l'état *romantique*, la poésie subissait une transformation semblable. Cowper abandonna l'école française pour faire revivre l'école nationale; Burns, en Écosse, commença la même révolution. Après eux vinrent les restaurateurs des ballades : Coleridge, Wordsworth, Southey, Wilson, Campbell, Thomas Moore, Crabbe, Georges Samuel, Rogers, Bary Cornwall, Shelley, Barton, Clare, Cunningham, Hogg, ont amené cette poésie jusqu'à nos jours. *Gertrude of Wyoming* de Thomas Campbell, *Lalla-Rook* de Thomas Moore, *les Plaisirs de la mémoire*, par Samuel Rogers, ont obtenu un grand succès. Plusieurs de ces poètes appartiennent à ce qu'on appelait *Lake School* (l'École des lacs), parce qu'ils chantaient les sites des lacs de Westmoreland.

Thomas Moore, Campbell, Rogers, Shelley, White, Crabbe, Wordsworth, Southey, Coleridge,

Mathurin, Hunt, Knowles, lord Holland, vivent encore pour l'honneur des lettres anglaises : mais il faut être né Anglais pour apprécier tout le mérite d'un genre intime de composition, qui se fait particulièrement sentir aux hommes du sol. Je ne sais s'il serait possible de bien rendre en français les *mélodies* de Thomas Moore, le Barde d'Erin : appliquez cette remarque à ces petites pièces de poésie de noms divers, qui charment l'esprit et l'oreille d'un Anglais, d'un Irlandais, d'un Écossais. Le lyrique Burns dont Campbell a célébré la mort, et le chansonnier des matelots, Dibdin, sont des enfans de la terre britannique ; ils ne pourraient vivre dans leur énergie et leur grâce, sous un autre soleil. Nous prétendons comprendre Anacréon et Catulle : je suis persuadé que la finesse attique et l'urbanité romaine nous échappent.

L'Angleterre a vu de temps en temps des poètes sortir des classes industrielles : Bloomfield, garçon cordonnier, est auteur du Garçon de ferme (*the Farmer's Boy*), poëme dont la langue est extrêmement savante. Aujourd'hui c'est un forgeron qui brille : Vulcain était fils de Jupiter (1). Hogg qui vient de mourir, le premier

(1) On peut lire dans un des numéros du *National*, un article excellent sur ces auteurs anglais de la classe du peuple.

poëte de l'Écosse après Burns, était un fermier. Nous avons aussi nos muses du peuple : je
ne parlerai point de la belle Cordière et de
Clémence de Bourges, parce qu'en dépit de
leurs talens et de leurs noms, elles étaient
riches ; maître Adam, menuisier de Nevers, s'oppose mieux au cordonnier anglais. A présent
même, J.-C. Jouvenot, *ancien artisan serrurier*,
a donné deux volumes de poëmes, de comédies
et de tragédies. Reboul, boulanger à Nîmes,
adresse à une mère ces stances d'une poétique
et touchante inspiration :

L'ANGE ET L'ENFANT.

A UNE MÈRE.

Un ange au radieux visage,
Penché sur le bord d'un berceau,
Semblait contempler son image
Comme dans l'onde d'un ruisseau.

« Charmant enfant qui me ressemble,
« Disait-il, oh! viens avec moi :
« Viens, nous serons heureux ensemble,
« La terre est indigne de toi.

« Là , jamais entière allégresse;
« L'ame y souffre de ses plaisirs;
« Les cris de joie ont leur tristesse ;
« Les voluptés ont leurs soupirs.

« Eh ! quoi ! les chagrins, les alarmes,
« Viendraient troubler ce front si pur,
« Et par l'amertume des larmes,
« Se terniraient ces yeux d'azur !

« Non , non, dans les champs de l'espace
« Avec moi tu vas t'envoler ;
« La Providence te fait grâce
« Des jours que tu devais couler. »

Et secouant ses blanches ailes,
L'ange à ces mots a pris l'essor
Vers les demeures éternelles..........
Pauvre mère , ton fils est mort.

Si M. Reboul a pris femme parmi les filles de Cérès et que cette femme devienne sa muse, la France aura sa Fornarina.

Voici quelques vers d'un facteur de la poste aux lettres, au bureau de Poligny :

ÉLÉGIE AUX MANES DE MARIE GRAND.

Son aurore était belle ; elle était à cet âge
Où l'aimable langueur qui pâlit le visage
Donne aux yeux tant de charme et parle à tant de cœurs !
Elle était à cet âge où l'on verse des pleurs.

O pleurs délicieux !....... Sa paupière arrosée,
Payait à la nature une douce rosée.
Déjà dans ses yeux bleus on voyait chaque jour
Éclore, puis mourir un beau rayon d'amour.

. . . .

Elle était. . . . .
Tendre comme l'agneau qui bêle à la colline
Quand son dos caressant vers la brebis s'incline.
Hélas ! tant de vertus ne devraient point finir.
Pourquoi n'en reste-t-il, hélas ! qu'un souvenir ?
Cette fleur si jolie, à peine boutonnée,
Avant d'avoir été va se voir moissonnée.
Un jour nous étions seuls, j'étais près de son lit,
Sa figure éprouvait un sentiment subit ;
Elle tendit les bras, et nos cœurs s'enlacèrent ;
Nos soupirs confondus ensemble s'étouffèrent !
Cette heure si cruelle était pour nous des jours :
Cette heure vit encore, et je pleure toujours.

LA PRINCESSE CHARLOTTE. KNOX.

Je viens de nommer Hogg le dernier poète des chaumières des Trois royaumes ; je dirai quelques mots de la dernière muse des palais britanniques, afin qu'on voie tout mourir dans ce siècle de mort. La princesse Charlotte d'Angleterre a chanté les beautés de Clermont :

To Claremont's terrac'd heights and Esher groves,
Where, in the sweet solitude, embraced
By the soft windings of the silent muse,
From courts and cities Charlotte find repose :
Enchanting vale ! beyond whae'er the muse
Has of Achaia, of Hesperia sung.
O vale of bliss ! o softly swelling hills,
On which the power of cultivation lies
And joys to see the wonders of this soil !

« Terrasses élevées de Claremont ! bocages
« d'Esher ! c'est dans votre paisible solitude que,
« bercée par les doux accens de sa muse modeste,
« Charlotte trouve le repos loin des cités et des
« cours ! Vallon enchanteur ! bien au-dessus de
« tout ce qu'ont célébré les chantres de la Grèce

« et de l'Ausonie! O vallée du bonheur! ô collines
« doucement inclinées, sur lesquelles le génie
« de la culture s'enorgueillit de voir éclore les
« merveilles de sa puissance (1)! »

Quand on voit cette reine présumée rêver si
jeune et si heureuse dans les bocages d'Esher,
on peut croire qu'elle eût descendu dans la tombe
avec moins de peine du haut du trône d'Elisabeth
que du haut des terrasses de Clermont. J'avais
vu cette princesse enfant dans les bras de sa
mère; je ne l'ai point retrouvée en 1822, à
Windsor, auprès de son père. Ces vols que la
mort commet sans cesse au milieu de nous, nous
surprennent toujours : mais qui sait si ce n'est
pas par un effet de sa miséricorde, que la Providence a retiré sitôt du monde la fille de
Georges IV? Que de bonheur en apparence, attendait Marie-Antoinette, quand elle vint poser à
Versailles, sur sa belle tête, la plus belle couronne du monde! Abreuvée d'outrages quelques
années plus tard, elle ne trouvait pas une voix
en France, qui dit : paix à ses douleurs! L'auguste victime n'était chantée qu'en terre étrangère par des fugitifs ou par des étrangers : l'abbé

(1) J'emprunte ce texte et cette traduction à une biographie
nouvellement publiée.

Delille demandait des expiations à sa lyre fidèle;
Alfieri composait l'admirable sonnet :

Regina sempre !

Knox pleurait la captivité de la reine veuve et
martyre :

> If thy breast soft pity knows,
>   O ! drop a tear with me ;
> Feel for th' unexampled woes
>   Of widow'd royalty.
>
> Fallen, fallen from a throne !
>   Lo ! beauty, grandeur, pow'r ;
> Hark ! 'tis a queen's, a mother's moan ;
>   From yonder dismal tow'r,
>
> I hear her say, or seem to say,
>   « Ye who listen to my story,
> Learn how transient beauty's day,
>   How unstable human glory ! »

« Si ton sein connaît la douce pitié, oh! ré-
« pands avec moi une larme! laisse-toi toucher
« par les malheurs sans exemple de la veuve
« royale.

« Tombée, tombée du trône ! Regardez la
« beauté, la grandeur, la puissance ! Écoutez !

« c'est le gémissement d'une reine, d'une mère:
« Là, du fond de cette affreuse tour,

    « Je l'entends qui dit, ou qui semble dire :
« Vous qui prêtez l'oreille à mon histoire, ap-
« prenez combien est rapide le jour de la beauté,
« combien inconstante la gloire humaine !

CHANSONS. LORD DORSET. BÉRANGER.

La chanson, aussi ancienne en Angleterre qu'elle l'est dans le royaume de saint Louis, a pris toutes les formes : elle se change en hymne pour la religion ; elle reste chanson pour les mille riens et les mille accidens de la vie, gais ou tristes. *Les Marins* (the Seamen) de lord Dorset, sont une composition d'une verve élégante. J'en prends la traduction littérale dans la poétique anglaise de M. Hennet.

A vous, Mesdames, qui êtes à présent sur terre,
  Nous, qui sommes sur mer, nous écrivons ;
Mais d'abord nous voudrions vous faire comprendre
  Combien il est difficile d'écrire ;
Tantôt les muses, et tantôt Neptune,
Nous devons implorer pour vous écrire
  Avec un fa, la, la, la, la, la.

Car les muses auraient beau nous être propices,
  Et remplir nos cerveaux vides,
Si le fier Neptune soulève le vent
  Pour agiter la plaine azurée,
  Nos papiers, plume, encre, et nous,

Roulons avec le vaisseau sur la mer,
Avec un fa, la, la, la, la, la.

Donc, si nous n'écrivons pas à chaque poste,
Ne nous accusez pas d'indifférence ;
N'en concluez pas non plus que nos vaisseaux sont pris
Par les Hollandais ou par le vent :
Nous vous enverrons nos larmes par un chemin plus prompt ;
Le flux vous les portera deux fois par jour
Avec un fa, la, la, la, la, la.

Mais à présent nos craintes deviennent plus orageuses
Et renversent nos espérances,
Lorsque vous, sans égards pour nos maux,
Vous vous asseyez avec insouciance au spectacle
Et permettez peut-être à quelque homme plus heureux,
De vous baiser la main ou de jouer avec votre éventail
Avec un fa, la, la, la, la, la.

Or maintenant que nous avons exprimé tout notre amour
Et en même temps toutes nos craintes,
Dans l'espoir que cette déclaration excitera
Quelque pitié pour nos pleurs,
Puissions-nous n'apprendre jamais d'inconstance ;
Nous en avons assez sur mer,
Avec un fa, la, la, la, la, la.

Un couplet de l'original donnera l'idée du rhythme :

And now we've told you all our loves
And likewise al our fears,
In hope this declaration moves

       Some pity for our tears;
Let's hear of no inconstancy;
We have too much of that at sea
       With a fa , la , la , la , la , la.

C'est la chanson française au xviiie siècle.

Une très jolie chansonnette, *le Pigeon*, représente une jeune femme envoyant un message
à son amant.

       Why tarries my love,
       Why tarries my love,
Why tarries my love from me?
       Come hither , my dove,
       I'll write to my love
And send him a letter by thee. etc.

       Pourquoi tarde mon amour ,
       Pourquoi tarde mon amour,
Pourquoi tarde mon amour loin de moi ?
       Viens ici , ma colombe ;
       J'écrirai à mon amour ,
Et lui enverrai la lettre par toi.

       Je l'attacherai à ta patte ,
       Je l'attacherai à ta patte ,
Je l'attacherai bien fort avec un ruban.
       — Ah! non pas à ma patte ,
       Belle lady , je vous prie,
Mais attachez-la sous mon aile.

       Elle mit à son cou ,
       Elle mit à son cou

Un grelot et un collier si jolis.
Elle attacha à son aile
Le rouleau avec un ruban,
Et le baisa, puis l'envoya dehors.

Le *Gode save the king*, le *Rule Britannia*, de
Thomson, la ballade de Burns

Scots, who have with Wallace bled.

Écossais, qui avez répandu votre sang avec Wallace, etc.,

doivent rester dans leur langue naturelle. On
admire surtout de Burns les *Two dogs*, le *Cottier's
saturday night* : il a plusieurs chansons à boire ;
quelques-unes décrivent des scènes de village.
Toutes ces pièces pleines d'*humour*, n'ont pas la
verve des refrains de Désaugiers.

Mais si Thibaut, comte de Champagne, l'emporta sur tous les Thibaut anglais du trei-
zième siècle, Béranger, dans le dix-neuvième,
laisse loin derrière lui tous les Béranger de la
Grande-Bretagne. L'art n'ôte rien au succès
auprès de la foule, quand il est réuni au vrai
talent : les chansons de Béranger, composées
avec le soin que Racine mettait à ses vers, et
qui sont, pour ainsi dire, travaillées à la loupe,
sont descendues aux classes inférieures de la

société ; le peuple les a apprises par cœur,
comme les écoliers apprennent le *récit de Théra-
mène.* Ainsi que La Fontaine dans la fable, Béranger dans la chanson s'élève au plus haut style.
La popularité attachée à des vers de circonstance,
à des moqueries spirituelles, passera, mais des
beautés supérieures resteront. On sent dans les
ouvrages de Béranger, sous une surface de gaieté,
un fond de tristesse qui tient à ce qu'il y a de
sincère et de permanent dans l'ame humaine. Des
couplets tels que ceux-ci seront de toutes les
Frances futures et redits dans tous les temps :

> Vous vieillirez, ô ma belle maîtresse ;
> Vous vieillirez, et je ne serai plus.
> Pour moi le temps semble, dans sa vitesse,
> Compter deux fois les jours que j'ai perdus.
> Survivez-moi ; mais que l'âge pénible
> Vous trouve encor fidèle à mes leçons ;
> Et bonne vieille, au coin d'un feu paisible,
> De votre ami répétez les chansons.

> Lorsque les yeux chercheront sous vos rides
> Les traits charmans qui m'auront inspiré,
> Des doux récits les jeunes gens avides
> Diront : Quel fut cet ami tant pleuré ?
> De mon amour, peignez s'il est possible,
> L'ardeur, l'ivresse, et même les soupçons ;
> Et bonne vieille, au coin d'un feu paisible,
> De votre ami répétez les chansons.

On vous dira : Savait-il être aimable ?
Et sans rougir vous direz : Je l'aimais.
D'un trait méchant se montra-t-il capable ?
Avec orgueil vous répondrez : Jamais.
Ah ! dites bien qu'amoureux et sensible
D'un luth joyeux il attendrit les sons ;
Et bonne vieille, au coin d'un feu paisible,
De votre ami répétez les chansons.

Objet chéri, quand mon renom futile
De vos vieux aus charmera les douleurs,
A mon portrait quand votre main débile
Chaque printemps suspendra quelques fleurs,
Levez les yeux vers ce monde invisible
Où pour toujours nous nous réunissons ;
Et bonne vieille, au coin d'un feu paisible,
De votre ami répétez les chansons.

En sortant de Dieppe, le chemin qui conduit
à Paris monte assez rapidement : à droite, sur
la berge élevée, on voit le mur d'un cimetière ;
le long de ce mur est établi un rouet de corderie.
Un soir du dernier été, je me promenais sur ce
chemin ; deux cordiers marchant parallèlement
à reculons, et se balançant d'une jambe sur
l'autre, chantaient ensemble à demi-voix. Je
prêtai l'oreille ; ils en étaient à ce couplet du
Vieux Caporal :

Qui là-bas sanglote et regarde ?
Eh ! c'est la veuve du tambour.
En Russie, à l'arrière-garde,
J'ai porté son fils nuit et jour.

Comme le père , enfant et femme ,
Sans moi restaient sous les frimas.
Elle va prier pour mon ame.
    Conscrits, au pas.
    Ne pleurez pas.
    Ne pleurez pas.
    Marchez au pas.
Au pas , au pas , au pas , au pas !

Ces hommes prononçaient le refrain : *Conscrits, au pas. Ne pleurez pas..... Marchez au pas, au pas, au pas*, d'un ton si mâle et si pathétique que les larmes me vinrent aux yeux : en marquant eux-mêmes le pas et en dévidant leur chanvre , ils avaient l'air de filer le dernier moment du *Vieux Caporal.* Qui leur avait appris cette complainte ? Ce n'était pas assurément la littérature, la critique, l'admiration enseignée, tout ce qui sert au bruit et au renom ; mais un accent vrai, sorti de quelque part, était arrivé à leur ame du peuple. Je ne saurais dire tout ce qu'il y avait dans cette gloire particulière à Béranger, dans cette gloire solitairement révélée par deux matelots qui chantaient, au soleil couchant, à la vue de la mer, la mort d'un soldat.

23.

BEATTIE.

Chatterton, Burns, Mason, Cowper, moururent pendant mon émigration à Londres
avant 1800 et en 1800 ; ils finissaient le siècle :
je le commençais. Darwin et Beattie moururent
deux ans après mon retour de l'exil.

Beattie avait annoncé l'ère nouvelle de la lyre.
Le *Minstrel*, ou le progrès du génie, est la peinture des premiers effets de la Muse sur un jeune
barde, lequel ignore encore le génie dont il est
tourmenté. Tantôt le poète futur va s'asseoir au
bord de la mer pendant une tempête ; tantôt il
quitte les jeux du village pour écouter à l'écart et
dans le lointain le son des musettes : le poëme
est écrit en stances rimées comme les vieilles
ballades.

. . . .

« Si je voulais invoquer une muse savante,
« mes doctes accords diraient ici quelle fut la
« destinée du *barde* dans les jours du vieux
« temps ; je le peindrais portant un cœur content
« sous de simples habits : on verrait ses cheveux

« flottans et sa barbe blanchie ; sa harpe mo-
« deste, seule compagne de son chemin, répon-
« dant aux soupirs des brises, serait suspendue
« à ses épaules voûtées ; le vieillard, en mar-
« chant, chanterait à demi-voix quelque refrain
« joyeux.

« Mais un pauvre *minstrel* inspire aujourd'hui
« mes vers. . . . .
« Dans les siècles gothiques (comme les vieilles
« ballades le racontent) vivait autrefois un ber-
« ger. Ses ancêtres avaient peut-être habité une
« terre aimée des Muses, les grottes de la Sicile
« ou les vallées de l'Arcadie ; mais lui, il était né
« dans les contrées du Nord, chez une nation fa-
« meuse par ses chansons et par la beauté de ses
« vierges ; nation fière quoique modeste, inno-
« cente quoique libre, patiente dans le travail,
« ferme dans le péril, inébranlable dans sa foi,
« invincible sous les armes.

. . . .
« Edwin n'était pas un enfant vulgaire : son
« œil semblait souvent chargé d'une grave pen-
« sée ; il dédaignait les hochets de son âge, hors
« un petit chalumeau grossièrement façonné ; il
« était sensible, quoique sauvage, et gardait le
« silence quand il était content ; il se montrait
« tour à tour plein de joie et de tristesse, sans
« qu'on en devinât la cause. Les voisins tressail-

« laient et soupiraient à sa vue, et cependant
« le bénissaient. Aux uns il semblait d'une intel-
« ligence merveilleuse ; aux autres il paraissait
« insensé.

« Mais pourquoi dirais-je les jeux de son en-
« fance? il ne se mêlait point à la foule bril-
« lante de ses jeunes compagnons; il aimait à
« s'enfoncer dans la forêt, ou à s'égarer sur le
« sommet solitaire de la montagne. Souvent les
« détours d'un ruisseau sauvage conduisent ses
« pas à des bocages ignorés. Tantôt il descend
« au fond des précipices, du sommet desquels se
« penchent de vieux pins; tantôt il gravit des
« cimes escarpées, où le torrent brille de rocher
« en rocher, où les eaux, les forêts, les vents
« forment un concert immense, que l'écho
« grossit et porte jusqu'aux cieux.

« Quand l'aube commence à blanchir les airs,
« Edwin, assis au sommet de la colline, con-
« temple au loin les nuages de pourpre, l'océan
« d'azur, les montagnes grisâtres, le lac qui brille
« faiblement parmi les bruyères vaporeuses, et
« la longue vallée étendue vers l'occident, où le
« jour lutte encore avec les ombres.

« Quelquefois, pendant les brouillards de l'au-
« tomne, vous le verriez escalader le sommet des
« monts. O plaisir effrayant! debout sur la pointe
« d'un roc, comme un matelot sauvé du naufrage

« sur une côte déserte, il aime à voir les vapeurs
« se rouler en vagues énormes, s'alonger sur
« les horizons, là se creuser en golfe, ici s'ar-
« rondir autour des montagnes. Du fond du
« gouffre, au-dessous de lui, la voix de la ber-
« gère et le bêlement des troupeaux remontent
« jusqu'à son oreille, à travers la brume épaissie.

. . . .

. . . .

« Le romanesque enfant sort de l'asile où il
« s'était mis à couvert des tièdes ondées du midi.
« Elle est passée la pluie de l'orage; maintenant
« l'air est frais et parfumé. Dans l'orient obscur,
« déployant un arc immense, l'iris brille au soleil
« couchant. Jeune insensé qui croit pouvoir saisir
« le glorieux météore! combien vaine est la
« course que ton ardeur a commencée! La bril-
« lante apparition s'éloigne à mesure que tu la
« poursuis. Ah! puisses-tu savoir qu'il en est
« ainsi dans la jeunesse, lorsque nous poursuivons
« les chimères de la vie.

« Quand la cloche du soir chargeait de ses gé-
« missemens la brise solitaire, le jeune Edwin,
« marchant avec lenteur et prêtant une oreille
« attentive, se plongeait dans le fond des vallées;
« tout autour de lui, il croyait voir errer des
« convois funèbres, de pâles ombres, des fan-
« tômes traînant des chaînes ou de longs voiles;

« mais bientôt ces bruits de la mort se perdaient
« dans le cri lugubre du hibou, ou dans les mur-
« mures du vent des nuits, qui ébranlait par inter-
« valles les vieux dômes d'une église.

« Si la lune rougeâtre se penchait à son cou-
« chant sur la mer mélancolique et sombre,
« Edwin allait chercher les bords de ces sources
« inconnues, où s'assemblaient sur les bruyères
« les magiciennes des temps passés. Là, souvent
« le sommeil venait le surprendre, et lui appor-
« tait ses visions.

« Le songe a fui..... Edwin, réveillé avec l'au-
« rore, ouvre ses yeux enchantés sur les scènes
« du matin ; chaque zéphyr lui apporte mille
« sons délicieux ; on entend le bêlement du trou-
« peau, le tintement de la cloche de la brebis,
« le bourdonnement de l'abeille ; la cornemuse
« fait retentir les rochers, et se mêle au bruit
« sourd de l'Océan lointain qui bat ses rivages.

« Le chien de la cabane aboie en voyant passer
« le pélerin matinal ; la laitière, couronnée de
« son vase, chante en descendant la colline ; le
« laboureur traverse les guérets en sifflant ; le
« lourd chariot crie en gravissant le sentier de
« la montagne ; le lièvre étonné sort des épis
« vacillans ; la perdrix s'élève sur son aile bruyante ;
« le ramier gémit dans son arbre solitaire, et
« l'alouette gazouille au haut des airs.

. . . .
. . . .

« Quand la jeunesse du village danse au son
« du chalumeau, Edwin, assis à l'écart, se plaît
« à rêver au bruit de la musique. Oh! comme
« alors tous les jeux bruyans semblent vains et
« tumultueux à son ame! Céleste mélancolie,
« que sont près de toi les profanes plaisirs du
« vulgaire! . . . .

« Le chant fut le premier amour d'Edwin;
« souvent la harpe de la montagne soupira sous
« sa main aventureuse, et la flûte plaintive gémit
« suspendue à son souffle. Sa muse, encore enfant,
« ignorait l'art du poète, fruit du travail et du
« temps. Edwin atteignit pourtant cette perfec-
« tion si rare, ainsi que mes vers le diront quel-
« que jour. »

La citation est longue; mais elle est impor-
tante pour l'histoire de la poésie : Beattie a
parcouru la série entière des rêveries et des idées
mélancoliques dont cent autres poètes se sont
cru les *discoverers*. Beattie se proposait de continuer son poëme; en effet, il en a écrit le second
chant : Edwin entend un soir une voix grave
s'élevant du fond d'une vallée; c'est celle d'un
solitaire qui, après avoir connu les illusions du
monde, s'est enseveli dans cette retraite, pour y

recueillir son ame et chanter les merveilles du
Créateur. Cet ermite instruit le jeune *minstrel*,
et lui révèle le secret de son génie. L'idée était
heureuse , mais l'exécution n'a pas répondu
au bonheur de l'idée. Les dernières strophes du
nouveau chant sont consacrées au souvenir d'un
ami. Beattie était destiné à verser des larmes;
la mort de son fils brisa son cœur paternel :
comme Ossian après la perte de son Oscar, il
suspendit sa harpe aux branches d'un chêne.
Peut-être le fils de Beattie était-il ce jeune *minstrel* qu'un père avait chanté , et dont il ne voyait
plus les pas sur la montagne.

LORD BYRON. ORME D'HARROW (1).

On retrouve dans les premiers vers de lord Byron des imitations frappantes du *minstrel*. A l'époque de mon exil en Angleterre, lord Byron habitait l'école de Harrow, dans un village à dix milles de Londres. Il était enfant; j'étais jeune et aussi inconnu que lui : je le devais précéder dans la carrière des lettres et y rester après lui. Il avait été élevé sur les bruyères de l'Écosse, au bord de la mer, comme moi dans les landes de la Bretagne, au bord de la mer : il aima d'abord la Bible et Ossian, comme je les aimais : il chanta dans *Newstead-Abbey* les souvenirs de

(1) Tout ce qui suit jusqu'à la *conclusion*, est tiré de mes *Mémoires*; j'ai seulement abrégé quelques passages quand il s'est agi de moi, ne pouvant dire de mon vivant tout ce que j'en dirai dans ma tombe : c'est une chose fort commode que d'être mort, pour parler à son aise. Je n'ai point cette fois guillemetté le commencement des paragraphes pour annoncer la citation des *Mémoires*, parce que des citations de lord Byron étant insérées dans le texte même des *Mémoires*, il y aurait eu confusion de guillemets.

l'enfance, comme je les chantai dans le château
de Combourg.

When I roved, a young highlander, o'er the dark heath,
And climb'd thy stoop summit, oh! Morven of snow, etc.

« Lorsque j'explorais, jeune montagnard, la
« noire bruyère et gravissais ta cime penchée,
« ô Morven couronné de neiges, pour m'ébahir
« au torrent qui tonnait au-dessous de moi, ou
« aux vapeurs de la tempête qui s'amoncelaient
« à mes pieds. . . . .

. . . .

« Je me levais avec l'aube. Mon chien pour
« guide, je bondissais de montagne en montagne.
« Je fendais avec ma poitrine les vagues de la
« marée envahissante de la Dee, et j'écoutais de
« loin la chanson du *highlander*. Le soir, à mon
« repos, sur ma couche de bruyère, aucun songe,
« si ce n'est celui de Marie, ne se présentait à ma
« vue. . . . .

. . . .

« J'ai quitté ma givreuse demeure ; mes visions
« sont passées, mes montagnes évanouies : ma
« jeunesse n'est plus. Comme le dernier de ma
« race, je dois me faner seul et ne trouver de
« délices qu'aux jours dont je fus jadis le témoin.
« Ah ! l'éclat est venu, mais il a rendu mon lot

« amer! Plus chères furent les scènes que mon
« enfance a connues ! . . . .

. . . .

   « Adieu donc, vous collines où mon enfance
« fut nourrie! et toi, douce fluente *Dee*, adieu
« à tes eaux! Aucun toit dans la forêt n'abritera
« ma tête. Ah! Marie, aucun toit ne peut être le
« mien qu'avec vous ! »

Dans mes longues courses solitaires aux environs de Londres, j'ai traversé plusieurs fois le
village de Harrow, sans savoir quel génie il ren-
fermait. Je me suis assis dans le cimetière, au
pied de l'orme sous lequel, en 1807, lord Byron
écrivait ces vers au moment où je revenais de la
Palestine :

> Spot of my youth ! whose hoary branches sigh,
> Swept by the breeze that fans thy cloudless sky ; etc.

   « Lieu de ma jeunesse, où soupirent les bran-
« ches chenues effleurées par la brise qui rafraî-
« chit ton ciel sans nuage! Lieu où je vague au-
« jourd'hui seul, moi qui souvent ai foulé, avec
« ceux que j'aimais, ton gazon mol et vert, avec
« ceux qui, dispersés au loin, regrettent comme
« moi par aventure, les heureuses scènes qu'ils
« connurent jadis! Oh! lorsque de nouveau je
« fais le tour de ta colline arrondie, mes yeux

« t'admirent, mon cœur t'adore, ô toi, orme
« affaissé sous les rameaux duquel je m'étendais,
« en livrant aux songes les heures du crépuscule !
« J'y délasse aujourd'hui mes membres fatigués
« comme j'avais coutume, mais, hélas ! sans mes
« pensées d'autrefois ! . . . .

. . . .

« Quand la destinée glacera ce sein qu'une
« fièvre dévore ; quand elle en aura calmé les
« soucis et les passions ; . . . . . ici où
« il palpita, ici mon cœur pourra reposer. Puissé-
« je m'endormir où s'éveillèrent mes espérances,
« . . . . mêlé à
« la terre où coururent mes pas. . . . . .
« pleuré de ceux qui furent en société avec mes
« jeunes années, oublié du reste du monde ! »

Et moi je dirai : Salut, antique ormeau des
songes, au pied duquel Byron enfant s'abandon-
nait aux caprices de son âge, alors que je rêvais
René sous ton ombre, sous cette même ombre
où, plus tard, le poète vint, à son tour, rêver
Childe-Harold ! Byron demandait au cimetière
témoin des premiers jeux de sa vie, une tombe
ignorée : inutile prière que n'a point exaucée la
gloire.

LES DEUX NOUVELLES ÉCOLES LITTÉRAIRES.
QUELQUES RESSEMBLANCES DE DESTINÉE.

Il y aura peut-être (1) quelque intérêt à remarquer dans l'avenir (si pour moi il y a avenir), la rencontre des deux chefs de la nouvelle école française et anglaise, ayant un même fond d'idées, des destinées, sinon des mœurs, à peu près pareilles : l'un pair d'Angleterre, l'autre pair de France ; tous deux voyageurs dans l'Orient, assez souvent l'un près de l'autre, et ne se voyant jamais : seulement la vie du poète anglais a été mêlée à de moins grands évènemens que la mienne.

Lord Byron est allé visiter après moi les ruines de la Grèce : dans *Childe-Harold* il semble embellir de ses propres couleurs les descriptions de l'*Itinéraire*. Au commencement de mon pèlerinage, je reproduis l'adieu du sire de Joinville à son château ; Byron dit un égal adieu à sa demeure gothique.

(1) Suite de la citation des *Mémoires.*

Dans les *Martyrs*, Eudore part de la Messenie
pour se rendre à Rome.

« Notre navigation fut longue, dit-il   .   .   .
«   .   .   .   .   Nous vîmes tous ces
« promontoires marqués par des temples ou des
« tombeaux.   .   .   .   .
«   .   .   .   .
« Nous traversâmes le golfe de Mégare. Devant
« nous était Egine, à droite le Pirée, à gauche
« Corinthe. Ces villes, jadis si florissantes, n'of-
« fraient que des monceaux de ruines. Les ma-
« telots mêmes parurent touchés de ce spectacle.
« La foule accourue sur le pont gardait le silence :
« chacun tenait ses regards attachés à ces débris;
« chacun en tirait peut-être secrètement une con-
« solation dans ses maux, en songeant combien
« nos propres douleurs sont peu de chose, com-
« parées à ces calamités qui frappent des nations
« entières, et qui avaient étendu sous nos yeux
« les cadavres de ces cités. »
«   .   .   .   .   .   .   Mes jeunes compagnons
« n'avaient entendu parler que des métamor-
« phoses de Jupiter, et ils ne comprirent rien aux
« débris qu'ils avaient sous les yeux; moi, je
« m'étais déjà assis, avec le prophète, sur les
« ruines des villes désolées, et Babylone m'ensei-
« gnait Corinthe. »

Lisez maintenant lord Byron, quatrième chant
de *Childe-Harold* :

> . . . . As my bark did skim
> The bright blue waters with a fanning wind,
> Came Megara before me, and behind
> Ægina lay, Piræus on the right,
> And Corinth on the left; I lay reclined
> Along the prow, and saw all these unite
> In ruin, ...
>
> . . . .
>
> The Roman saw these tombs in his own age,
> These sepulchres of cities, which excite
> Sad wonder, and this yet surviving page
> The moral lesson bears, drawn from such pilgrimage.

« . . . . Lorsque ma barque
« effleurait le brillant azur des vagues sous une
« fraîche brise, Mégare vint devant moi, Ægine
« restait derrière, le Pirée à ma droite, Corinthe
« à ma gauche. J'étais appuyé sur la proue, et je
« vis ces ruines réunies.

. . . .

« Le Romain vit ces tombes dans son propre
« temps, ces sépulcres de cités qui excitent
« un triste étonnement ; et cette page qui leur
« survit, porte la morale leçon tirée d'un tel
« pélerinage. »

Le poète anglais est ici, comme le prosateur

français, derrière la lettre de Sulpicius à Cicéron,
mais une rencontre si parfaite m'est singulière-
ment glorieuse, puisque j'ai devancé le chantre
immortel au rivage où nous avons eu les mêmes
souvenirs, et où nous avons commémoré les
mêmes ruines.

J'ai encore l'honneur d'être en rapport avec
lord Byron dans la description de Rome : les
Martyrs et ma *Lettre sur la campagne romaine*
ont l'inappréciable avantage pour moi, d'avoir
deviné les inspirations d'un beau génie. M. de
Béranger, notre immortel chansonnier, a placé
dans le dernier volume de ses *chansons* une note
trop obligeante pour que je la rapporte en entier;
il a osé dire, en rappelant le mouvement que j'ai
imprimé, selon lui, à la poésie française : « L'in-
« fluence de l'auteur du *Génie du Christianisme*
« s'est fait ressentir également à l'étranger, et il
« y aurait peut-être justice à reconnaître que le
« chantre de *Chide-Harold* est de la famille de
« René (1). »

(1) Dans un excellent article (*Biograp. Univers. suppl.*) sur lord
Byron, M Villemain a renouvelé la remarque de M. de Béranger:
qu'on me pardonne si je cite la phrase qui me concerne; je
cherche une excuse à ce que je dis ici dans ces pages extraites de
mes *Mémoires :* le lecteur voudra bien compter pour rien une
louange donnée par l'indulgence du talent. « Quelques pages
« incomparables de *René* avaient, il est vrai, épuisé ce caractère
« poétique. Je ne sais si Byron les imitait, ou les renouvelait de
« génie. »

S'il était vrai que René entrât pour quelque chose dans le fond du personnage unique mis en scène sous des noms divers dans *Childe-Harold*, Conrad, Lara, Manfred, le Giaour; si par hasard lord Byron m'avait fait vivre de sa vie, il aurait donc eu la faiblesse de ne jamais me nommer? J'étais donc un de ces pères qu'on renie quand on est arrivé au pouvoir? Lord Byron peut-il m'avoir complètement ignoré, lui qui cite presque tous les auteurs français, ses contemporains? n'a-t-il jamais entendu parler de moi, quand les journaux anglais, comme les journaux français, ont retenti vingt ans auprès de lui de la controverse sur mes ouvrages, lorsque le *New Times* a fait un parallèle de l'auteur du *Génie du Christianisme* et de l'auteur de *Childe-Harold?*

Point de nature si favorisée qu'elle soit, qui n'ait ses susceptibilités, ses défiances : on veut garder le sceptre; on craint de le partager; on s'irrite des comparaisons. Ainsi un autre talent supérieur a évité mon nom dans un ouvrage sur la *littérature*. Grâce à Dieu, m'estimant à ma juste valeur, je n'ai jamais prétendu à l'empire; comme je ne crois qu'à la vérité religieuse dont la liberté est une forme, je n'ai pas plus de foi en moi qu'en toute autre chose ici-bas. Mais je n'ai jamais senti le besoin de me taire quand j'ai admiré; c'est pourquoi je proclame mon enthousiasme pour madame de Staël et pour lord Byron.

Au surplus, un document trancherait la question si je le possédais. Lorsque *Atala* parut, je reçus une lettre de Cambribge, signé *G. Gordon, lord Byron*. Lord Byron, âgé de quinze ans, était un astre non levé : des milliers de lettres de critiques ou de félicitations m'accablaient; vingt secrétaires n'auraient pas suffi pour mettre à jour cette énorme correspondance. J'étais donc contraint de jeter au feu les trois quarts de ces lettres, et à choisir seulement pour remercier ou me défendre, les signatures les plus obligatoires. Je crois cependant me souvenir d'avoir répondu à lord Byron; mais il est possible aussi que le billet de l'étudiant de Cambridge, ait subi le sort commun. En ce cas, mon impolitesse forcée se sera changée en offense dans un esprit irascible; il aura puni mon silence par le sien. Combien j'ai regretté depuis les glorieuses lignes de la première jeunesse d'un grand poète!

Ce que je viens de dire sur les affinités d'imagination et de destinée entre le chroniqueur de René et le chantre de Childe-Harold, n'ôte pas un seul cheveu à la tête du barde immortel. Que peut à la muse de la *Dee*, portant une lyre et des ailes, ma muse pédestre et sans luth? Lord Byron vivra, soit qu'enfant de son siècle comme moi, il en ait exprimé comme moi (et comme Goëthe avant nous) la passion et le malheur ; soit que mes périples et le fallot de ma barque gauloise, aient montré la route au vaisseau d'Albion sur des mers inexplorées.

D'ailleurs, deux esprits d'une nature analogue peuvent très bien avoir des conceptions pareilles, sans qu'on puisse leur reprocher d'avoir marché servilement dans les mêmes voies? Il est permis de profiter des idées et des images exprimées dans une langue étrangère, pour en enrichir la sienne : cela s'est vu dans tous les siècles et dans tous les temps. Moi-même ai-je été sans devanciers? Je reconnais tout d'abord que dans ma première jeunesse, *Ossian*, *Werther*, les *Rêveries du promeneur solitaire*, les *Études de la nature* ont pu s'apparenter à mes idées; mais je n'ai rien caché, rien dissimulé du plaisir que me causaient des ouvrages où je me délectais. Quoi de plus doux que l'admiration ? c'est de l'amour dans le ciel, de la tendresse élevée jusqu'au culte; on se sent pénétré de reconnaissance pour la divinité qui étend les bases de nos facultés, qui ouvre de nouvelles vues à notre ame, qui nous donne un bonheur si grand, si pur, sans aucun mélange de crainte ou d'envie.

ÉCOLE DE LORD BYRON.

Lord Byron a laissé une déplorable école (1) :
je présume qu'il serait aussi désolé des Childe-
Harold auxquels il a donné naissance, que je le
suis des René qui rêvassent autour de moi. Les
sentimens *généraux* qui composent le fond de
l'humanité, la tendresse paternelle et maternelle,
la piété filiale, l'amitié, l'amour, sont inépuisables;
ils fourniront toujours des inspirations nouvelles
au talent capable de les développer ; mais les
manières *particulières* de sentir, les *individualités* d'esprit et de caractère, ne peuvent s'éten-
dre et se multiplier dans de grands et nombreux
tableaux. Les petits coins non découverts du
cœur de l'homme sont un champ étroit; il ne
reste rien à recueillir dans ce champ, après la
main qui l'a moissonné la première. Une *maladie*
de l'ame n'est pas un état permanent et naturel ;

(1) Suite de la citation des *Mémoires*.

on ne peut la reproduire, en faire une *littérature*, en tirer parti comme d'une passion
incessamment modifiée au gré des artistes divers
qui la manient, et en changent la forme.

La vie de lord Byron a été l'objet de beaucoup
d'investigations et de calomnies. Les jeunes gens
ont pris au sérieux des paroles magiques; les
femmes se sont senties disposées à se laisser
séduire, avec frayeur, par ce *Monstre*, à consoler
ce Satan solitaire et malheureux. Qui sait? Il
n'avait peut-être pas trouvé la femme qu'il cher-
chait, une femme assez belle, un cœur vaste
comme le sien? Byron, d'après l'opinion fantas-
magorique, est l'ancien Serpent séducteur et
corrupteur, parce qu'il a vu la corruption incurable de l'espèce humaine; c'est un génie fatal
et souffrant, placé entre les mystères de la matière et de l'intelligence, qui ne voit point de
mot à l'énigme de l'univers, qui regarde la vie
comme une affreuse ironie sans cause, comme
un sourire pervers du Mal: c'est le fils aîné du
Désespoir qui méprise et renie, qui portant en
lui une incurable plaie, se venge en menant à
la douleur par la volupté tout ce qui l'approche;
c'est un homme qui n'a point passé par l'âge de
l'innocence, qui n'a jamais eu l'avantage d'être
rejeté et maudit de Dieu; un homme qui, sorti

réprouvé du sein de la nature, est le Damné du néant.

Tel est le Byron des imaginations échauffées.

Tout personnage qui doit vivre, ne va point aux générations futures tel qu'il était en réalité ; à quelque distance de lui, son Épopée commence : on idéalise ce personnage ; on le transfigure ; on lui attribue une puissance, des vices et des vertus qu'il n'eut jamais ; on arrange les hasards de sa vie, on les violente, on les coordonne à un système. Les Biographes répètent ces mensonges ; les Peintres fixent sur la toile ces inventions, et la postérité adopte le fantôme. Bien fou qui croit à l'histoire ! L'histoire est une pure tromperie ; elle demeure telle qu'un grand écrivain la farde et la façonne. Quand on trouverait des Mémoires qui démontreraient jusqu'à l'évidence que Tacite a débité des impostures, en racontant les vertus d'Agricola et les vices de Tibère, Agricola et Tibère resteraient ce que Tacite les a faits.

Deux hommes dictincts se rencontrent dans lord Byron : l'homme de la *nature* et l'homme du *système*. Le poète, s'apercevant du rôle que le public lui faisait jouer, l'accepta, et se mit à maudire le monde qu'il n'avait pris d'abord qu'en rêverie : cette marche est sensible dans l'ordre chronologique de ses ouvrages. Quant au caractère de son *génie*, loin d'avoir l'étendue qu'on lui attribue, il est plutôt assez resserré. Sa pensée poétique et passionnée n'est qu'un gémissement, une plainte, une imprécation ; en cette qualité, elle est admirable : il ne faut pas demander à la lyre ce qu'elle pense, mais ce qu'elle chante.

Lord Byron a beaucoup *d'esprit* et de l'esprit très varié, mais d'une nature qui agite et d'une influence funeste ; il a bien lu Voltaire, et il l'imite souvent. En suivant pas à pas le grand poète anglais, on est forcé de reconnaître qu'il vise à l'effet, qu'il se perd rarement de vue, qu'il est presque toujours en attitude, qu'il pose complaisamment devant lui ; mais l'affectation de bizarrerie, de singularité, d'originalité, tient, en général, au caractère anglais. Si lord Byron a d'ailleurs expié son génie par quelques faiblesses, l'avenir s'embarrassera peu de ces misères, ou plutôt il les ignorera ; le poète cachera l'homme et interposera le talent entre l'homme et les races futures : à travers ce voile divin, la Postérité n'apercevra que le Dieu.

Lord Byron a fait époque ; il laissera une trace profonde et ineffaçable : l'accident qui le rendit boiteux et qui augmenta sa sauvagerie, n'aurait pas dû l'affliger, puisqu'il ne l'empêcha pas

d'être aimé. Malheureusement le poète ne pla-
çait pas toujours assez haut ses attachemens et
les recevait de trop bas.

Plaignons Rousseau et Byron d'avoir encensé
des autels peu dignes de leurs sacrifices : peut-
être avares d'un temps dont chaque minute appartenait au monde, n'ont-ils voulu que le plaisir,
chargeant leur talent de le transformer en passion et en gloire. A leurs lyres, la mélancolie, la
jalousie, les douleurs de l'amour ; à eux, sa volupté et son sommeil sous des mains légères : ils
cherchaient de la rêverie, du malheur, des
larmes, du désespoir dans la solitude, les vents,
les ténèbres, les tempêtes, les forêts, les mers,
et venaient en composer pour leurs lecteurs, les
tourmens de Childe-Harold et de Saint-Preux, sur
le sein *la Padoana*, et *del Can de la Madona*.

Quoi qu'il en soit, dans le moment de leur
ivresse, l'illusion de l'amour était complète :
du reste ils savaient bien qu'ils tenaient l'Infidélité même dans leurs bras, qu'elle allait s'envoler avec l'aurore ; elle ne les trompait pas par un
faux semblant de constance ; elle ne se condam-
nait pas à les suivre, lassée de leur tendresse ou
de la sienne. Somme toute, Jean-Jacques et lord
Byron ont été des hommes infortunés ; c'était
la condition de leur génie : le premier s'est empoi-

sonné; le second, fatigué de ses excès et sentant
le besoin d'estime, est retourné aux rives de cette
Grèce où sa Muse et la Mort l'ont tour à tour
si bien servi.

LORD BYRON AU LIDO.

J'ai précédé lord Byron dans la vie, il m'a précédé dans la mort (1) : il a été appelé avant son
tour ; mon numéro primait le sien, et pourtant le
sien est sorti le premier. Byron aurait dû rester sur la terre : le monde me pouvait perdre
sans s'apercevoir de ma disparition et sans me
regretter.

Tout ce que j'ai vu passer, ou tout ce qui a
passé autour de moi, depuis que j'existe, ne se
peut dire. Que de tombeaux se sont ouverts et
fermés sous mes yeux ! Cent fois par le soleil ou
par la pluie, au bord d'une fosse ouverte dans
laquelle on descendait une bière avec des cordes,
j'ai entendu le râlement de ces cordes ; j'ai ouï
le bruit de la première pelletée de terre tom-
bante sur la bière ; à chaque nouvelle pelletée
le bruit creux s'assourdissait et diminuait. La
terre en comblant la sépulture, faisait peu à

(1) Suite de la citation des *Mémoires.*

peu monter le silence éternel à la surface du cercueil.

Il n'y a pas encore deux années qu'un jour, au lever de l'aube, j'errais au Lido où tant de fois avait erré lord Byron. Il ne sortit de la mer qu'une aurore ébauchée et sans sourire, la transformation des ténèbres en lumière, avec ses changeantes merveilles, ses étoiles éteintes tour à tour dans l'or et les roses du matin, ne s'opéra point. Quatre ou cinq barques serraient le vent à la côte ; un grand vaisseau disparaissait à l'horizon. Des mouettes posées, marquetaient en troupe la plage mouillée ; quelques-unes volaient pesamment au-dessous de la houle du large. Le reflux avait laissé le dessin de ses arceaux concentriques sur la grève ; le sable guirlandé de fucus, était ridé par chaque flot, comme un front sur lequel le temps a passé. La lame déroulante enchaînait ses festons blancs à la rive abandonnée.

Les vagues que je retrouvais, ont été partout mes fidèles compagnes ; ainsi que de jeunes filles se tenant par la main dans une ronde, elles m'avaient entouré à ma naissance ; je saluai ces berceuses de ma couche. Je me promenai au limbe des flots, écoutant leur bruit dolent, familier et doux à mon oreille. Souvent je m'arrêtais pour contempler l'immensité pélagienne : un mât, un nuage, c'était **assez** pour réveiller mes souvenirs.

J'avais jadis passé sur cette mer : en face du Lido une tempête m'avait accueilli ; je me disais au milieu de cette tempête que j'en avais affronté d'autres, mais qu'à l'époque de ma traversée de l'océan j'étais jeune , et qu'alors les dangers m'étaient des plaisirs (1). Je me regardais donc comme bien vieux, lorsque du port de Trieste, je voguais vers la Grèce et la Syrie ? Sous quel amas de jours suis-je donc enseveli !

Lord Byron chevauchait le long de ce rivage solitaire : quels étaient ses pensers et ses chants, ses abattemens et ses espérances ? élevait-il la voix, pour confier à la tourmente les inspirations de son génie ? Est-ce au murmure de cette vague qu'il trouva ces accens mélancoliques ?

. . . .
If my fame should be, as my fortunes are,
Of hasty growth and blight, and dull oblivion bar
My name from on the temple where the dead
Are honoured by the nations. — Let it be.
. . . .

« Si ma renommée doit être comme le sont mes « fortunes, d'une croissance hâtive et frêle (2); si

(1) *Itinéraire.*
(2) *Blight*, niellée.

II.   25

« l'obscur oubli doit rayer mon nom du temple
« où les morts sont honorés par les nations : —
« soit. »

Byron sentait que ses *fortunes* étaient d'une
croissance frêle et hâtive ; dans ses momens de
doute sur la gloire, puisqu'il ne croyait pas à
une autre immortalité, il ne lui restait de joie
que le néant. Ses dégoûts eussent été moins
amers, sa fuite ici-bas moins stérile, s'il eût
changé de voie : au bout de ses passions épui-
sées, quelque généreux effort l'aurait fait parvenir à une existence nouvelle. On est incrédule
parce qu'on s'arrête à la surface de la matière :
creusez la terre, vous trouverez le ciel.

Déjà j'étais revenu des forêts américaines,
lorsque, auprès de Londres, sous l'orme de
Childe-Harold enfant, je rêvai les ennuis de René
et le vague de sa tristesse. J'avais vu la trace des
premiers pas de Byron dans les sentiers de la
colline d'Harrow ; j'ai rencontré les vestiges de
ses derniers pas à l'une des stations de son pélerinage ; non : je les cherchais en vain ces vestiges. Soulevé par l'ouragan, le sable a couvert
l'empreinte des fers du coursier demeuré sans
maître : « Pêcheur de Malamoco, as-tu entendu
« parler de lord Byron ? — Il chevauchait presque
« tous les jours ici. — Sais-tu où il est allé ? »

Ce fut un jour d'orage : prêt à périr entre Malte
et les Sirtes, j'enfermai dans une bouteille vide
ce billet : *F. A. de Chateaubriand naufragé sur
l'île de Lampedouse le* 26 *décembre* 1806, *en
revenant de la Terre-Sainte* (1). Un verre fragile,
quelques lignes ballottées sur un abîme sans
fond, est tout ce qui convenait à ma fortune et
à ma mémoire. Les courans auraient peut-être
poussé mon épitaphe vagabonde au Lido, à la
borne même où Byron avait marqué sa sépulture,
comme le flot des ans a rejeté à ce bord ma vie
errante.

Venise, quand je vous vis pour la première
fois, vous étiez sous l'empire du grand homme,
votre oppresseur et le mien : une île attendait sa
tombe ; une île est la vôtre. Vous dormez l'un
et l'autre immortels dans vos Sainte-Hélène.
O Venise ! nos destins ont été pareils ! mes songes
s'évanouissent à mesure que vos palais s'écrou-
lent ; les heures de mon printemps se sont
noircies, comme les arabesques dont le faîte de
vos monumens est orné. Mais vous périssez à
votre insu ; moi, je sais mes ruines. Votre ciel
voluptueux, la vénusté des flots qui vous lavent,
m'ont retrouvé, dans ces derniers jours, aussi
sensible à vos charmes que je le fus jamais. Inu-

_____

(1) *Itinéraire.*

tilement je vieillis ; l'énergie de ma nature s'est resserrée au fond de mon cœur ; les ans n'ont réussi qu'à chasser ma jeunesse extérieure, à la faire rentrer dans mon sein. Mais que me font ces brises du Lido, si chères au poète de la fille de Ravenne ? Le vent qui souffle sur une tête à demi dépouillée, ne vient d'aucun rivage heureux (1).

(1) Fin de la citation des *Mémoires.*

CONCLUSION.

Au surplus, la petite chicane que j'ai faite dans mes *Mémoires d'outre-tombe* au plus grand poète que l'Angleterre ait eu depuis Milton, ne prouve qu'une chose : le haut prix que j'aurais attaché au moindre souvenir de sa muse. Maintenant, lecteurs, ne vous semble-t-il pas que nous achevons une course rapide parmi des ruines, comme celle que je fis autrefois sur les débris d'Athènes, de Jérusalem, de Memphis et de Carthage? En passant de renommées en renommées, en les voyant s'abîmer tour à tour, n'éprouvez-vous pas un sentiment de tristesse?

Regardez derrière vous; demandez-vous que sont devenus ces siècles éclatans et tumultueux où vécurent Shakespeare et Milton, Henri VIII et Élisabeth, Cromwell et Guillaume, Pitt et Burke : tout cela est fini; supériorités et médiocrités, haines et amours, félicités et misères, oppresseurs et opprimés, bourreaux et victimes, rois et peuples, tout dort dans le même silence et dans la même poussière. Et cependant de quoi nous sommes-nous occupés? de la partie la plus vivante de la nature humaine, du génie qui

reste à peine comme une Ombre des vieux jours
au milieu de nous, mais qui ne vit plus pour
lui-même, et ignore s'il a jamais été.

Combien de fois l'Angleterre, dans ce tableau
de dix siècles, a-t-elle été détruite sous nos yeux!
A travers combien de révolutions n'avons-nous
point passé, pour arriver au bord d'une révolution plus grande, plus profonde, et qui enve-
loppera la postérité! J'ai vu ces fameux parlemens britanniques dans toute leur puissance :
que deviendront-ils? J'ai vu l'Angleterre dans
ses anciennes mœurs et son ancienne prospérité :
partout la petite église solitaire avec sa tour, le
cimetière de campagne de Gray, des chemins
étroits et sablés, des vallons remplis de vaches,
des bruyères marbrées de moutons, des parcs, des
châteaux; des villes; peu de grands bois, peu
d'oiseaux, le vent de la mer. Ce n'étaient pas
là ces champs de l'Andalousie où je trouvais
les Vieux chrétiens et les jeunes amours, parmi
les débris voluptueux du palais des Maures, au
milieu des aloës et des palmiers; ce n'était pas
là cette Campagne romaine dont le charme irré-
sistible me rappelait sans cesse; ces flots et ce
soleil n'étaient pas ceux qui baignent et éclaire
le promontoire sur lequel Platon enseignait ses
disciples, ce Sunium où j'entendis chanter le
grillon qui demandait en vain à Minerve le

foyer des prêtres de son temple; mais enfin telle qu'elle était, cette Angleterre; entourée de ses navires, couverte de ses troupeaux et professant le culte de ses grands hommes, était charmante.

Aujourd'hui ses vallées sont obscurcies par les fumées des forges et des manufactures, ses chemins changés en ornières de fer, et sur ces chemins, au lieu de Milton et de Shakespeare, on voit passer des chaudières errantes. Déjà ces pépinières de la science où grandirent les palmes de la gloire, Oxford et Cambridge qui seront bientôt dépouillés, prennent un air désert: leurs colléges et leurs chapelles gothiques, demi abandonnés, affligent les regards; dans leurs cloîtres poudreux, auprès des pierres sépulcrales du Moyen-âge, reposent oubliées les annales de marbre de ces peuples de la Grèce qui ne sont plus; ruines qui gardent des ruines.

La société telle qu'elle est aujourd'hui, n'existera pas: à mesure que l'instruction descend dans les classes inférieures, celles-ci découvrent la plaie secrète qui ronge l'ordre social depuis le commencement du monde; plaie qui est la cause de tous les malaises et de toutes les agitations populaires. La trop grande inégalité des conditions et des fortunes, a pu se supporter tant qu'elle a été cachée d'un côté par l'ignorance, de l'autre par l'organisation factice de la cité;

mais aussitôt que cette inégalité est généralement aperçue, le coup mortel est porté.

Recomposez, si vous le pouvez, les fictions
aristocratiques; essayez de persuader au pauvre,
quand il saura lire, au pauvre à qui la parole
est portée chaque jour par la presse, de ville en
ville, de village en village; essayez de persuader
à ce pauvre, possédant les mêmes lumières et la
même intelligence que vous, qu'il doit se soumettre à toutes les privations, tandis que tel
homme, son voisin a, sans travail, mille fois le
superflu de la vie; vos efforts seront inutiles : ne
demandez point à la foule des vertus au-delà de
la nature.

Le développement matériel de la société,
accroîtra le développement des esprits. Lorsque
la vapeur sera perfectionnée, lorsque unie au
télégraphe et aux chemins de fer, elle aura fait
disparaître les distances, ce ne seront pas seulement les marchandises qui voyageront d'un bout
du globe à l'autre avec la rapidité de l'éclair,
mais encore les idées. Quand les barrières fiscales
et commerciales auront été abolies entre les
divers Etats, comme elles le sont déjà entre les
provinces d'un même État; quand le *salaire*, qui
n'est que l'*esclavage* prolongé, se sera émancipé
à l'aide de l'égalité établie entre le producteur
et le consommateur; quand les divers pays

prenant les mœurs les uns des autres, abandonnant les préjugés nationaux, les vieilles
idées de suprématie ou de conquête, tendront
à l'unité des peuples; par quel moyen ferez-
vous rétrograder la société vers des principes
épuisés? Bonaparte lui-même ne l'a pu : l'égalité et la liberté, auxquelles il opposa la barre
inflexible de son génie, ont repris leurs cours et
emportent ses œuvres; le monde de force qu'il
créa s'évanouit; ses institutions défaillent; sa
race même a disparu avec son fils. La lumière
qu'il fit n'était qu'un météore; il ne demeure
et ne demeurera de Napoléon que sa mémoire :

A toi, Napoléon, l'Éternel en sa force
T'arrachera ton peuple ainsi qu'un vain lambeau :
Sa colère entrera dans ton étroit tombeau (1).

Il n'y avait qu'une seule monarchie en Europe,
la monarchie française; toutes les autres en étaient
filles, toutes s'en iront avec leur mère. Les rois,
jusqu'ici, à leur insu, avaient vécu derrière cette
monarchie de mille ans, à l'abri d'une race incor-
porée, pour ainsi dire, avec les siècles. Quand le
souffle de la révolution eut jeté à bas cette race,
Bonaparte vint; il soutint les princes chancelans
sur des trônes par lui abattus et relevés. Bonaparte

(1) *Napoléon*, par Edgard Quinet.

passé, les monarques restans vivent tapis dans
les ruines du Colysée napoléonien, comme les
ermites à qui l'on fait l'aumône dans le Colysée
de Rome; mais bientôt ces ruines mêmes leur
manqueront.

La légitimité eût pu encore conduire le
monde pendant plus d'un siècle, à une transformation insensiblement accomplie, sans secousse
et sans catastrophe : plus d'un siècle était encore
nécessaire pour achever sous une tutelle paternelle, l'éducation libre des peuples. Contre des
fautes très réparables, se sont armées des passions
qui n'ont pas vu d'abord que tout pouvait s'arranger, et que le monde pouvait être encore rede-
vable à la légitimité d'un immense et dernier
bienfait. Au lieu de descendre sur une pente douce
et facile, il faudra donc continuer de marcher par
des voies fangeuses ou coupées d'abîmes. Qu'est-ce
que des haltes de quelques mois, de quelques années, pour une nation lancée à l'aventure dans un
espace sans bornes? Quel esprit assez peu clair-
voyant, pourrait prendre ces intervalles de repos
pour un repos définitif? Une étape est-elle un
festin permanent? Le voyageur qui s'assied sur
le bord de la route afin de se délasser, est-il
arrivé au bout de sa course? Tout pouvoir renversé, non par le hasard, mais par le temps, par
un changement graduellement opéré dans les

convictions ou dans les idées, ne se rétablit plus;
en vain vous essaieriez de le relever sous un autre
nom, de le rajeunir sous une forme nouvelle : il
ne peut rajuster ses membres disloqués dans la
poussière où il gît, objet d'insulte ou de risée. De
la Divinité qu'on s'était forgée, devant laquelle on
avait fléchi le genou, il ne reste que d'ironiques
misères : lorsque les chrétiens brisèrent les dieux
de l'Egypte, ils virent s'échapper des rats de la
tête des idoles. Tout s'en va : il ne sort pas aujour-
d'hui un enfant des entrailles de sa mère, qui ne
soit un ennemi de la vieille société.

Mais quand atteindra-t-on à ce qui doit rester?
Quand la société composée jadis d'agrégations
et de familles concentriques, depuis le foyer du
laboureur jusqu'au foyer du roi, se recomposera-
t-elle dans un système inconnu, dans un système
plus rapproché de la nature, d'après des idées
et à l'aide de moyens qui sont à naître? Dieu le
sait. Qui peut calculer la résistance des passions,
le froissement des vanités, les perturbations, les
accidens de l'histoire? Une guerre survenue,
l'apparition à la tête d'un Etat d'un homme d'esprit ou d'un homme stupide, le plus petit évé-
nement, peuvent refouler, suspendre, ou hâter la
marche des nations. Plus d'une fois la mort en-
gourdira des races pleines de feu, versera le
silence sur des évènemens prêts à s'accomplir,

comme un peu de neige tombée pendant la nuit, fait cesser les bruits d'une grande cité.

Le manque d'énergie à l'époque où nous vivons, l'absence des capacités, la nullité ou la dégradation des caractères trop souvent étrangers à l'honneur et voués à l'intérêt; l'extinction du sens moral et religieux; l'indifférence pour le bien et le mal, pour le vice et la vertu; le culte du crime; l'insouciance ou l'apathie avec laquelle nous assistons à des évènemens qui jadis auraient remué le monde; la privation des conditions de vie qui semblent nécessaires à l'ordre social : toutes ces choses pourraient faire croire que le dénouement approche, que la toile va se lever, qu'un autre spectacle va paraître : nullement. D'autres hommes ne sont pas cachés derrière les hommes actuels; ce qui frappe nos yeux n'est pas une exception, c'est l'état commun des mœurs, des idées et des passions; c'est la grande et universelle maladie d'un monde qui se dissout. Si tout changeait demain, avec la proclamation d'autres principes, nous ne verrions que ce que nous voyons : rêveries dans les uns, fureurs dans les autres, également impuissantes, également infécondes.

Que quelques hommes indépendans réclament et se jettent à l'écart pour laisser s'écouler un fleuve de misères; ah! ils auront passé avant elles! Que de jeunes générations remplies d'illusions, bravent le flot corrompu des lâchetés; qu'elles marchent tête baissée vers un avenir pur qu'elles croiront saisir, et qui fuira incessamment; rien de plus digne de leur courageuse innocence: trouvant dans leur dévouement la récompense de leur sacrifice, arrivées de chimère en chimère au bord de la fosse, elles consigneront le poids des années déçues à d'autres générations abusées, qui le porteront jusqu'aux tombeaux voisins, et ainsi de suite.

Un avenir sera, un avenir puissant, libre dans toute la plénitude de l'égalité évangélique; mais il est loin encore, loin, au-delà de tout horizon visible: on n'y parviendra que par cette espérance infatigable, incorruptible au malheur, dont les ailes croissent et grandissent à mesure que tout semble la tromper, par cette espérance plus forte, plus longue que le temps, et que le chrétien seul possède. Avant de toucher au but, avant d'atteindre l'unité des peuples, la démocratie naturelle, il faudra traverser la décomposition sociale, temps d'anarchie, de sang peut-être, d'infirmités certainement : cette décomposition est commencée; elle n'est pas prête à reproduire, de ses germes non encore assez fermentés, le monde nouveau.

En finissant, revenons par un dernier mot au *premier titre* de cet ouvrage, et redescendons à l'humble rang de traducteur. Quand on a vu comme moi Washington et Bonaparte; à leur niveau, dans un autre ordre de puissance, Pitt et Mirabeau; parmi les hauts révolutionnaires, Robespierre et Danton; parmi les masses plébéiennes, l'homme du peuple marchant aux exterminations de la frontière, le paysan vendéen s'enfermant dans les flammes de ses récoltes, que reste-t-il à regarder derrière la grande tombe de Sainte-Hélène?

Pourquoi ai-je survécu au siècle et aux hommes auxquels j'appartenais par la date de l'heure où ma mère m'infligea la vie? Pourquoi n'ai-je pas disparu avec mes contemporains, les derniers d'une race épuisée? Pourquoi suis-je demeuré seul à chercher leurs os, dans les ténèbres et la poussière d'un monde écroulé? J'avais tout à gagner à ne pas traîner sur la terre. Je n'aurais pas été obligé de commencer et de suspendre ensuite mes justices d'outre-tombe, pour écrire ces Essais afin de conserver mon indépendance d'homme.

Lorsqu'au commencement de ma vie, l'Angleterre m'offrit un refuge, je traduisis quelques vers de Milton pour subvenir aux besoins de l'exil : aujourd'hui rentré dans ma patrie, approchant de la fin de ma carrière, j'ai encore recours au poète d'Eden. Le chantre du *Paradis perdu* ne fut cependant pas plus riche que moi : assis entre ses filles, privé de la clarté du ciel, mais éclairé du flambeau de son génie, il leur dictait ses vers. Je n'ai point de filles; je je puis contempler l'astre du jour, mais je ne puis dire comme l'aveugle d'Albion :

. . . How glorious once above thy sphear!

« Soleil! j'eusse autrefois éclipsé ta lumière ! »

Milton servit Cromwell; j'ai combattu Napoléon : il attaqua les rois; je les ai défendus : il n'espéra point en leur pardon; je n'ai pas compté sur leur reconnaissance. Maintenant que dans nos deux pays la monarchie penche vers sa fin, Milton et moi n'avons plus rien de politique à démêler ensemble : je viens me rasseoir à la table de mon hôte; il m'aura nourri jeune et vieux. Il est plus noble et plus sûr de recourir à la gloire qu'à la puissance.

FIN DU DEUXIÈME ET DERNIER VOLUME.

TABLE DES MATIÈRES

CONTENUES DANS CE VOLUME.

QUATRIÈME PARTIE.

LITTÉRATURE SOUS LES DEUX DERNIERS STUART.

PEUPLE DES DEUX NATIONS A L'ÉPOQUE RÉVOLUTIONNAIRE.

CINQUIÈME PARTIE.

LITTÉRATURE SOUS LA MAISON D'HANOVRE.

FIN DE LA TABLE DU TOME DEUXIÈME.

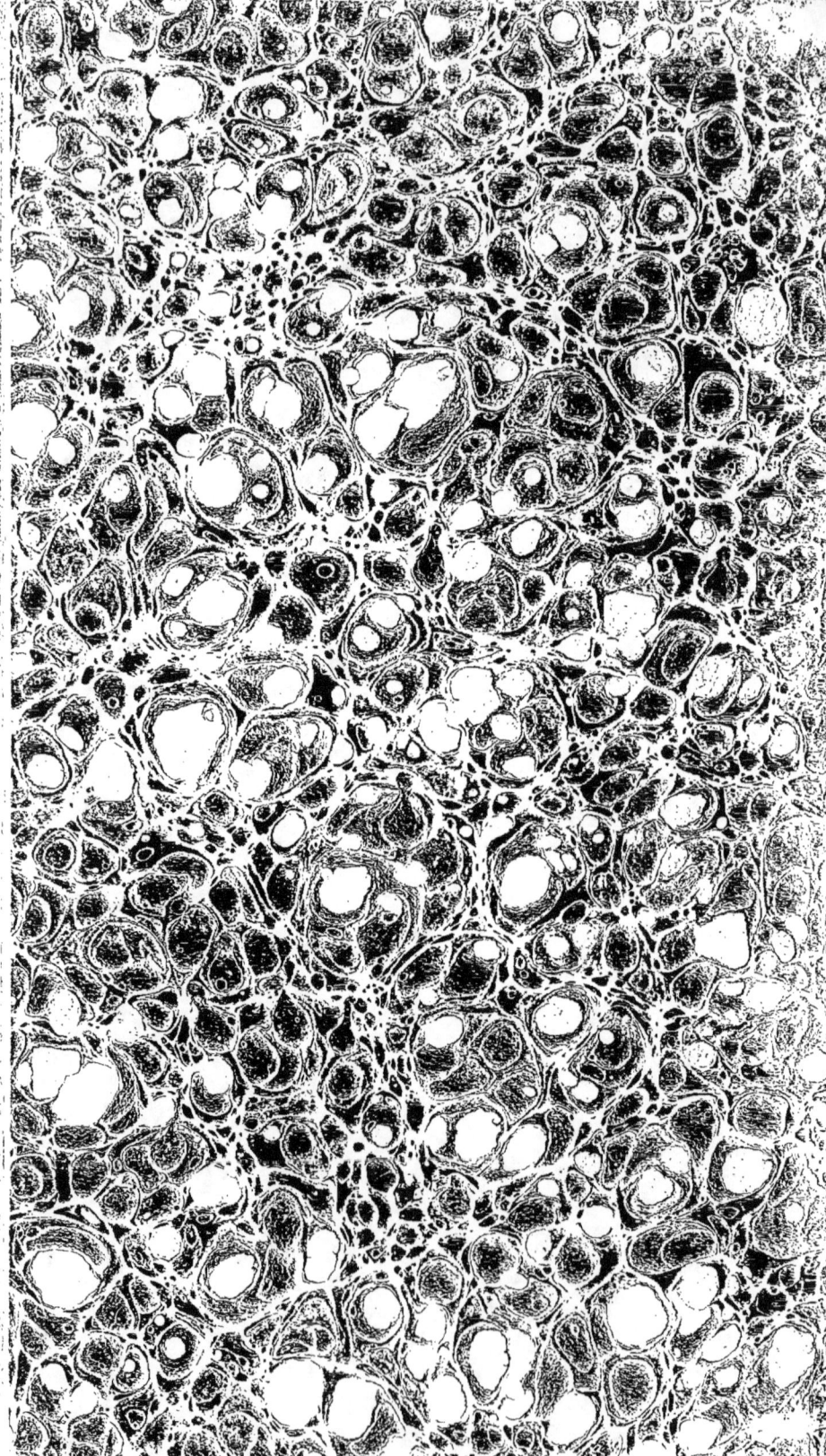

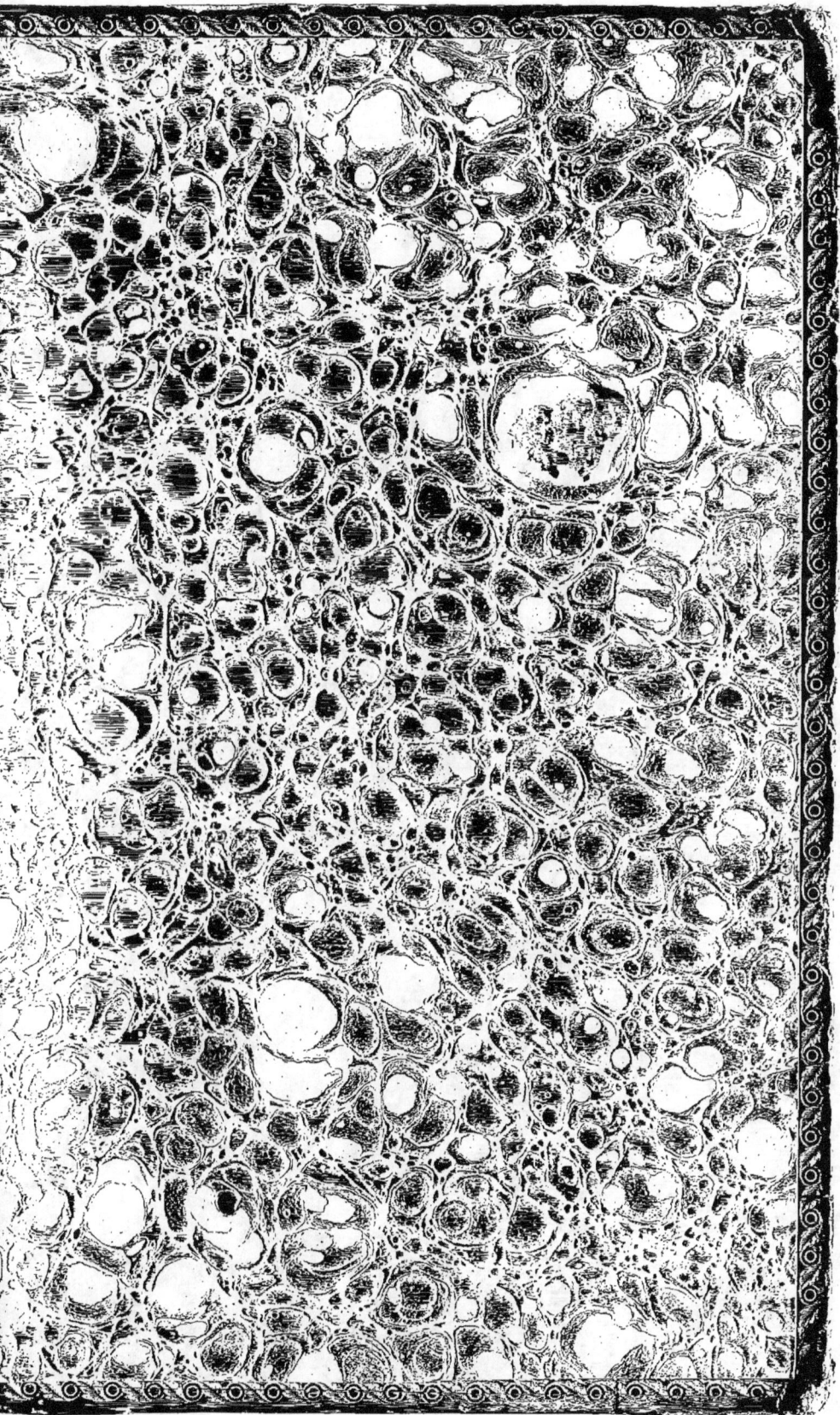